François Vallejo

Die französischen Schwestern

aufbau

François Vallejo

Die französischen Schwestern

Roman

Aus dem Französischen
von Christel Gersch

aufbau

Die Originalausgabe mit dem Titel
Les Sœurs Brelan
erschien 2010 bei den Éditions Viviane Hamy, Paris.

Dieses Buch erscheint im Rahmen des Förderprogramms des französischen Außenministeriums, vertreten durch die Kulturabteilung der französischen Botschaft in Berlin.

Liberté • Égalité • Fraternité
RÉPUBLIQUE FRANÇAISE

AMBASSADE DE FRANCE
EN
REPUBLIQUE FEDERALE
D'ALLEMAGNE
BUREAU DU LIVRE

FSC
www.fsc.org
MIX
Papier aus verantwortungsvollen Quellen
FSC® C083411

ISBN 978-3-351-03507-5

Aufbau ist eine Marke der Aufbau Verlag GmbH & Co. KG

1. Auflage 2012

Einbandgestaltung hißmann, heilmann, hamburg
Satz LVD GmbH, Berlin
Druck und Binden CPI – Clausen & Bosse, Leck
Printed in Germany

www.aufbau-verlag.de

ERSTER TEIL

1

Sie waren drei Schwestern, und sie hatten drei Angewohnheiten: sich mit einem Blick zu verständigen, alle zur selben Zeit stillzuschweigen und alle auf einmal zu reden. Allein fühlte jede sich wehrlos. Wenn die Schwestern Brelan sich zu sprechen getrauten, dann nur gemeinsam. Kein anderer verstand mehr sein eigenes Wort, weil sie dreimal so laut waren, da kannten sie keine Furcht.

Verbieten Sie ihnen doch den Mund, Herr Richter, sonst kommen wir nie zum Ende.

Dabei hatte der Familienrat gut angefangen. Die drei hielten die Köpfe gesenkt, wie es sich für Vollwaisen gehörte, denen nun familiärer Beistand zuerteilt werden sollte. Dass sie nicht ganz leicht zu lenken wären, wusste man, aber vor einem Friedensrichter würden die Minderjährigen ja wohl Respekt zeigen. Bisher hatten sie sich auch recht gut benommen. Wenn sie schwiegen, sich nur flüchtige Blicke zuwarfen, hieß das nicht, dass sie sich fügten?

Zweimal schon hatten sie einen Aufschub dieser Sitzung erwirkt, die durch ihre neue Lebenslage erforderlich geworden war. Im März hatte die Jüngste hohes Fieber gehabt, Anfang April die Älteste eine Prüfung, als ob Halbwüchsige der Justiz die Termine diktieren dürften. Ihre Anwesenheit, hatte der Friedensrichter gesagt, sei nicht notwendig, aber doch wünschenswert. Und so hatte er den Familienrat auf den 18. April verlegt.

Nach dem Eintreten hatten die drei Mädchen sich aus den gleichen grauen Augen angesehen und eine halbe Stunde geschwiegen, die Fragen des Friedensrichters beantworteten sie nur knapp, und zu den Sprüchen ihrer Tante Rosie sagten sie gar nichts. Ihre Mienen blieben verschlossen, was man allerdings ja verstehen musste, schließlich lag der Tod ihres zweiten Elternteils erst wenige Monate zurück. Aber mochten sie ruhig stumm bleiben, wenn sie den Beschluss des Richters und der sechs Ratsmitglieder nur anerkannten. Schließlich musste über ihr Los endlich entschieden werden.

Wieder ein Blickwechsel im Dreieck, ausgehend von Sabine hin zu Marthe, rechts von ihr, was Judith zu ihrer Linken spürte und mit einer Kopfbewegung auffing. Die beiden Großen suchten den Rückhalt der Kleinen, und dann legten sie los, obwohl kein Mensch sie gefragt hatte. Die Dreifaltigkeit ihrer Stimmen übertönte jede andere: Sag ihnen, Judith, Marthe, ja, sag du es, Sabine, einer muss es doch zur Sprache bringen … Unser Geburtstag, anscheinend haben Sie das Datum überhaupt nicht beachtet … Ich dachte, Sie wüssten, dass heute der Tag ist, ja, heute, sag du es, Marthe, das ändert doch alles.

Herr Richter, entziehen Sie ihnen das Wort, worauf warten Sie?

Der Richter in seinem grauen Zwirn straffte sich, hob Schweigen gebietend die Hand. Doch die drei durcheinanderredenden Mädchen störte das nicht, man musste offenbar streng werden und drohen, dass man sie des Raumes verweisen würde. Schneidend klang seine Stimme, im Nu waren sie verstummt. Sie erklärten sich bereit, eine nach der anderen zu sprechen.

Marthe fing an: Seit dieser Familienrat tagt, geht es um einen Vormund und einen Gegenvormund für drei verwaiste, unmündige Schwestern ... Es ist die Höhe, fiel Sabine ein ... Aber da hat sich etwas verändert, ergänzte Judith ... Ja, heute ist nämlich der 18. April, und der 18. April ist unser Geburtstag. Meine Schwester und ich sind an einem 18. April geboren, mit vier Jahren Abstand, aber am gleichen Tag, ein Zufall, der die Familie immer amüsiert hat und erst recht, als dann Judith, unsere Jüngste, an einem 19. April eine Viertelstunde nach Mitternacht eintraf. Die Kleine hatte sich eine Viertelstunde vertrödelt, alle sagten das, und so ist es bis heute geblieben, immer müssen wir auf sie warten ... Ja, und nun wird Judith morgen, kurz nach Mitternacht, vierzehn ... Und Marthe ist heute, an diesem 18. April, um Punkt sechzehn Uhr einundzwanzig geworden, damit ist sie volljährig ...

Als Louis Brelan Ende vergangenen Jahres gestorben war, waren sie alle drei noch minderjährig gewesen, die Amtsgänge hatten andere in ihrem Namen erledigen müssen. Da war es so drunter und drüber gegangen, dass niemand zum Nachdenken kam. Heute nun, mit einundzwanzig Jahren, brauchte Marthe keinen Vormund mehr, nichts hatte der Familienrat mehr über sie zu bestimmen.

Den hohen Herrn überlief es rot, er blies die Backen auf und nestelte an seiner Krawatte. Als er den Termin festgesetzt hatte, hatte er die Akte halt nur überflogen. Wo er so viele Verfahren gleichzeitig führte. Minderjährige Töchter des Louis Brelan, hatte er gelesen, weiter war er nicht gekommen. Nun musste er sich doch für ihren Geburtstag interessieren. Auf einen Schlag wurde ihm klar und mit ihm den sechs Mitgliedern des Rates, dass die Schwestern diese Versammlung zweimal hinausgezögert hatten, damit die Älteste sich hier als Mündige präsentieren konnte. Eine List, wie man sie so jungen Mädchen niemals zugetraut hätte. Nur Tante Rosie wusste es besser. Sie kannte ihre Nichten, und sie nahm es gar nicht wunder, dass die Gören trotz ihrer Trauer zu solchen Machenschaften imstande waren. Wie aus einem Mund protestierten die drei Schwestern. Nichts sei geplant gewesen, der Richter selbst habe die Versammlung auf den 18. April angesetzt. Hätten sie ahnen können, dass ein Richter ihre Geburtsdaten nicht ebenso gut kennt wie die Gesetzesartikel? Aber sogar die Familie habe ja nicht daran gedacht. Wie oft schon war vergessen worden, den Nichten zu gratulieren.

Das wollte Tante Rosie nun nicht auf sich sitzen lassen. Als ihr Bruder verunglückt sei, habe sie sehr wohl daran gedacht. Aber da sei es noch lange hin gewesen, erst einmal habe man dafür sorgen müssen, die drei Schwestern unter Vormundschaft zu stellen, und wenn es dann so weit gewesen wäre, hätte man die älteste daraus entlassen.

Nichts hindert uns, an diesem Vorsatz festzuhalten, Herr Richter, beharrte die Tante. Wir gewinnen sogar Zeit, wenn wir von Marthe nun absehen können und nur noch über zwei der Mädchen entscheiden müssen.

Der Richter atmete auf, seine Nachlässigkeit würde ohne Folgen bleiben, die vorbereiteten Papiere brauchten nur korrigiert zu werden. Die drei Geschwister sahen einander entsetzt an – und schwiegen.

Unterschreiben wir die Papiere, sagte Rosie, und verlieren wir keine Zeit mit Nebensächlichkeiten.

Alle wollten zum Schluss kommen, Rosie, die Schwester des Verstorbenen, die beiden Schwägerinnen seiner verstorbenen Frau, eine altjüngferliche Großtante und die Nachbarn, das Ehepaar Beaumont, beide so hilfsbereit und nun so peinlich berührt, an einer Verhandlung teilzunehmen, die mit jeder Minute verworrener wurde.

Also, wo sind die Dokumente?

Die Mädchen blickten aus ihren grauen Augen auf, rückten ihre Stühle zusammen, dass es kreischte. Was, fuhren sie hoch, die Papiere sind schon fertig? Sie waren sich vor dieser Sitzung also schon alle einig? Das hätte man sich ja denken können. Aber Ihre Papiere sind überholt. Marthe ist volljährig. Dann fangen wir eben von vorne an. Sie zwingen uns Ihren Vormund auf. Aber den wollen wir nicht.

Wer hat das gesagt? Ihr redet alle durcheinander. Wer hat gesagt, dass ihr den Mann, auf den sich alle geeinigt haben, nicht wollt? Das ist unerhört. Warst du das, Judith? Sie ist nämlich die Vorlauteste der drei, Herr Richter. Ihr beiden Großen, bringt eure kleine Schwester zur Räson. Das ist eure Pflicht, besonders deine, Marthe, wo du jetzt mündig bist.

Tante Rosie wollte die geschlossene Front ihrer Nichten durchbrechen. Doch die waren schlau genug: Eine wie die andere behauptete, den unerhörten Satz gesagt zu haben, und sie wiederholten, dass sie Pierre Ledru als Vormund ablehnten. Außerdem sei er nicht mal da.

Nun hatte der Friedensrichter einen Trumpf: Das ist gesetzlich vorgeschrieben, der vorgesehene Vormund darf an der Beratung nicht selber teilnehmen. Pierre Ledru, der Mann Ihrer Tante Rosie, wartet draußen. Es ist alles in Ordnung, fahren wir fort.

Wie denn, fortfahren? Sie hätten gerade erst angefangen, ihre Meinung zu sagen, und ihre Meinung über Onkel Pierre sei übrigens die gleiche wie die ihres Vaters: Pierre Ledru ist ein Schwächling, er steht unterm Pantoffel seiner Frau und ist der fadeste Ehemann, den es in der Familie je gab. Er verbringt alle Zeit in seinem Gärtchen, bloß um sich Scherereien vom Leib zu halten, sogar wenn die Familie auf Besuch da ist.

Seine Vormundschaft, die soll er an seinen Rosenstöcken auslassen, sagte Judith, wir sind aber keine Rosenstöcke.

Das war eine Unverfrorenheit ohnegleichen, sie konnte es nicht leugnen. Mit ihren dreizehn oder vierzehn Jahren war Judith die Unbeugsamste der drei, das wusste die ganze Familie.

Der Vater hat seinem Töchterchen immer viel zu viel durchgehen lassen, sogar ermutigt hat er ihre lose Zunge noch, bemerkte Rosie spitz. Sie habe ihn oft genug darauf hingewiesen.

Man wird ihr den Kopf in den künftigen Jahren zurechtsetzen müssen, pflichtete die Großtante bei, da wird Pierre wohl zu tun haben. Aber erst einmal muss das aus der Welt: ihren Onkel beleidigen, damit auch ihre Tante, und das vor dem Richter, den Nachbarn, dem Familienrat. Judith soll sich in aller Form entschuldigen.

Marthe und Sabine beeilten sich, der kleinen Schwester beizuspringen, sie setzten noch eins drauf und stempelten Pierre Ledru rundweg als unfähig ab. Wir wissen doch, dass Tante Rosie dahintersteckt. Sie wird dem armen Pierre sämtliche Entscheidungen diktieren, und der in seinem Garten wird zu allem ja und amen sagen und seine Rosen düngen. Wie nennt man so einen? Einen Strohmann, jawohl, den Strohmann von Rosie Ledru. Wozu die Heuchelei? Wenn Rosie die Vormundschaft über ihre Nichten will, so wie schon über ihre Mutter, Großmama Madeleine, die ein bisschen wirr im Kopf ist und sich dauernd verrechnet, dann soll sie es doch offen sagen.

Rosie Ledru gab zu, dass sie die Verantwortung einer weiteren Vormundschaft, also zweier Vormundschaften auf einmal, nicht hatte tragen wollen, aber natürlich würde sie ihrem Mann ihren Rat nicht verweigern. Wo die Töchter ihres Bruders Louis ihr doch so naheständen. Und wenn ihnen so viel daran lag, wollte sie die Aufgabe gern übernehmen. Sie räumte ein, dass ihr Gatte ein zurückhaltender Mensch sei, der sich jeglicher Initiative enthielt, aber aus purer Herzensgüte, er wolle eben keinem seiner Nächsten zu nahe treten.

Ein Angsthase, sagte Judith, vor seiner Frau kriegt er das Zittern. Doch die Schwestern übertönten ihre Worte, zum einen, um das Angebot ihrer Tante in Betracht zu ziehen, zum anderen, um auf einen Widerspruch hinzuweisen: Der Herr Richter hat uns gerade dargelegt, dass der vorgesehene Vormund nicht am Familienrat teilnehmen darf. Wie wir sehen, ist aber Rosie hier die aktivste. Sie müsste also mit Pierre den Platz tauschen. Was auch heißt, dass die Papiere neu ausgefertigt werden müssen, dass eine neue Sitzung anberaumt und alles noch mal von vorn aufgerollt werden muss, wie wir es ja verlangt haben.

Der Richter presste die Fäuste gegen seine Backen, die Mädchen hatten nicht unrecht, die ganze Chose war miserabel vorbereitet. Vielleicht könnten wir, wenn wir die Entscheidung nun auf ein andermal vertagen, uns heute wenigstens über die Regeln der Vormundschaft einigen?

Es würde die Gemüter beruhigen. Was erwarten Sie voneinander?

Für die Ledrus war die Sache einfach: Drei unmündige Mädchen, also gut, zwei plus eine seit dem heutigen Tag Volljährige, aber alle ohne jede Lebenserfahrung, würden weder allein leben noch über den ererbten Besitz verfügen können. Ihre nächsten Verwandten mussten sich zu Opfern bereitfinden, um ihnen Hilfe zu leisten. Die Großmutter konnte es nicht wegen ihres Alters, ihrer beginnenden Demenz und weil sie selbst unter Vormundschaft stand. So kamen denn Schwester und Schwager des Verstorbenen in Frage, zu denen er die besten Beziehungen hatte. Wer anders als seine ältere Schwester hatte ihn nach dem frühen Tod seiner Frau unterstützt? Wer anders hatte die drei Schwestern Brelan wie eigene Kinder behandelt, die sie wegen der Sterilität ihres Mannes, Pierre Ledru, nicht hatte haben können?

Natürlich war es beim besten Willen der Welt ausgeschlossen, auf einmal drei zusätzliche Personen in die winzige Wohnung aufzunehmen, die Rosie und Pierre in ihrem Gartenhaus schon mit Großmutter Madeleine teilten. Sie dachten … na schön, *sie* dachte …, da ihr Bruder Louis Brelan sich ja ein so großes Haus hatte bauen lassen, eine Narretei, sein Traum von zukunftsweisender Architektur, den sie nie hatte gutheißen können … Sie also dachte, dass sie in dem reichlich seltsamen und für eine Hausfrau nicht besonders praktischen, immerhin aber sehr geräumigen Gebäude alle gemeinsam leben könnten. Ein Privileg in diesen schwierigen Zeiten, wie sie nicht bestritt. Der Krieg war ja noch nicht lange her … Sie verstand ein Haus zu führen, auch wenn es größer war als ihr eigenes, sie würde den jungen Mädchen ihr Wissen weitergeben, würde mit dem Richter über deren Rücklagen und Besitz wachen, und wenn sie in sieben Jahren dann allesamt volljährig wären, oder auch länger, falls die Schwestern sie brauchten, würde sie sich nach erfüllter Pflicht zurückziehen, froh, für ihren Bruder getan zu haben, was er von ihr erwarten durfte.

Klar, erwiderte Judith, es herrscht Wohnungsnot, unsere Tante lebt beengt, da will sie sich bei uns einquartieren.

Niemand ging mehr auf diese Frechheit ein. Selbst wenn sie nicht unrecht hätte und die Ledrus aus der Situation einen Vorteil zögen, wer könnte es ihnen verdenken? Die Beaumonts würden sich freuen, sie zu Nachbarn zu haben, wo sie sich so lange kannten. Es war die vernünftigste Lösung. Jeder käme dabei auf seine Kosten. Die sechs Ratsmitglieder waren einverstanden, sie mussten nur noch abstimmen. Das Einfachste wäre, die Geschwister Brelan würden die offizielle Vormundschaft von Pierre Ledru annehmen, auch wenn er von seiner Frau dirigiert wurde.

Unser Garten ist aber viel größer, da muss er noch viel mehr Rosen ziehen. Bloß, wir sind keine Rosenstöcke.

Was waren diese Mädchen doch eigensinnig. Sie täten gut daran, nicht zu vergessen, dass sie zu dieser Sitzung lediglich mit beratender Stimme zugelassen waren. Dem Familienrat oblag der Schutz der Minderjährigen, sogar vor sich selbst.

Und Sie täten gut daran, nicht zu vergessen, dass eine der Minderjährigen seit heute volljährig ist.

Diese Volljährigkeit ändert nichts an der Sache: Niemand wird durch seinen Geburtstag verantwortungsvoller oder fähiger, eine Familie zu unterhalten.

Die drei Schwestern benötigen die Autorität eines Mannes. Man sieht doch tagtäglich, seit ihr Vater verunglückt ist, dass es ihnen an männlicher Autorität mangelt.

Gibt es außer Pierre Ledru noch einen Mann in der Familie?, fragte der Friedensrichter.

Tante Rosie tat, als verstehe sie nicht. Die Schwestern wechselten Blicke: Mit ihren Männern war die Brelan-Sippe vom Schicksal nicht gesegnet. Lange Krankheit oder Infarkt bei den Gatten der Schwägerinnen, Louis Brelan verunfallt, die Großtante ganz ohne Mann und Großmama Madeleine schon so lange Witwe, dass keiner mehr wusste, wie sie ihren Mann verloren hatte. Der einzige wer weiß warum verschont Gebliebene war Pierre Ledru.

Ich verstehe, sagte der Richter.

Was verstehen Sie?

Verstehen Sie mich nicht falsch …

Darum geht es nicht, entgegneten die drei Schwestern, ob Männer, ob keine Männer, für uns bleibt es dasselbe.

Um was geht es dann?

Wir meinen, das schaffen wir … Wir allein … In dem Haus, das unser Vater gebaut hat. Weder wollen wir bei anderen leben noch andere bei uns aufnehmen. Wir fühlen uns dazu in der Lage. Soll Onkel Pierre ruhig in seinem Garten bleiben, ihm geht es ohne uns bestimmt besser. Auch Rosie bleibt, wo sie ist, und er gehorcht. Warum kann nicht Marthe, da sie nun volljährig ist, Vormund von uns jüngeren Schwestern werden?

Das ist gegen jede Vernunft. Sie haben weder Einkünfte noch Berufe. Selbst wenn das Haus verkauft würde, bliebe das Geld bis zu ihrer Volljährigkeit, wenigstens der beiden Jüngeren, gesperrt. Und wo wollen sie so lange wohnen? Das kostet doch. Am besten ist, wir halten an dem Plan von

Rosie und dem Richter fest. Noch sind sie nicht erwachsen. Stimmen wir endlich ab. Die Familie ist sich mit den Nachbarn einig, der Plan hat Hand und Fuß und ist im Interesse der Mädchen, die die Dinge doch gar nicht übersehen. Was man nach dem schrecklichen Unfall ja auch verstehen kann. Drei Mädchen in diesem Alter plötzlich ganz auf sich gestellt? Undenkbar. Später einmal werden sie uns dankbar sein. Geben wir denn unsere sieben Stimmen für Pierre Ledru als Vormund, für Marthe als Gegenvormund, wenn ihr das Freude macht, und der Fall ist erledigt.

Noch eine Minute, bitte. Der Richter betonte, dass seine Stimme im Familienrat doppeltes Gewicht habe. Und im Gegensatz zu den anderen sei er beeindruckt von den Argumenten und der Entschlossenheit der Schwestern. Vielleicht sogar verführt. Nein. Ein Richter hatte nicht verführt zu sein. Sofort nahm er das Wort zurück. Aber überzeugt, das trifft es. Überzeugt war er und gab seine Entscheidung bekannt: Marthe wird Vormund ihrer Schwestern. Pierre Ledru wird Gegenvormund für den Fall, dass der gesetzliche Vormund ausfällt. Das dürfte beide Parteien zufriedenstellen.

Die sechs Ratsmitglieder sprangen auf. Der Richter begehe einen Irrtum … Sie erinnerten an seine hohe Stellung … Eine Rechtsverweigerung … War es zulässig, dass ein Amtsträger wie er den Plan, den er bisher mit den Erwachsenen der Familie vertreten hatte, über Bord warf und ohne Vorwarnung ins Lager dreier unverantwortlicher Gören überwechselte, ja dass er sich zu deren Komplizen machte? Mit welcher Strenge hatte er vorher seine Rolle durchgehalten. Und jetzt tauschte er ungescheut ein Beschützerlächeln mit den drei Mädchen, die ihn anblickten aus ihrem eigenartig gleichen Grau … Man könnte beinahe meinen, dass sie ihm gefielen … Wenn das keine Schande war … Rosie verkündete, sie liefen unweigerlich ins Unglück. Ach, das Unglück war ja schon geschehen. Daneben erschien jedes weitere klein.

Ich glaube, schloss der Richter, in dem für alle günstigsten Sinn entschieden zu haben. Monsieur und Madame Ledru würden sich bei ihren Nichten kaum wohler fühlen als die Fräulein Brelan in ihrer Gesellschaft.

Ich weiß, was ich weiß, sagte Rosie. Das gibt eine Katastrophe. Aber wenn ihr drei dann kommt und mich auf Knien um Hilfe anfleht, ist es zu spät. Dann wendet euch mal hübsch an euren Richter.

2

In einer Reihe schritten die Schwestern durch die Straßen, voller Freude und nicht wenig stolz, dass sie, drei Mädchen, einem hochgestellten Mann abgetrotzt hatten, was sie wollten. Sie hatten den Gang der Ereignisse in ihre Richtung gelenkt. Als sie aber zu Hause in dem endlosen Korridor ihre Mäntel abwarfen, brach das Gefühl einer großen Leere über sie herein.

Wie gern wäre Marthe jetzt nur erleichtert gewesen, dass sie das hinter sich hatten und die übrige Familie los waren, wie gern wäre sie überzeugt gewesen, dass sie stark genug war, die Dinge in die Hand zu nehmen, aber was vor ihr lag, war so riesig, dass sie erschrak. Zweifel überfielen sie. Wo sollte sie das Geld für das große Haus hernehmen? Wie ihre Geschwister durchbringen, woher immer wissen, was gut für sie war, und wie sich bei ihnen durchsetzen?

Sie hatten Rosies Ratschläge und Drohungen verlacht, hatten die Familie vor den Kopf gestoßen. Mit keinem der Verwandten, die sie öffentlich verspottet hatten, konnten sie mehr rechnen. Waren sie tatsächlich in der Lage, mit so viel Alleinsein fertig zu werden?

Marthe fragte sich laut, ob sie vor dem Familienrat nicht zu heftig aufgedreht hatten? Ob das nicht eine Dummheit gewesen war? Die Beaumonts laden uns bestimmt nicht mehr zu einem Grog ein wie nach den Bombardierungen der Alliierten oder wie nach Mutters Beerdigung und Vaters Unfall.

Aber können wir jetzt noch zurück? Rosie wäre nur zu befriedigt, würden wir zu Kreuze kriechen.

Und wenn sie recht damit hätte, dass wir nicht Rückgrat und Erfahrung genug haben?

Das Haus hatte sechs Zimmer, die Schwestern kauerten sich in Marthes Zimmer zusammen, in einem Bett alle drei, um sich Mut zu machen. Wieder fühlten sie sich verlassen wie an jenem Tag, als ihr Vater starb.

Dass er tot war, hatten sie in der Nacht davor noch nicht gewusst, aber so allein im Haus, hatten sie sich bis zum Morgen nicht voneinander trennen mögen. Am Abend hatte Sabine dann die Nachricht mitgebracht: Sie war nach einer Feier bei einer Mitschülerin zu Fuß auf dem Heimweg gewesen, als ein Radfahrer sie angesprochen hatte.

Ich bin mir nicht sicher, sind Sie es?

Sie hatte sich die Mütze tiefer in die Augen gezogen, was wollte der Mann von ihr?

Sind Sie nicht eine von den Brelans? Ich meine, Sie einmal mit Monsieur Brelan gesehen zu haben. Armes Kind, Ihr Vater ist eben in einem Krankenwagen abtransportiert worden. Drei Straßen von hier. Ich kam gerade vorbei. Ganz zufällig. Ich arbeite oft als Bote für ihn. Er hat eine Kopfverletzung, aber keine Bange, die Sanitäter und ein Arzt haben sich um ihn gekümmert. Warten Sie daheim, bis das Krankenhaus sich meldet. Bleiben Sie ganz ruhig. Es wird schon gutgehen.

Mit dieser Nachricht war sie nach Hause gekommen.

Dann los, nur schnell ins Krankenhaus.

Nein, warten wir ab.

Bei den Brelans gab es kein Telefon, aber die Beaumonts hatten eins, durch sie würde der Vater sie benachrichtigen lassen. Es sollte doch nicht so schlimm sein.

Kein Anruf kam. Entweder wusste er die Nummer nicht auswendig, oder er wollte so spät nicht mehr stören. Aneinandergeschmiegt in Marthes Bett, rätselten die Schwestern ohne Ende, was das wohl heiße, und immerfort musste Sabine ihnen die beruhigenden Worte des Radfahrers wiederholen.

Weit vor Morgen war ein Angestellter des Krankenhauses erschienen. Ist Madame Brelan zu sprechen? Ach, nicht Madame Brelan? Verzeihung, sind Sie das Fräulein Brelan? Machen Sie sich keine Sorgen, Ihrem Vater geht es besser. Er braucht nur saubere Sachen. Seine sind durch den Sturz verschmutzt.

Was für Sachen?

Nichts Besonderes, nur einen reinen Anzug.

Er führte sie in ein Gebäude abseits vom Krankenhaus, man nahm ihnen den Anzug ab, sie warteten.

Bleiben Sie ganz ruhig.

Seltsam, dieses Krankenhaus, so ohne Kranke.

Man wird Sie gleich empfangen.

Es war Zeit, die Mädchen mit der Wahrheit bekannt zu machen: Ihr Vater, Louis Brelan, ist einer Kopfverletzung erlegen. Noch weiß man nicht, wie er sie sich zugezogen hat, ob ihm übel geworden ist, ob es ein Sturz oder ein Überfall war. Zeugen gibt es keine. Die polizeiliche Untersuchung wird es erbringen.

Warum hat man uns gesagt, dass es unserem Vater bessergeht?, fragte Judith.

Um Sie zu schonen, Mademoiselle Brelan.

Ein Lügner sind Sie! Darf man Menschen zur Schonung belügen?

Lass, Judith. Sie sind eben rücksichtsvoll.

Bestimmt werden Sie uns aus Rücksicht auch ersparen wollen, ihn zu sehen.

Es wäre tatsächlich besser … Die Wunde …

Judith wollte sofort in den Aufbahrungsraum. Marthe hätte lieber verzichtet, aber Judith hatte recht. Ihre Mutter war ihnen gezeigt worden, als sie noch klein waren. Sie waren ihrem Vater dasselbe schuldig.

Sind Sie nicht noch minderjährig? Dann müssen wir Ihre anderen Angehörigen benachrichtigen. Sie können den Toten nur mit ihrem Einverständnis und in ihrem Beisein sehen.

Die Stimmen der Geschwister überschlugen sich immer hemmungsloser, sie gellten durch die ganze Leichenhalle. Der Angestellte wusste nicht mehr aus noch ein … Ein solches Geschrei an so einem Ort … Schließlich gab er nach, der Leichnam müsse nur erst in den reinen Anzug gekleidet werden.

Das war nicht ihr Vater, was sie sahen, nur ein weiß und dicht verbundener Männerkopf, der ganze Schädel umwickelt, das Kinn von einer Binde gehalten. An der rechten Schläfe ein rosaroter Fleck, der aussah, als ob er größer und größer würde.

Wenn das Blut noch fließt, lebt er noch, sagte Judith.

Der Fleck wird nicht größer, das sieht nur so aus.

Wenn man lange draufguckt, wird er größer.

Sie starrten nur mehr auf den roten Fleck im Verband. Alle drei hatten sie Kopfschmerzen bis zur Beerdigung. Ihr einziger Gedanke war: verlassen. Unser Papa hat uns verlassen. Es war Schicksal, er hatte sich verletzt, oder er war ermordet worden, die Polizei hatte es nicht eindeutig feststellen können.

An diesem Abend jedoch lag der Fall anders.

Wir sind noch verlassener, aber jetzt durch unsere Schuld. Wir hätten Onkel Pierres Vormundschaft nicht ablehnen dürfen.

Mitternacht war vorüber, der 19. April hatte begonnen, Judith war soeben vierzehn geworden. Auf einmal verstand sie die Verzagtheit der Großen nicht mehr. Sie umschlang die Schwestern mit ihren schmächtigen Armen. Die grauen Augen in ihrem spitzigen Gesichtchen wirkten größer als die der beiden anderen.

Ihr werdet wieder behaupten, ich weiß nicht, wovon ich rede. Aber wie können wir sagen, wir sind allein, wenn wir zu dritt sind? Solange wir zu dritt sind, sind wir nicht allein. Wir müssen nur zusammenhalten, meint ihr nicht? Wir sind Schwestern von Anfang an, und wenn wir es wollen, bleibt es so bis ans Ende. Ihr dürft mich nur nie im Stich lassen.

Die Großen ließen sich nur zu gern auf Judiths Beschwörungen ein, auch wenn ihre Überlegungen ihnen, wie so oft, nicht ganz behagten. Seit sie sprechen konnte, setzte sie ihre Umgebung durch Worte in Erstaunen, die für ihr Alter zu klug oder zu spöttisch waren. Und nun sollten sie ihr heute Nacht geloben, ein für alle Mal Schwestern zu bleiben und sonst gar nichts.

Das ist wieder so eine Dummheit von dir. Aber davon haben wir gestern genug gemacht: Sobald es Tag wird, geht Marthe zum Gericht, meldet sich bei dem Richter an und sagt, dass sie von der Vormundschaft für ihre Geschwister zurücktritt.

Wenn du das machst, schlitze ich mir die Pulsadern auf.

Judith stand auf und ging fort, kam mit einer Schere wieder und streifte sich die Ärmel hoch.

Marthe verbat sich diese kindische Erpressung und kassierte als verantwortliche große Schwester die Schere. Judith brüllte, dann solle sie auch gleich sämtliche Messer im Haus verstecken. Sabine schlug vor, nichts zu übereilen. Marthe solle warten, ehe sie den ganzen Bau über den Haufen warf. Und ebenso Judith, ehe sie sich die Pulsadern aufschlitzte. Sie gefiel sich in der Vermittlerrolle zwischen den Schwestern, es gab ihr bei beiden ein höheres Ansehen.

Nur dass beide nicht groß auf sie hörten. Kaum wurde es Tag, da behaupteten sie, ihre Drohungen wahr zu machen. Marthe zog den Mantel an, zog ihn wieder aus. Judith entblößte dauernd ihre Handgelenke.

Wir kleben zu sehr aneinander, dachte Sabine. Marthe hat recht, wenn wir uns derart isolieren, dann gute Nacht. Wir brauchen jemanden, der uns beisteht, uns Rat gibt. Aber Judith hat auch nicht unrecht: Wenn wir jetzt zurückrudern, erniedrigen wir uns.

Die Stirn am Küchenfenster, hing sie ihren Gedanken nach und überwachte gleichzeitig, was ihre Schwestern machten. Das Haus lag an einem Straßenknick; der Vater hatte diesen Platz geliebt: Von hier hatte man freie Sicht bis zum Boulevard, über hundert Meter in gerader Linie. So weiß man immer, wer zu uns kommt und wer von uns weggeht, pflegte er zu sagen.

Da nahte auf dem rechten Gehsteig eine wackelige Gestalt in Trauer, Großmama Madeleine, noch kleiner und zarter als Judith. Das Alter hatte sie geschrumpft. Lange hatte sie bei ihrem verwitweten Sohn und ihren Enkelinnen gelebt und ihnen geholfen. Als sie immer schwächer wurde und nicht mehr helfen konnte, nahm ihre Tochter Rosie sie zu sich und schließlich unter Vormundschaft. Die Großmama kam oft unangemeldet auf ein Pläuschchen und ließ sich ihr Taschengeld zählen.

Rosie gab ihr wöchentlich einen Betrag für ihre kleinen Bedürfnisse. Großmama verhedderte sich in den Zahlen, sie wusste nie, wie viel sie noch hatte. Wenn sie Rosie danach fragte, wurde sie gescholten; also fragte sie lieber die Enkelinnen. Wie viel hab ich im Portemonnaie? Man sagte es ihr, doch noch bevor sie ging, hatte sie es wieder vergessen; es wurde noch mal gezählt. Rosie sagte, das sei die Strafe dafür, dass sie nie gelernt habe, mit Geld umzugehen: In der Jugend hat Großmama es zum Fenster rausgeworfen, anscheinend ohne es zu merken, jetzt kapiert sie nichts mehr. Über ihre Vergangenheit weiß niemand recht Bescheid, sie ist so alt, dass sie sogar ihre Jahre nicht mehr zählen kann.

Jedes Mal, wenn sie über die Schwelle trat, lachte sie erst einmal, es begann hoch und kullerte rasch die Tonleiter abwärts. Judith hätte zu gerne gewusst, was sie so lustig fand. Sie bekam nie eine Antwort. Marthe meinte, Großmama sei immer eine fröhliche Frau gewesen. Sie freut sich, uns zu sehen, und lacht, weiter hat das nichts zu sagen. Das allerdings bezweifelte Sabine, Fröhlichkeit könne sie in diesem Lachen nicht recht entdecken.

Noch zweifelhafter war etwas anderes: Die Großmama war seit zwei, drei Wochen nicht zum Zählen ihres Taschengeldes erschienen, warum kreuzte sie gerade heute auf? War sie etwa von Pierre und Rosie Ledru geschickt worden, um den Mädchen auf den Zahn zu fühlen? In der Hoffnung, dass die Schwestern ihren Irrtum einsahen? So abwegig war der Gedanke nicht, die Großmama würde den Ledrus eine Freude machen, wenn sie von der Verlegenheit der Mädchen berichtete.

Sabine warnte ihre Schwestern: Wir müssen so tun, als ob wir zufrieden und einig wären.

Es war das erste Mal, dass sie vor Großmama Madeleine Komödie spielen sollten, und das, wo alles schieflief.

Zuerst kam also ihr Lachen, genauso rasch und flüchtig wie gewohnt. Sie legte ihr Portemonnaie auf den Tisch, Judith zählte ihr mit deutlicher Stimme die Münzen vor. Sabine wartete bis zum Schluss, dann fragte sie die Großmutter, ob die Ledrus viel Böses über sie gesagt hatten.

Mir erzählen sie ja nichts, wisst ihr, dazu bin ich zu alt. Aber ich höre noch ganz gut. Und ich sage euch, ihr habt es richtig gemacht, Kinder. Und dass ihr's wisst, auf Großmama Madeleine ist Verlass.

Keine der drei Schwestern war sich klar, ob sie die neue Lage denn begriffen hatte: Wusste sie überhaupt, dass Louis tot war?

Wenn man vom Tod ihres Sohnes sprach, lachte sie laut und offen heraus, was einen über ihren mentalen Zustand nicht eben beruhigte, nur dass dieses Lachen wohl etwas anderes bedeutete als Fröhlichkeit. Die Schwestern erklärten ihr, natürlich alle drei durcheinander, was sie im Familienrat und bei dem Richter erreicht hatten. Marthe konnte ihre Unsicherheit nicht verhehlen, Judith übertönte die zweifelnde Stimme nach Kräften.

Die Großmutter lachte lauter. Ihr denkt, ich verstehe nichts, so wie Rosie, aber ich weiß genau, dass eure Tante euch die ganze Zeit nur das Leben versauert hätte. Mit mir macht sie das ja schon. Glaubt mir, ohne sie und Pierre seid ihr besser dran.

Kann schon sein, sagte Marthe, aber siehst du auch, dass wir jetzt ganz allein dastehen?

Wieso ganz allein? Bin ich denn nicht da?

Sicher – nur, welche Hilfe konnte eine Frau ihres Alters schon sein?

Wie viel ist in meinem Portemonnaie?, fragte Großmama Madeleine, bevor sie sich auf den Rückweg machte.

Sie war beizeiten vor Mittag losgetapert, damit sie nicht zu spät zum Essen bei den Ledrus erschien.

Bei ihr kann man nie sicher sein, sagte Marthe, aber ich glaube, sie sähe es sehr ungern, wenn wir uns ihrer Tochter unterwerfen würden. Und wenn ich jetzt nicht zum Richter gehe, dann nicht deinetwegen, Judith, sondern Großmama zuliebe.

Judith frohlockte: Großmama ist eben immer auf meiner Seite.

Sabine atmete auf, langsam begriff sie, dass sie doch nicht mehr so allein dastanden.

Seht mal, was ich auf dem Tischchen in der Diele gefunden habe: Großmamas Portemonnaie, sie hat es vergessen, wir müssen ihr nachlaufen.

Nein, nein, das hat sie absichtlich liegenlassen; sie denkt, dass uns das zum Leben reicht. Damit will sie uns zeigen, dass sie zu uns hält.

Sie waren beschämt, weil sie ihre Großmutter verdächtigt hatten, für die Ledrus spionieren zu wollen.

3

Die Schwestern hatten Zuversicht daraus geschöpft, dass sie zu dritt waren. Und die hatten sie nötig, als der Notar die Familie wegen der Erbschaft zusammenrief. Es gab kein Testament; als Louis mit dreiundvierzig Jahren starb, war ihm keine Zeit dafür geblieben; seine gesamte Hinterlassenschaft ging an seine direkten Nachkommen, seine drei Töchter.

Marthe durfte über ihr Erbteil verfügen, ihre Schwestern jedoch noch nicht. Vielleicht könnten sie bald den Status von selbständigen Minderjährigen erhalten, das würde man sehen. Eine jede erbte ein Drittel des Hauses, ein Drittel der Möbel und Barschaften, ein Drittel von Louis' Anteilen an einem Architekturbüro in Boulogne, das im Pariser Westen und darüber hinaus tätig war. Marthe beschloss, ihr verfügbares Geld für den Unterhalt der Schwestern einzusetzen, bis die einmal das Gleiche tun könnten. Der Notar warnte sie, das wäre so, als würde sie ihren Schwestern Geld ohne Garantie leihen. Wenn die bei ihrer Volljährigkeit die gleichen Beträge erhielten, könne sie nichts an deren alleinigem Gebrauch hindern, ohne in den Gemeinschaftstopf einzuzahlen. Sie könne sie zu keiner Rückerstattung zwingen.

Wir sind Schwestern, sagte Judith. Und vom Schwesternsein kann man nicht zurücktreten.

Da kenne ich andere, antwortete der Notar.

Marthe wurde unsicher. Aber das war jetzt nicht der Ort, nicht in der Öffentlichkeit. Sie hatte mit den Jüngeren seit je ihr Spielzeug, ihre Kleider, ihre Näschereien geteilt, ohne jede Berechnung. Sie würde ihr Eigentum für die Bedürfnisse aller verwenden, ohne etwas zurückzuerwarten, außerdem würde sie so bald wie möglich eine Arbeit aufnehmen. Sie war noch nie enttäuscht worden. Sie waren Schwestern, Judith hatte recht. Misstrauen war unnötig untereinander. Marthe bezweifelte nicht, dass Judith und Sabine ebenfalls teilen würden.

Die Erbsache nahm ihren Lauf. Da hieß es durchhalten, bis das Drittel der verfügbaren Summe frei gegeben würde.

Sabine rasselte bei der Reifeprüfung durch und musste die Klasse wiederholen. Wie hätte sie bei all den Aufregungen der letzten Monate büffeln sollen? Am besten, man fand sich damit ab. Wie sollte jemand seinen Abschluss machen, wenn ihm der Vater gestorben war?

Judith hatte ein Vierteljahr vor dem Unfall ihre Regel bekommen, die blieb seit der Beerdigung aus. Der Schock, sagte der Hausarzt der Familie, Doktor Bontemps, vorläufig ist das kein Problem. In ein paar Wochen, ein paar Monaten kommt das wieder in Gang. Und wenn nicht, wird man sehen. Vertrauen wir auf die Zeit.

Großmutter Madeleine kam jede Woche, ließ ihr Portemonnaie durchzählen und vergaß den Inhalt in der Küche oder auf der Toilette. Wohin, fragte sich Rosie Ledru, mochte das Geld ihrer Mutter nur immer verschwinden? Keine Spur von kürzlichen Einkäufen, keine Rechnungen.

Törtchen beim Konditor, sagte die Großmama, die hab ich aufgegessen. Eine Tasse Kaffee in der Teestube, die hab ich ausgetrunken.

Geld für eine ganze Woche an einem Tag weg?

Es waren halt viele Törtchen, viele Tassen Kaffee.

Großmama Madeleine kannte die Geschäftsleute seit Jahrzehnten, die stellten ihr Papierchen mit Stempel aus. Sie lachte, wenn sie ihrer Tochter die Rechnungen vorlegte, wagte sogar, um eine Zulage zu bitten. Womit sie den Argwohn noch vermehrte. Aber wenn das Leben nun mal so teuer ist? Willst du mich wieder auf Rationierung setzen?

Du vergeudest doch alles, sagte Rosie, für sie war die verschwenderische Jugend ihrer Mutter eine Schande. Sie war genauso unvernünftig wie ihre Enkelinnen.

Tante Rosie kam ihren gemeinsamen kleinen Schummeleien immer mehr auf die Spur, und die legte sie den Geschwistern zur Last.

Bestehlen sie dich? Es würde mich nicht wundern. Wenn es so ist, reichen wir Klage ein. Dann kommen sie vor Gericht. Die zwingen dich nicht mehr, sie zu besuchen.

Großmama Madeleine protestierte, sie drohte, es wäre ihr Tod, wenn ihr die Besuche verboten würden. Rosie gab nach, aber Ende des Sommers strich sie ihr jegliche Zuwendungen: Wenn sie dich nicht bestehlen, musst du dein Geld doch unterwegs verlieren. Bist du sicher, dass du deine Handtasche immer richtig zumachst? Sag mir, was du brauchst, ab jetzt kaufe ich für dich ein.

Es waren keine großen Summen, aber die drei Schwestern hatten sich an diese Geschenke, die sie nicht ausschlagen konnten, gewöhnt. Kleinigkeiten, die auf einmal fehlten.

4

Die Regel kam nicht wieder. Judith träumte von Blut, von einem roten Fleck, der größer und immer größer wurde. Überzeugt, in ihrem Blut zu schwimmen, fuhr sie aus dem Schlaf hoch, es war aber nichts, nur ständige Leibschmerzen, deren Ursache der Doktor nicht finden konnte. Nach den Oktoberferien blieb sie dem Unterricht fern, ein Gefälligkeitsattest von Doktor Bontemps entschuldigte sie als kränkliches Kind.

Sabine schwänzte die Schule unter dem Vorwand, sie müsse auf ihre kleine Schwester aufpassen, ein kränkliches Kind ohne andere familiäre Fürsorge. Auch Marthe scheute sich bei ihrer Arbeitssuche nicht mehr, ans Mitgefühl zu appellieren. Sie hatte mit einem Jurastudium begonnen, in ihrer Situation war an eine Fortsetzung des Studiums aber nicht zu denken. Sie musste sich um eine Anstellung bewerben, indem sie bei kleineren Firmen der Stadt ihre paar juristischen Kenntnisse unter Beweis stellte. Ihr Schicksal war allbekannt, der unaufgeklärte Unfalltod von Louis Brelan hatte viel Gerede verursacht. Sie brauchte sich nur als älteste Tochter von Monsieur Brelan vorzustellen. Zu Anfang ging das auch gut: Marthe erhielt eine kleine verwaltungstechnische Aufgabe ohne Vertrag und dafür eine

Anerkennungssumme, ein Akt der Mildtätigkeit. Wenn Sie gut arbeiten, können wir Sie öfter beauftragen … Eine Familie wie die Ihre … Wir sehen es als unsere Pflicht an, Sie zu unterstützen. Fünf, sechs Aufträge der Art kamen zustande, zwei Gesellschaften zeigten sich auf Grund der Schnelligkeit und Klarheit von Marthes Arbeit an mehr interessiert. Sie sah sich schon eingestellt, ihre Schwestern konnten unbesorgt weiter zur Schule gehen.

Als sie mit einem Versicherungsagenten abzuschließen hoffte, war es aus mit dem Mitgefühl: Ihm waren Informationen über Marthe und ihre Schwestern zugegangen. Drei Mädchen, die mit ihrer Familie gebrochen hatten, die sich für sie hatte aufopfern wollen; es fehlte ihnen weder an Besitz noch an Geld, doch rissen sie sich unter den Nagel, was sie nur konnten, ein Haus, das viel zu groß für sie war, während ihre Angehörigen in winzigen Wohnungen aufeinanderhockten. Sogar der Tod des Vaters machte sie verdächtig. Wenn er beim Eintreiben ausstehender Rechnungen umgekommen war, wie gemunkelt wurde, bewies das nicht, dass es dabei nicht mit rechten Dingen zugegangen war? Der Agent hatte einen Vertrag vorbereitet, fühlte sich nun aber hinters Licht geführt von einer jungen Frau, die weniger offen war, als sie den Anschein erweckt hatte. Er wollte mit niemandem Ärger, er werde sie einigen Kollegen empfehlen.

Marthe traf die Kollegen. Nun war es offensichtlich, dass die Mädchen den Ruf hatten, hochnäsig, familienfeindlich und verlogen zu sein. Seine Quellen nannte keiner, sie waren ja leicht zu erraten. Rosie hatte sie bei allen Geschäftsleuten ringsum angeschwärzt. Ein Krämer spuckte es schließlich aus: Intrigantinnen hatte Madame Ledru sie genannt, einen Friedensrichter hätten sie in die Tasche gesteckt, hätten einem Mann des Gesetzes den Kopf verdreht, so dass er gegen jede Vernunft geurteilt habe. Wenn eine vierzehnjährige Göre gestandene Männer nach ihrer Pfeife tanzen ließ, wo sollte das hinführen?

Keiner will mich nehmen, ich muss woandershin gehen, wo man uns nicht kennt.

Die Direktorin des Lyzeums wird auch allmählich ungeduldig.

Der Doktor sagt, er verlängert das Attest nicht. Dass die Regel ausbleibt, na und? Das passiert vielen Mädchen. Er ist auch Hausarzt der Ledrus, mehr braucht man nicht zu wissen.

Die Beaumonts schauten mehrmals bei den Mädchen vorbei. Sie hatten mit Louis Brelan im besten Einvernehmen gestanden, hatten sich um die Kinder gekümmert, als er in Gefangenschaft war, hatten sie bei der Befreiung zu sich genommen, als die aus der Normandie anrückenden Panzer durch die Straßen donnerten, dass sämtliche Häuser erzitterten. Solcher Erinnerungen eingedenk, öffneten die Schwestern ihnen bereitwillig ihre Tür. Das Ehepaar gab sich freundlich: Braucht ihr etwas? Man sieht euch gar nicht mehr. Habt nur keine Hemmungen, was immer es ist, Würfelzucker, Öl oder Brot.

Wir haben alles, sagten die Mädchen.

Doch sie ließen nicht locker, traten ein, plauderten wie gute Nachbarn, denen das Unglück der Brelans naheging. Die ersten Male schienen sie auch aufrichtig besorgt, keinerlei Anspielung auf den Familienrat. Scherzende Reden, Monsieur Beaumont hielt sich für einen Spaßvogel, aber Madame Beaumonts Blicke saugten sich an der Küchenspüle fest: Nanu, habt ihr euren Abwasch noch nicht fertig? Sie fuhr mit einem Finger über die Fensterbretter.

Sag mal, Judith, man sieht dich ja nicht mehr zur Schule gehen. Natürlich musst du mit vierzehn Jahren nicht mehr. Aber womöglich hat Marthe nur vergessen, dich anzumelden?

Die Schwestern waren sich sicher, dass die Beaumonts im Auftrag von Tante Rosie kamen. Sie würden bald bei den Ämtern angezeigt werden, und sie konnten sich vorstellen, was ihnen vorgeworfen würde: das Haus in Verwahrlosung, die Sanitärverhältnisse besorgniserregend, Erziehungsmängel. Dabei hielten sie das Haus ihres Vaters sauber, seine Kleider, seine persönlichen Dinge in Ordnung, ohne etwas zu verändern, wie ein Museum seit der Stunde seines Todes. Und Judith lernte allein besser als auf dem Lyzeum, fand sie. Den ganzen Tag las sie Bücher aus der väterlichen Bibliothek, Lehrbücher für Architektur, Artikel über utopische Stadtplanung, Louis Brelans Leidenschaft.

Die Beaumonts bezweifelten, dass Lesen die Schule ersetzen könne. Darauf schwiegen die Mädchen lieber still, sie würden nur für verrückt gehalten, und Rosie würde es sich zunutze machen. Vielleicht war etwas der Art schon im Gange. Die Schwestern meinten, amtliche Kontrolleure umstrichen das Haus. Sie öffneten nicht mehr, wenn jemand klingelte, es sei denn, sie hatten ein bekanntes Gesicht sich nähern sehen. Nur die Beaumonts aus dem Nachbarhaus konnten unbemerkt plötzlich vor der Tür stehen, die einzige Schwachstelle in Louis Brelans baulicher Planung. Sie ließen sie nicht mehr herein. Sollten sie den Ledrus doch erzählen, was sie wollten. Das Gesetz ist auf unserer Seite, sagten Judith und Sabine, Marthe ist unser gesetzlicher Vormund.

Immer öfter wünschte Marthe, sie wäre die Verantwortung los. Obwohl sie zu dritt waren, fühlte sie sich sehr allein. Sie wagte es nicht, dieses Gefühl laut auszusprechen. Sogar Großmama Madeleine besuchte ihre Enkelinnen nicht mehr so oft, seit es in ihrem Portemonnaie nichts mehr zu zählen gab. Nur ab und zu noch kam sie mit ihrem freudlosen Lachen, ihrem wirren Geplapper, dem Schalk, der ihr aus den Augen blitzte, wenn sie von ihren kleinen häuslichen Diebereien erzählte: Esswaren, Geldstücke für die Mädchen. Sie glaubte immer, Wunder wie groß die entwendeten Beträge seien, widersprechen nützte nichts.

Die Schwestern fühlten sich unehrlich vor ihr: Genauso wie sie ihnen von ihrem Leben bei den Ledrus erzählte, von den unfreundlichen Worten, die sie manchmal zu hören bekam, konnte man sich vorstellen, dass sie Rosie ohne böse Absicht auch von ihren Gesprächen mit den Enkelinnen berichtete. Also nahmen sie sich in Acht und schönten ihr Dasein, während sie viel lieber ihr Herz ausgeschüttet und sich hätten trösten lassen. Man wusste nie, wie weit die Großmutter sich täuschen ließ.

Manchmal stellte sie peinliche Fragen: Arbeitest du heute nicht, Marthe? Ich dachte, du hättest eine Stelle im Architekturbüro.

Wie kam sie denn darauf? In Großmamas Kopf nebelte es immer mehr. Gerade das Architekturbüro war das Letzte, wo Marthe hätte Arbeit finden können. Louis Brelan hatte seinerzeit mehrere Anteile an der Architektenvereinigung Cicéro in Boulogne erworben. Auf die Weise hatte er sein unerfülltes Sehnen, ein anerkannter Architekt und Stadtplaner zu werden, kompensiert. Bei seiner Beerdigung hatte Monsieur Cicéro die Schwestern direkt vor der Kapelle angehalten, als der Trauerzug nur darauf wartete, dass sie die erste Reihe einnähmen, um sich in Bewegung zu setzen. Er wollte ihnen Louis Brelans Anteile so schnell wie möglich abkaufen und nannte auch gleich einen Preis, und zwar einen lächerlichen unter dem Vorwand, er sei in einer schwierigen Lage, die Konkurrenz schlafe in dieser fiebrigen Wiederaufbauphase nicht. Marthe hatte ihm entgegnet, sie müssten ihre Erbberechtigung abwarten. Als Minderjährige dürften sie erst nach Jahren über den Verkauf dieser Anteile entscheiden. Und grundsätzlich würden sie von ihrem Vater gar nichts veräußern. Das verstand Monsieur Cicéro nicht.

Sie können jetzt zugreifen oder es lassen. Eines Tages werden Sie mich darum anflehen, aber dann bekommen Sie vielleicht nur die Hälfte. Überlegen Sie es sich schnell.

Für sie gab es da nichts zu überlegen. Die Anteile blieben ihnen, später einmal würden sie Gewinn abwerfen. Monsieur Cicéro hatte gehofft, ihre Unerfahrenheit auszunutzen, sein Pech. Aber danach bestand keine Hoffnung mehr, dass das Architekturbüro Marthe einstellte. Im Übrigen wäre es auch widersinnig, die Angestellte ihres Teilhabers zu sein.

Habt Ihr Papas Auto noch?, fragte Großmama.

Es steht seit seinem Tod unberührt in der Garage.

Wie oft hat uns Louis zu Ausflügen aufs Land mitgenommen. Da hat er dir doch das Autofahren beigebracht, Marthe.

Ja, und? Ich habe keinen Führerschein.

Papperlapapp! Hol das Auto aus der Garage.

Was hat das mit Monsieur Cicéro zu tun?

In einer Stunde sind wir in Boulogne.

Aber das ist verboten.

Was schert dich, was verboten ist, Marthe. Fahr uns hin, das wird ein Spaß.

Es war ein alter Renault, ein bordeauxroter Monasix Luxe von 1930. Die vier Brelans, Großmutter samt Enkelinnen, ließen die sechs Zylinder über die Nationalstraße 12 knattern. Marthe umkrampfte das Steuer, überwachte ihre Füße, geriet wegen des stuckernden Motors in Ängste. Sabine nannte ihr die jeweilige Richtung, riet zu den besten Manövern. Judith fand, man fahre zu langsam, Großmama Madeleine lachte vor Glück. In jeder Kurve schienen die Straßenbäume auf sie zuzurasen, die Männer hinter ihnen hupten, weil Marthe nicht schnell genug fuhr; sie hupten, wenn sie überholten und sahen, dass da vier Frauen allein an Bord waren; sie hupten dann vor ihnen, um ihnen als witzelnde Kavaliere freie Fahrt zu bieten.

Die hetzen uns noch die Polizei auf den Hals, sagte Marthe, ich halte an.

Wohin fahren wir doch gleich?, fragte Großmama Madeleine unbeirrt.

Zu Monsieur Cicéro, sag bloß, du hast es vergessen.

Ha, Cicéro, ihr sollt sehen, was der mir schuldig ist.

Über eine Stunde warteten sie in dem Monasix, der vor dem Architekturbüro geparkt war. Sabine erstarrte, als der Bote, der ihr den Unfall ihres Vaters mitgeteilt hatte, aus dem Gebäude trat, um sich auf sein Fahrrad zu schwingen. Er kam an die Wagentür: Welche von Ihnen heißt Marthe? Sie werden drinnen verlangt.

Großmama Madeleine war außer Atem, ihr armer Körper war am Zusammenklappen, sogar ihr Lachen klang erschöpft. Die ganze Zeit hatte sie auf Monsieur Cicéro eingeredet. Nun war es vollbracht, nur dass er keine Begeisterung zeigte.

Ihre Großmutter will mein Büro nicht verlassen, bevor wir nicht Ihren Einstellungsvertrag unterschrieben haben. Er wird gerade ausgefertigt.

Dazu sind Sie nicht verpflichtet, sagte Marthe.

Wenn Sie keinen Wert drauf legen, lassen wir das alles bleiben.

Wieso nicht verpflichtet?, fragte Großmama Madeleine. Ich rackere mich eine Stunde für dich ab, und du weißt weiter nichts zu sagen? Ruf deine Schwestern, Marthe.

Wozu die Schwestern? Ich warne Sie, noch zwei nehme ich nicht, um Ihnen eine Freude zu machen … Wie Mademoiselle Brelan sagte, dazu bin ich nicht verpflichtet.

Geh und hol deine Schwestern, Marthe.

Sabine und Judith umringten Marthe. Die drei Schwestern befragten sich mit Blicken. Sabine fing an: Da wären wir also… Wisst ihr noch, fragte Judith, was Papa über Monsieur Cicéro gesagt hat? … Bist du still, Judith… Monsieur Cicéro ist bereit, Marthe aus Freundschaft zu Papa einzustellen?, fragte Sabine. Und ich? Warum nicht auch mich?

Monsieur Cicéro wurde nervös: Wir unterschreiben sofort. Ihre Schwester fängt morgen an. Aber damit wir uns recht verstehen, nur sie allein.

Ist ja gut, schloss Großmama Madeleine mit einem gurgelnden Lachen.

Er hatte keine Wahl, sagte sie im Monasix. Nach allem,

was dein Vater für ihn getan hat und all dem, was ich für deinen Vater getan habe. Wir haben ihm den Start ermöglicht. Damit dämmerte sie ein.

Marthe weigerte sich, mit den Schwestern weiter im selben Bett zu schlafen. Diese erste Anstellung gab ihr ein neues Gefühl von Unabhängigkeit, allerdings auch neue Sorgen, von denen die Schwestern nichts merken sollten. Monsieur Cicéro hatte sich widerwillig breitschlagen lassen, sie zu nehmen. Es war ein undefinierter Hilfsposten im Sekretariat mit geringer Bezahlung, die durch ihren Mangel an Erfahrung gerechtfertigt war, ihr aber unter aller Würde erschien. Großmama, verquer in ihren Rechnereien wie immer, hatte das Gehalt auf der Rückfahrt mehr als anständig genannt. Wie hätte man ihr sagen können, sie habe sich hereinlegen lassen, wo sie strahlte vor Seligkeit, dass sie Monsieur Cicéro in die Knie gezwungen hatte.

5

Zweimal nur im ersten Monat bekam Marthe Monsieur Cicéro zu Gesicht, so als ob der Mann nie arbeitete. Wer hätte sich vorstellen können, dass der Chef ausblieb, um einer Angestellten nicht zu begegnen? Es gab kaum etwas für sie zu tun in diesen Tagen, außer das Kommen und Gehen zu beobachten.

Sie wollen dir zeigen, dass du unnütz bist, sagte Sabine, um dich am Jahresende umso leichter rauszuwerfen. Du musst dir selbst Arbeit suchen.

Nein, mach so wenig wie möglich, sagte Judith, dann brauchst du nachher nichts zu bereuen.

Marthe wollte richtig arbeiten, so wie es ihrer Aufgabe und ihrem Gehalt entsprach, nicht mehr, nicht weniger. Sie kam nicht dahinter, ob die anderen Angestellten etwa Anweisung hatten, sie an ihrem schräggestellten Zeichentisch auflaufen zu lassen. Sie reagierten gereizt, wenn sie wegen nichts aufstand.

Sie stören die Konzentration, verstehen Sie?

Schließlich fragte sie die Herren, ob sie vielleicht Besuch von Rosie Ledru bekommen hatten. Der Name sagte ihnen nichts. Die Schwester von Louis Brelan? Kann sein. Ihre Mienen blieben undurchschaubar. Egal aber, ob Rosie intrigiert oder der feindselige Chef es so befohlen hatte, ihre Lage war nicht auszuhalten, sie musste einen Ausweg finden. Sie pirschte sich an die Faulsten heran. Wenn dieses Mädchen dermaßen nach Arbeit und immer mehr Arbeit schrie, war es doch bequem, ihr die undankbarsten Aufgaben zu überlassen, Übertragungen, Reproduktionen von Dokumenten. Die Sachen gingen ihr schnell von der Hand, das fiel auf.

Wenn es eine Anweisung gegeben hatte, sie abseitszuhalten, wurde sie nicht mehr streng befolgt. Einige gaben zu, dass mal Empfehlungen der Art von oben gekommen seien, aber davon sei doch keine Rede mehr. Zum ersten Mal lachten sie mit ihr gemeinsam darüber. Nachdem ihnen das herausgerutscht war, nahmen sie sich wieder mehr zusammen. Doch warum sollte man sich eigentlich zusammennehmen? Schüchterne Komplimente folgten: ihre grauen Augen, zwischen Blau und Grün, ihre dichten Haare, ihre engen Hemdblusen und was sie verbargen, ihre Schuhe. Ein Mädchen von gut zwanzig, wie sollte das so gefährlich sein, wie es geheißen hatte. Warum hatte man sie denn eingestellt, wenn sie gefährlich wäre? Klar, eine Tochter von Louis Brelan, man konnte sich eine Art Schuld vorstellen, aber warum trug man die nicht ab, indem man die Tochter des früheren Teilhabers freundlich aufnahm? Es wurde von den Anteilen ihres Vaters an dem Unternehmen geflüstert. Aber demnach könnte sie ja auch Chefin sein? Am besten, man machte es jeder Seite recht, ohne dass es groß auffiel.

Monsieur Cicéro ließ sich nun öfter im Büro blicken. Er sei gereist, behauptete er, um in der Provinz laufende Geschäfte zu überwachen. Wieder machte er um Marthe einen großen Bogen: Allen Angestellten drückte er die Hand, nur sie allein grüßte er von weitem, wenn er ihrem Blick nicht ausweichen konnte.

Nimm es nicht übel, sagte Sabine am Abend, es ist ein Zeichen von Anerkennung, er behandelt dich nicht wie die anderen. Zeig ihm dein schönstes Lächeln. Wenn er vorhatte, dir sein Architekturbüro zu vermiesen, damit du von selber gehst, muss er sich nun eingestehen, dass sein Plan misslungen ist.

Vor allem aber, beharrte Judith, tu so, als ob du sehr beschäftigt wärst, und mach nichts.

Einen Tag nach Neujahr wurde sie zu ihm bestellt. Nicht etwa um ihr gute Wünsche auszusprechen, sondern die Aufforderung in dürrem Ton, im Sessel des großen Büros Platz zu nehmen. Er sah sie nicht einmal an. Fürchtete er vielleicht, ihr zu viel Ehre zu erweisen, wenn er das Wort an sie richtete? Immerhin kam er ihr nicht ungehalten, kurvte vielmehr um sie herum, als wisse er nicht, wie er anfangen sollte. Er wird zum Jahresbeginn fragen wollen, ob ich das Haus nicht verlassen will, sagte sie sich, aber auf die sanfte Tour. Rausschmeißen kann er mich wegen Großmama nicht. Er zöge es vermutlich vor, wenn ich kündigen würde. Und ich werde kündigen, weil mir die Bezahlung zu niedrig ist und die Arbeit zu uninteressant. Großmama glaubte, mir Gutes zu tun, ein Irrtum. Sie waren nicht verpflichtet, mich einzustellen. Also, bis hierher und nicht weiter. Wahrscheinlich wäre er zum ersten Mal mit ihr zufrieden. Und was würden ihre Schwestern sagen? Sie habe sich sowieso verkauft? Sie solle es ihm nicht so leicht machen mit ihrer Kündigung.

Endlich begann er. Sie konnte es kaum fassen, er fand, sie arbeite gar nicht schlecht. Doch, doch, für eine Anfängerin eine überraschende Effizienz. Seine Mitarbeiter hätten es ihm bestätigt. Er habe sie unterschätzt. Er hatte sich der alten Mutter von Louis Brelan gegenüber barmherzig zeigen wollen, ohne sich von der Anstellung der Enkelin viel zu erwarten. Dabei hätte er sich denken können, dass eine Tochter von Louis Brelan ihre Qualitäten habe. Er vergesse nicht, wie sehr Louis ihm bei der Errichtung des Büros Cicéro, zu Anfang seiner Karriere, unter die Arme gegriffen habe. Er, Cicéro, habe von seinen Ratschlägen profitiert; Brelan habe ja mit Vorliebe Ratschläge erteilt. Zu viele manchmal, der einzige Vorwurf, den man ihm machen konnte: Er hielt sich eben für einen bedeutenden Architekten. Beide waren sie seit der Vorkriegszeit Bewunderer von Le Corbusier gewesen. Louis Brelan sei als Erster auf ihn zugekommen, Cicéro arbeitete bei dem Meister als Zeichner, dann taten sie sich zusammen und gründeten ihr Büro nahe dem seinen in Boulogne, in derselben Straße, Rue Nungesser et Coli. Beide teilten sie die Ansichten des Meisters. Monsieur Cicéro übernahm die praktische Ausführung, Louis blieb ein Phantast der Städteplanung, ein Kenner und Denker eigener Art, aber kein echter Architekt und Stadtplaner. Er träumte zu viel von der vollkommenen zeitgenössischen Stadt, um sie verwirklichen zu können. Gleichwohl war er jemand, auf den man zählen konnte. Und das galt offenbar auch für seine Tochter.

Mademoiselle Brelan, ich möchte Ihnen einige Vorschläge machen: Ich gebe Ihnen eine wichtigere Rolle im Büro, die Ihrer Leistung, Ihrem Sinn für Organisation besser entspricht. Natürlich wird ab sofort auch Ihr Gehalt erhöht. Sie müssen ja, glaube ich, Ihre Schwestern ernähren.

Wie man sich doch in einem Menschen täuschen kann. Marthe warf sich vor, zeitweilig gedacht zu haben wie ihre kleine Schwester. Wie drückte sie nun ihre Dankbarkeit aus, ohne überschwänglich zu werden?

Monsieur Cicéro hatte ihre Reaktion erwartet: Das lässt sich schwerlich ausschlagen, wie? Mein Freund Louis … Louis' Mutter … Sagen Sie es ihr. Sie wird sich freuen.

Marthe stotterte Dankesworte.

Schon gut, reden wir nicht mehr darüber.

Wirklich taktvoll von ihm. Er sprach wie ein echter Freund ihres Vaters.

Sie haben bei mir eine schöne Karriere vor sich. Wir müssen nur ein paar Einzelheiten klären, was die Anteile Ihres Vaters an meinem Unternehmen angeht. Wenn ich Sie zu sehr aufsteigen lasse, heißt es Günstlingswirtschaft. Sie können sich vorstellen, dass das dem Büro nicht guttäte. Ich möchte auf Ihre hohen Qualitäten keineswegs verzichten, aber es wäre besser, wenn Sie lediglich meine Angestellte blieben.

Marthe hätte sich jetzt erneut bedanken müssen, dabei

war sie beschämt, dass sie sich von einem Schönredner wie Monsieur Cicéro hatte einwickeln lassen. Aber hatte er denn so unrecht darin, wie er die Situation beschrieb? Zumal er ihr eine schöne Karriere versprach? Doch was hielt ihn ab, sich ihrer zu entledigen, sobald er ihre Anteile besaß? Wie man sich in den Menschen täuschen konnte. Die kleine Judith mit ihren vierzehn Jahren hatte die Falle des Monsieur Cicéro von Anfang an durchschaut. Was nützte es, die große Schwester zu sein? Da saß sie nun ganz allein vor Monsieur Cicéro und wusste kein gültiges Argument, das sie ihm entgegenhalten konnte. Dass die Situation schief war, ließ sich schwer bestreiten. Ich muss also nachgeben, alles unterschreiben, was er will, und ganz allein. Wenn sie doch Judith und Sabine an ihrer Seite hätte! Sie ruft sie in Gedanken, helft mir, lasst mich jetzt nicht im Stich. Ich weiß nicht mehr, was ich sagen soll. Seid ihr da? Seht mich an, zu Hilfe. Was würdest du sagen, Sabine? Ihn zappeln lassen? Und Judith? Nein, einfach nein. Wie soll ich so allein nein sagen? Aber ja sagen kannst du auch nicht. Winde dich zwischen Ja und Nein heraus.

Marthe fühlte sich besser, sie fühlte sich zu dritt, dreimal so stark. Sie blickte nach links, blickte nach rechts.

Was suchen Sie denn?

Unverzagt ging sie zum Angriff über: Was würden Sie für die Anteile zahlen?

Den Preis habe ich Ihnen genannt.

Denselben wie auf dem Friedhof?

Mehr könne er nicht bieten, das habe er ihr doch gesagt.

Inzwischen aber sei ihr Wert gestiegen, sie sei jetzt eine außerordentliche Assistentin im Haus. Erlauben Sie, dass ich Ihnen einen Preis vorschlage?

Wenn er im Rahmen bleibt.

Er wird blass, meine Schwestern, wie viel verlange ich? Das Dreifache, raunte Sabine. Das Fünffache, sagte Judith, mindestens.

Ihr Angebot, Monsieur Cicéro, ist nicht akzeptabel, Sie müssten es mit vier multiplizieren. Ich habe mir die Papiere meines Vaters angesehen. Das sind unsere Anteile mindestens wert.

Aber wir hatten Krieg, mein Kind. Das Geld ist nicht mehr, was es war. Der Wert der Anteile ist verfallen, er beginnt gerade erst wieder zu steigen.

Das war eben dumm von ihm, flüsterte Sabines Stimme, nütze es.

Dann warten wir so lange, bis der Wert sich vervierfacht hat. Sagen Sie mir dann Bescheid, und wir verkaufen. Ich verspreche Ihnen, hart dafür zu arbeiten, damit der Wert Ihres Unternehmens steigt. Zu hart nun auch nicht, hörte sie Judiths Stimme. Sonst steigen die Anteile noch höher, und wir sind die Dummen.

Mit einem kleinen Mädchen verhandeln zu müssen, darauf war Monsieur Cicéro nicht gefasst gewesen. Da er ihr Gehalt erhöhte, hätte sie ihm aus Dankbarkeit ihre Anteile überlassen sollen.

Marthe bemerkte seine perplexe Miene. Diesmal brauchte sie nicht mal mehr ihre Schwestern zu fragen: Selbst wenn ich Ihr Angebot annehmen würde, müssten Sie warten. Ich könnte Ihnen nur meine Anteile verkaufen, den Drittteil also, der Ihnen aber nicht reicht. Meine Schwestern sind minderjährig. Gesetzt den Preis, könnten Sie erst in vier beziehungsweise sieben Jahren das Gesamtpaket erwerben. Mehr kann ich nicht für Sie tun.

Und wenn ich Sie an die Luft setze?

Bei meinen Qualitäten? Ihrer Freundschaft zu Louis Brelan? Soll ich unsere Anteile an Ihre schlimmsten Konkurrenten verkaufen?

Eben sagten Sie doch, Sie könnten die Anteile Ihrer Schwestern nicht verkaufen?

Es bleiben Ihnen ein paar Jahre, bis Ihre Konkurrenten zuschlagen.

Sie sind naiv, die Geschäfte gehen nicht, wie Sie glauben. Keiner wird Ihnen mehr bieten als ich.

Da wäre ich an Ihrer Stelle nicht so sicher. Ich hatte schon einen Interessenten.

Marthe wurde es vor lauter Schwindelei bange. So viel Kühnheit kannte sie an sich nicht, zumal so allein und gegenüber einem Mann. Sie bemerkte, dass sie Monsieur Cicéro zusätzliche Motive für einen Rauswurf geliefert hatte: Unverschämtheit, Erpressung. Zu Hilfe, meine Schwestern. Sprich zum Schluss von Großmama, riet Sabine. Und vergiss nicht, ihn an das versprochene Gehalt zu erinnern, setzte Judith hinzu.

Klar, sagte Marthe.

Mit wem reden Sie?, fragte Monsieur Cicéro.

Ich verspreche Ihnen unsere Anteile, wenn das Büro sich entsprechend entwickelt. Der Wiederaufbau ist noch längst nicht beendet, sagte mein Vater, der kommt Ihnen sicherlich zustatten. Und es wird für uns alle in sieben Jahren von Vorteil sein. Meine Großmutter kann Ihnen gern für mich und meine Schwestern bürgen. Morgen bringe ich sie her.

Ersparen Sie mir das, dann spielt sie wieder die alte Dame, der man nichts abschlagen kann, nein, lieber nicht.

Und wie könnte eine Frau ihres Alters sich für ihre Enkelinnen in sieben Jahren verbürgen?

Marthe blickte eine Weile still zu Boden: Ich akzeptiere Ihre Vorschläge ohne Diskussion.

Der Chef traute seinen Ohren nicht. Marthe blickte auf: Ja, und ich vergesse nicht, dass Sie mir neue Aufgabenbereiche und eine Gehaltserhöhung versprochen haben. Insofern akzeptiere ich Ihre Versprechen.

Zum ersten Mal lächelte Monsieur Cicéro. Sie gefallen mir, schlagen die Augen nieder und zeigen gleichzeitig Mumm, das ist eine Kunst. Ihr Vater machte es genauso, hat man Ihnen schon mal gesagt, dass Sie ihm ähnlich sind? Ich behalte Sie um seinetwillen, aber ich erlasse Ihnen deshalb nichts. Und Sie verkaufen mir Ihre Anteile. Der Preis wird sich nicht ändern, ob Sie wollen oder nicht, glauben Sie mir.

Er hielt ihr die Glastür auf: Sie verstehen sich durchzusetzen.

Wie man sich über einen Menschen täuschen kann, wiederholte Marthe ihren Schwestern. Am liebsten hätte er mich rausgeworfen, hat es aber bleibenlassen.

6

Im Büro Cicéro traf sie auf ebenso viel Respekt wie Eifersucht. Das Ziehkind vom Chef, sämtliche Aktengänge mussten über ihren Tisch gehen. Man passte auf, was man sagte. Wer ihr Ohr hat, hat das Ohr von Monsieur Cicéro. Hilfsarchitekten und Zeichner bezeigten ihr die größten Aufmerksamkeiten. Der Leiter der Rechnungsabteilung hingegen, der Archivverantwortliche wie auch die Sekretäre fühlten sich von dieser Neuen ohne anerkannte Kompetenz bedroht. Sie scheint sogar mehr zu verdienen als wir. Jemand hatte gehört, wie Monsieur Cicéro vor seiner Bürotür zu ihr sagte: Sie verstehen sich durchzusetzen. Sich bei einem Mann durchsetzen, einem alten Charmeur wie Monsieur Cicéro, ein Kinderspiel. Es gibt Schönere als diese Marthe, aber schlecht sieht sie nicht aus, und knapp über zwanzig, für einen Mann von fünfundvierzig. Sie glaubt sich schon am Ziel. Er ist lange verheiratet, trotzdem wäre sie nicht die Erste im Bett des Chefs.

Boshafte konnten sich ihre Witzeleien nicht verkneifen. Madame Cicéro die Zweite. Man muss sich ranhalten, wenn man keine Familie mehr hat. Wer hoch hinauswill, muss unten anfangen, tief unten. Sie musste sich zur Wehr setzen, bestritt jede private Beziehung zu Monsieur Cicéro, legte sich einen Verlobten zu. Neue Frotzeleien waren die Antwort: Drei Schwestern zusammen, da ging doch die Post ab. Wenn die anderen nicht arbeiten, führen sie das Haus. Was für ein Haus wohl? Einsam ist es dort bestimmt nie. Und der Verlobte? Stellen Sie sich vor, drei Schwestern gleichzeitig, was für eine tolle Erfahrung. Sie sollten uns Ihre Schwestern vorstellen, Mademoiselle Brelan.

Manchmal zwang sie sich, mit den Herren zu lachen, öfter taten ihr deren Frauen leid. Jedenfalls wisse sie, dass sie nie einen Mann haben wolle, der wie ihre Kollegen sei. Einige waren gekränkt, andere meinten: Wollen Sie es nicht probieren? Dann wissen Sie, ob meine Frau zu bedauern ist oder nicht.

Ermutigte Monsieur Cicéro seine Angestellten etwa, sie Tag für Tag zu demütigen, damit sie von selber ginge? Eines Tages fragte sie ihn danach.

Kindchen, das ist ganz normal, Sie sind zweiundzwanzig und arbeiten unter Männern, wie sollen die anders mit Ihnen umgehen? Sie haben zu viel mit Frauen gelebt, Sie müssen sich entweder an Männer gewöhnen oder aber die Stärkere sein.

Diese Lektion merkte sie sich, künftig verbat sie sich Anzüglichkeiten. Wenn ich nicht da bin, bitte sehr, aber in meiner Gegenwart halten Sie Ihre Zunge im Zaum, Ihre Berechnungen werden besser ausfallen und Ihre Frauen stolzer auf Sie sein. Von nun an ließen sie es bleiben. Sie erntete Hass und Bewunderung. Sie werden reifer, Mademoiselle Brelan. Am Ende bereuen wir noch, dass wir an unsere Frauen vergeben sind.

Passen Sie auf, was Sie reden. Aber wie sollte sie das Gelästere hinter ihrem Rücken verhindern? Je mehr sie sich wehrte, desto mehr verdächtigte man sie, ein Verhältnis mit dem Chef zu haben. Monsieur Cicéro half ihr nicht; so distanziert er in der Arbeit blieb, erwies er ihr doch Vertraulichkeiten vor aller Augen, nahm sie beim Arm, um ihr den Vortritt zu lassen, lächelte ihr von weitem zu, machte ihr Komplimente, zwinkerte. Das Gerücht zu nähren widerstrebte ihm durchaus nicht: ein so junges Mädchen.

Untergräbt er damit nicht auch unseren Ruf, fragten sich die Schwestern abends bei Tisch? Wenn Marthe erst einmal als leichtfertiges oder gar leichtes Mädchen galt, dann mussten sie sich vorsehen.

Bist du die Einzige, die er so behandelt?, fragte Sabine.

Schwer zu sagen, er behandelt niemanden gut. Er zerreißt Pläne, Zeichnungen. Seine Gehilfen können es ihm nie recht machen.

Weil er sich für ein Genie hält, sagte Judith, wie Le Corbusier, aber er ist nur Cicéro. Zum Schluss war Papa enttäuscht von ihm. Er meinte, Le Corbusier habe ihn lediglich für einen guten Praktiker gehalten.

Was wusste sie denn davon? Judith erzählte immer Sachen, ohne was zu wissen, tat aber, als wisse sie es besser als ihre Schwestern. Weil Papa, behauptete sie, mehr mit ihr gesprochen habe als mit den anderen, obwohl sie noch klein war. Weil sie nun mal die Verständigste sei. Wovon sie immer noch überzeugt war. Die ganze Woche gluckte sie im Haus, um Welt und Menschen besser zu verstehen als ihre Schwestern zusammen. Zum Beispiel versicherte sie mit der ernsthaftesten Miene, Monsieur Cicéro habe es nicht mehr auf Marthes Anteile abgesehen, sondern auf sie selbst. Er sei in sie verliebt.

Aus welchem Winkel ihres Gehirnkastens holte sie bloß solche altklugen Idiotien? Marthe erzählte von ihren Arbeitstagen, und Judith verdrehte alles. Sie sollte besser wieder zur Schule gehen. Doch sie weigerte sich, ging in die Luft, wenn die eine oder andere Schwester zu sehr darauf bestand. Die Mahlzeit endete gespannt. Die Großen sollten schwören, dass sie sie nicht gegen ihren Willen aufs Lyzeum zurückschickten, schwören, dass Cicéro ihre Anteile nicht kriegen würde, schwören, dass er auch Marthe nicht bekam. Warum schwören? Judith ließ Marthe keine Ruhe, bis auch sie geschworen hatte. Da schwor sie.

Nach dem Schwur kam sie ins Grübeln. Gesetzt, es wäre so und die fünfzehnjährige Schwester mit ihren Verdrehtheiten läge richtig. Ein Mann, verliebt in sie? So ein alter, genauso alt wie Papa – Blödsinn. Judith hatte die Gabe, einem wer weiß was einzureden.

Gefährlicher wurde es, wenn sie sich mit ihrer Großmutter verbündete. Wie kein anderer verstanden sich die zwei aufs Geldverjubeln. Nach ihrer Gehaltserhöhung glaubte sich Marthe bessergestellt. Schnell musste sie einsehen, dass nicht viel daran war bei zwei Verschwenderinnen wie ihrer Schwester und Großmama.

Sag mal, du fährst jeden Morgen anderthalb Stunden mit dem Bus nach Boulogne und jeden Abend anderthalb Stunden zurück, warum nimmst du nicht Louis' Monasix?

Ohne Fahrerlaubnis?

Das haben wir neulich doch auch gemacht.

Es war eine Ausnahme. Seitdem, sagte Marthe, halte sie sich ans Gesetz. Ein zweites Mal gebe sie nicht nach.

Dann solle sie doch den Führerschein machen. Großmama Madeleine forderte es ebenso wie Judith. Louis Brelan hatte seine Mutter immer gern auf Ausflüge oder Reisen mitgenommen, das war in den letzten Jahren sein großes Vergnügen. Warum machen wir das nicht auch?

Aber das kostet.

Klar kostet es. Großmama Madeleine versicherte, sie werde als Erste bezahlen. Sie legte ein paar Münzen auf den Tisch, die sie den Ledrus gemaust hatte: Da, für deinen Führerschein, Marthe.

Arme Großmama, sie hielt ihre Groschen für die Goldstücke ihrer Jugendjahre. Aber sie war so lieb, man durfte ihr die Freude nicht versagen. Also opferte Marthe ihr Gehalt für die Fahrstunden. So lange gab es eben Nudeln und Pommes frites.

Und danach? Gab es weiter Nudeln und Pommes frites, weil Großmama nun keinen Sonntag mehr bei Tante Rosie hocken mochte. Das hatte sie bei ihrer Tochter durchgesetzt, die schnell begriff, welchen Vorteil ihr das verschaffen konnte. Wenn die Mädchen ihr letztes Geld verjuxten, würden sie ihre Tante zu Hilfe rufen müssen, damit sie wieder für Ordnung sorgte. Fahrt nur, sagte sie zu ihrer Mutter, bringt das Fass zum Überlaufen. Wenn es leer ist, wird der Friedensrichter einsehen, dass er sich im Vormund der kleinen Brelans vergriffen hat. Großmama hatte tüchtig darüber gelacht.

Jeden Sonntagmorgen legte sie ihre Sous auf den runden Küchentisch. Für die Fahrtkosten. Lehnte man ab, wurde sie böse.

Wohin fahren wir?

Nach Paris.

Am Vormittag spazierten sie durch den Bois de Boulogne. Einmal ging es zur Porte de Saint-Cloud, ein andermal zur Porte d'Auteuil. Großmama Madeleine gab die Ziele vor, die Seine-Quais entlang bis zur Concorde. Einen Sonntag wollte sie in die Tuilerien, den nächsten auf die Champs-Élysées. Die ganze Reise über hörte man sie lachen, ein glückliches Lachen diesmal, das spürten die Geschwister. Großmama Madeleine erzählte immer dieselben Geschichten, als wär's das erste Mal. Ihr Paris war das der Pferde und der Kutschen gewesen. Wie oft war sie nicht zur Place de L'Étoile getrabt oder um die Madeleine herum. Mehr kam dann allerdings nie. Wer sie im Fiaker ausführte? Das wusste sie nicht mehr, sagte sie. Geblieben waren ihr das Pferdegetrappel, das Rollen der Wagen, die Stimmen der Kutscher samt der Pariser Geographie.

Auf dem Boulevard Haussmann ist mal ein Pferd durchgegangen, an der Oper ein Rad gebrochen. Ihre Erinnerungen wurden von Louis Brelans bordeauxrotem Monasix durcheinandergerüttelt. Wenn Judith zu neugierig nachfragte, wich sie aus in das fröhlichste Gelächter.

Die Sonntagsspaziergänger lachten mit, wenn sie es durch das offene Wagenfenster hörten. Drei Mädchen allein in einem dermaßen altmodischen Auto, so was war ihnen noch nicht untergekommen. Beinahe noch Kinder, wenn man von der Alten in Schwarz absah, aber die war ja noch kindischer als die Mädchen. Sie sahen aus wie Drillinge in ihren gleichen Kamelhaarmänteln und Wollmützen – natürlich auch das von Judith und Großmama angestiftet: Wer in Paris bummeln will, braucht die entsprechende Aufmachung.

Die ganze Woche lebten sie, außer Marthe, zurückgezogen wie die Klosterfrauen, am Sonntag auf den Champs-Élysées musste man dann was aus sich machen. Auf dem Champ de Mars wurde gehalten und gepicknickt, ein Restaurant konnten sie sich kein zweites Mal leisten. Das eine Mal hatten sie schwer zu bereuen. Großmama versprach, sie mit einem wohlgefüllten Portemonnaie zu überraschen. Als es ans Zahlen ging, waren es ihre üblichen Klimperpfennige, die sie wie einen Pharaonenschatz anpries. Vorsorglich hatte Marthe ihr Wochengehalt eingesteckt, binnen einer Viertelstunde war es futsch. Für die übrigen acht Tage kein Freudengrund, aber Großmama wusste sich vor Triumph nicht zu lassen, dass sie im Restaurant ihren Rang bis zum Schluss bewiesen hatte wie früher.

Sabine hielt es für gescheiter, auf künftige Ausflüge zu verzichten. Am Sonntag darauf war das vergessen. Pünktlich zur Stunde stand Großmama Madeleine mit Sonnenschirm, Reisehut, Handtasche und ihrem fast leeren Portemonnaie vor der Tür.

Was, ihr seid noch nicht fertig? Worauf wartet ihr?

Ob Parks, Boulevards, die Vergnügungsbuden am Seine-Ufer, nichts wurde ausgelassen bis auf die Mittagsmahlzeit, die auf dem Trittbrett des Monasix zwischen scherzenden jungen Radfahrern mit Schirmmützen eingenommen wurde.

Zu Großmamas Enttäuschung mussten sie die Sonntagsausflüge strecken. Neue Ausgaben standen an. Auf der Westseite drohte das Hausdach einzustürzen. Bei der Befreiung war dieser Teil von einem amerikanischen Geschoss getroffen worden, als die aus der Normandie anrollenden Alliierten auf Paris vorrückten, einem Irrläufer, der das Dach durchschlagen und den Schornstein eingerissen hatte; der Schaden war schnell, aber provisorisch in Erwartung der Kriegsentschädigungen behoben worden. Jetzt drohte ein Balken durchzubrechen; von Woche zu Woche klaffte ein größerer Spalt und belastete die bereits gerissene tragende Wand. Die ganze Seite musste befestigt werden, wollte man nicht darunter sterben. Etliche Monate würde Marthes Gehalt vollständig dafür draufgehen.

Bis dahin flüchteten sie sich in den Ostflügel. Ein Glück, dass Louis Brelan, erleuchtet von Le Corbusier, sein Haus so lang gestreckt hatte. Eine abstruse Idee, wie seine Schwester Rosie fand, als er ihr die Pläne zeigte: sechs Zimmer an einem Flur entlang, ein jedes mit eigenem Bad, und in der Mitte ein Gemeinschaftsraum. Ein Traum von kollektivem Wohnen, zugeschnitten auf eine Familie, eine *strahlende Stadt* für die Brelans, ein experimentelles Projekt, sagte Louis voller Stolz: ein Zimmer für seine Frau, drei für die Töchter, eines für seine Mutter. Seine Frau starb, seine Mutter zog aus, die Töchter teilten sich ein

Zimmer, das kollektivistische Projekt war mittlerweile in nichts zerronnen.

Am liebsten hätte Marthe das Haus verkauft. Judith beschwor sie zu erhalten, was sie das einzige Werk ihres Vaters nannte. Laut Sabine konnten sie gar nicht verkaufen, bevor nicht der Balken ausgetauscht und die Westmauer instand gesetzt wären. Außerdem, wie sie sich eingestehen mussten, war das Haus unverkäuflich, da zu gewöhnungsbedürftig für eine normale Familie. Ein Mittelding zwischen Luxusvilla und Mietschuppen, weder etwas für Reiche noch für Arme.

Marthe getraute sich den Schwestern nicht zu sagen, dass der Traum ihres Vaters für sie ein Alptraum war, zu dem sie sich verdammt fühlte, ohne da irgendwie herauszufinden. Judith hatte damit keine Probleme und las Bücher über ideale Städte wie eh und je. Der finanzielle Abgrund, dem Marthe sich mit jedem Tag näher sah, beunruhigte die Jüngste kein bisschen. Die Reparaturarbeiten hatten begonnen, eine Anzahlung musste geleistet werden, ob man die Gesamtsumme in Raten würde abstottern können, war ungewiss.

Marthe bat Monsieur Cicéro um eine zweite Gehaltserhöhung, ein gewagtes Unterfangen.

Hören Sie, Mademoiselle Brelan, das ist, zumindest ohne Gegenleistung, unzulässig. Sie wissen, was ich von Ihnen erwarte.

Sie schlug die Augen nieder, versuchte Sabine und Judith in Gedanken herbeizurufen. Sie blieben stumm. Sogar zu dritt, dachte Marthe, war ihnen die Kraft ausgegangen. Tante Rosies Unheilssprüche nahmen Gestalt an, sie wusste keinen Ausweg mehr.

7

Die Reparatur des Westflügels dauerte und dauerte; die Arbeiten kamen immer nur stückweise voran, je nach der Zahlungskraft der drei Schwestern. Marthe hatte es satt, für die jüngeren Schwestern verantwortlich zu sein. Um sie nicht zu erschrecken, ließ sie sich die Rechnungen postlagernd schicken. Und ohne Aufhebens zu machen, schränkte sie die Ausgaben ein. Nur die Paristouren im Monasix duldete sie, um zu zeigen, dass es ihnen gutging.

Endlich stimmte die geometrische Fassade wieder, die Gerüste waren abgebaut, Dach- und Malerarbeiten abgeschlossen, und, abgesehen von den verheimlichten Rechnungen, empfand Marthe eine erste Erleichterung. Man durfte wieder aufblühen, und nicht nur sonntags in Paris. Die Zeit der großen Trauer und der Halbtrauer, wenn auch nicht immer eingehalten, war vorüber. Die Schwestern hatten Lust, Sabine und Judith besonders, sich wieder in Farben zu kleiden, zu dritt schlenderten sie durch die Stadt, gingen ins Kino, kehrten zurück ins Leben. Marthe war weniger knauserig in den Läden, man durfte sich wieder den Freuden zuwenden.

Hast du eine Gehaltserhöhung bekommen? Hat Monsieur Cicéro dir die bewilligt? Verschweigst du uns etwa was mit ihm? Aber das hättest du uns doch erzählt? Wir halten doch nichts geheim voreinander?

Nein, nein … oder doch, eine Sache.

Was? Eine Sache mit Monsieur Cicéro?

Nein, ich habe euch die Reparaturkosten verschwiegen, wie viel uns die ganze Hausaktion gekostet hat. Jetzt, da das überstanden ist, kann ich es euch ja sagen.

Für Judith war das unwichtig. Rechnungsgeschichten waren für sie vollkommen ohne Belang.

Ohne Belang, was Marthe für ihre Schwestern alles getan hatte? Dann hätte sie ihnen ihre Opfer ja wahrlich nicht zu verbergen brauchen.

Auch die Großmama argwöhnte, ihre älteste Enkelin halte mit etwas hinterm Berge. Ich sehe nicht mehr so gut, sagte sie, aber ich finde, du hast müde Augen, Marthe, dein Grau kommt mir trüber vor als bei deinen Schwestern.

Mehrere Sonntage nacheinander verschob die Großmutter die Ausfahrt: Du musst dich ausruhen, Marthe. Geht es dir nicht gut, Marthe?

Im Gegenteil.

Was heißt, im Gegenteil? Du kannst mir nicht weismachen, dass du nicht erschöpft bist. Du bist auch magerer geworden.

Wir hatten zu viel Kartoffeln gegessen, davon war ich immer dicker geworden. So fühl ich mich jetzt besser.

Du bist aber zu stark abgemagert, erzähl mir nichts.

Bei jedem Besuch kam sie darauf zurück. Die Mädchen waren genervt von ihrer großmütterlichen Besorgnis und diesem ewigen Krankheitsgerede. Jedes Mal ging es von vorn los. Soll ich dir mal was sagen? Du siehst diese Woche schlecht aus. Ich hab es dir nie sagen wollen, aber du hast deine frische Farbe verloren.

Wenn jemandes Gesundheit Sorgen machen musste, dann eher die von Judith: Immer noch keine Regel, immer noch weigerte sie sich, ans Lyzeum zurückzukehren und sich mit den Mädchen ihres Alters abzugeben. Sie beharrte darauf, dass sie allein besser lernen könne. Unentwegt las sie dieselben Bücher, Papas Bücher über ideale Architektur, weil Papa sie durchgeackert hatte, an den Rändern Papas Anmerkungen standen. Ihre neueste Manie war das Zeitunglesen, und zwar das Lesen sämtlicher Zeitungen, sie schnitt Artikel aus, vor allem Lokalnachrichten, und sortierte sie. Ihre ersten Ausschnitte waren Berichte über den nie aufgeklärten Tod Louis Brelans auf offener Straße. Doch sammelte Judith nun auch ähnliche Fälle, Verkehrsunfälle, Überfälle, Vergeltungsaktionen, alles bunt durcheinander. Marthe und Sabine verstimmte die Versessenheit ihrer kleinen Schwester. Abgesehen davon, was der tägliche Kauf etlicher Zeitungen kostete, erschien ihnen diese Sammelei ungesund. Trauer rechtfertigte alles, aber die war vorbei. Die Kranke in der Familie war sie.

Dann geh endlich mit ihr zu Doktor Bontemps, sagte die Großmutter zu Marthe. Frag ihn nach ernstlichen Maßnahmen. Ich komme mit, wenn du willst.

Nicht nötig, meinte Marthe. Sie war der Vormund, sie brachte ihre Schwester zum Arzt. Doktor Bontemps in seinem schmuddeligen weißen Kittel, seiner schief sitzenden Hornbrille und seinen vereinzelten weißen Haarbüscheln, hörte sie an, ohne vom Schreibtisch aufzustehen. Er könnte ihr wenigstens den Bauch abtasten, ihren Blutdruck messen. Er beließ es beim Reden. Er sah nichts Besorgniserregendes darin, dass eine junge Frau ihre Menstruation nicht hatte. Entwicklungsstörungen? Judiths kleiner Wuchs, ihre noch immer kindlichen Formen, obwohl sie bald siebzehn Jahre alt wurde? Zu spät, um ihr Wachstum noch zu beeinflussen, zu viele Entbehrungen in der Kindheit. Und warum mussten Frauen sich unbedingt entwickeln, größer, dicker, ausladender werden? Der Arzt dachte an das junge Mädchen, das Madame Bontemps einmal gewesen war. Judith solle ruhig so bleiben, in ewiger Kindheit, das fehle den Frauen.

Das ist doch keine Medizin, so was, dachte Marthe. Judith litt unter ihrer Störung oder würde später darunter leiden, und Doktor Bontemps faselte in männlicher Großspurigkeit über Frauen. Wenigstens untersuchen könnte er sie. Gibt es nicht Medikamente, um dem Organismus meiner Schwester auf die Sprünge zu helfen?

Ich kann ihr ein Placebo geben, sagte Doktor Bontemps. Und wenn die Maschine wieder in Gang kommt – denn in Gang kommt sie von ganz allein wieder, in einem Monat oder einem Vierteljahr –, dann werden Sie Wunder schreien. Ich sehe Ihren Augen an, dass Sie mich tadeln. Aber mehr kann ich für Ihre Schwester wirklich nicht tun. Wollen Sie Injektionen? Das wirkt seriös, ist nur unangenehmer für sie. Für mich ist das kein Fall für die Medizin.

Dann sind wir umsonst gekommen?

Und müssen umsonst bezahlen, sagte Judith.

Man bezahlt niemals umsonst, wenn der Arzt einem die Wahrheit sagt. Aber wenn Sie mehr für Ihr Geld wollen, biete ich Ihnen zum selben Preis eine zweite Konsultation an: Ich finde, Sie sehen schlecht aus, Marthe.

Nun fangen Sie nicht auch noch damit an!

Waren Sie schon bei einem Kollegen?

Nein, meine Großmutter behauptet es.

Sie findet Sie erschöpft? Appetitlos? Nur Großmütter sollten Ärzte sein dürfen. Die Hexen von ehemals. Aber die wurden verbrannt. Hat sie Sie zu mir geschickt?

Sie wollte nur, dass ich Judith herbringe.

Das meine ich ja.

Was wollen Sie damit sagen?

Damit will ich sagen, dass Madame Brelan, solange ich sie kenne, nie hellsichtiger war.

Sie machen sich über sie lustig: Sie ist wirr im Kopf, vergisst alles, kann nicht mehr zählen.

Meine Diagnose ist das nicht. Sie ist die wachste Frau, der ich begegnet bin, seit ich praktiziere. Ich sehe es daran, Marthe, dass sie Sie zu mir geschickt hat. Kommen Sie näher.

Endlich erhob sich Doktor Bontemps, rückte die Brille zurecht, strich mit seinen Händen am Kittel entlang und holte ein großes weißes Tuch, das er Marthe über den nackten Rücken legte, dann horchte er sie lange ab, indem er sein Stethoskop immer wieder versetzte und mehrmals an dieselbe Stelle zurückkehrte.

Das geht jetzt mindestens eine Viertelstunde, sagte Judith. Wir sollen wohl ordentlich was kriegen für unser Geld?

Nehmen Sie ihr das nicht übel, Herr Doktor, sie lebt zu lange ohne andere Menschen und hat vergessen, was sich gehört.

Bitte nicht sprechen, Mademoiselle Brelan. Sie hat gar nicht unrecht, zu vergessen, was sich gehört. Warum müssen Frauen immer wissen, was sich gehört? Wenn ich an Madame Bontemps denke… Wenn sie mal vergessen könnte, was sich gehört … Sie jedenfalls haben Fieber. Haben Sie das öfter? Kommt das in Schüben?

Marthe hatte nie Fieber. Oder sie hatte es nicht bemerkt. Wer von seiner Gesundheit überzeugt ist, achtet doch darauf nicht. Kein Appetit?

Sie aß in letzter Zeit weniger, um abzunehmen. Und müde war sie, weil sie viel arbeitete, immer lange fahren musste, sie hatte ja das Haus zu unterhalten und ihre Schwestern.

Husten Sie viel?

Ein bisschen, jetzt im Winter, nichts Besonderes.

Und Blut?

Nasenbluten hatte sie zwei-, dreimal gehabt in letzter Zeit.

Sind Sie sicher, dass es aus der Nase kam?

Marthe hatte das Stadium der Primärinfektion bereits durchschritten. Die Röntgenbilder würden die angegriffenen Lungen zeigen – eine Lungenkrankheit, ganz sicher, eine regelrechte Tuberkulose. Aber keine Bange, die ließ sich heutzutage gut heilen.

Mit Placebos?, fragte Judith.

Wenn Sie wollen.

Marthe musste schnellstens behandelt und isoliert, die Schwestern überwacht werden. Aufregung herrschte im Hause Brelan. Kaum waren sie aus den Schulden für die Hausreparatur heraus, brach Marthe zusammen. Ihr Gehalt fiel weg. Monsieur Cicéro ließ wissen, dass er zu einem Arrangement bereit sei: Die Anteile zu seinem Preis brächten immerhin so viel, um über die Runden zu kommen, die Behandlungen, den Aufenthalt in einem Sanatorium zu bezahlen. Marthe hatte keine Kraft mehr, zu widerstehen. Was galten ihr diese Anteile schließlich, wo sie so wenig wert waren.

Was aber kein Grund ist, sich übers Ohr hauen zu lassen, meinten Judith und Sabine, sie würden sich lieber anders durchschlagen.

Wie denn?

Mach dir keine Sorgen. Bald wird Sabine einundzwanzig, nur noch ein paar Wochen, dann ist auch sie volljährig. Womit ihr Erbteil verfügbar werde. Was Marthe für die Jüngeren getan habe, werde auch Sabine tun. Bis zur Heimkehr der Kranken könnte sie die Vormundschaft für Judith übernehmen. Sie sah sich schon in der Rolle. Der Ausfall der großen Schwester schien ihr beinahe gelegen zu kommen. Sie empfand sich wie je als Mittelpunkt ihres Trios. Nur müsste ein neuer Familienrat zusammentreten.

Über den Plan informiert, kam Tante Rosie persönlich ins Haus. Sie erklärte, dass sie für eine neue Komödie vor dem Richter nicht zur Verfügung stehe, sie werde auch die Schwägerinnen ihres Bruders, ihre Tante, die Nachbarn zu derselben Haltung überreden. Großmutter, selbst unter Vormundschaft, habe dabei keine Rolle zu beanspruchen. Ohne Familie gebe es keinen Rat.

Ihr seht, wohin euer Starrsinn geführt hat. Wer die Hilfe seiner Angehörigen verschmäht, darf sich nicht wundern, wenn er arm und krank allein dasteht. Und bildet euch nicht ein, ihr könntet euch bei mir ausweinen kommen.

Man sollte nicht denken, dass du unsere Tante bist, sagten die Schwestern. Hast du uns schon mal weinen sehen? Diese Freude werden wir dir nie bereiten.

Tante Rosie lachte in der Küche, wo sie empfangen wurde, laut auf. Ich frage mich, ob ich einem Familienrat nicht doch zustimmen soll. Wo man dem Richter ein so schönes Ergebnis vorzuweisen hat: die eine tuberkulös, die andere rachitisch, die dritte im Begriff, ihr letztes Geld zu verschwenden unter dem Vorwand, dass sie volljährig wird. Nur zu, tretet vor euren Richter-Freund, aber der kriegt diesmal was von mir zu hören. Mir ist die Lust vergangen, mich um euch zu kümmern, aber die Vormundschaft über Judith, die bekomme ich, das dürft ihr mir glauben. Ich werde das arme Kind eurem unheilvollen Einfluss entreißen. Versuchen wir doch, dieses schöne Familienfest wieder wie letztes Mal auf euren Geburtstag, den 18. April, zu legen. Ihr seht, euren Geburtstag, den vergesse ich als gute Tante nicht mehr. Also, einverstanden.

Diesmal hatte der alte Drachen sie in der Hand, das würde eine heikle Angelegenheit vor dem Friedensrichter werden. Vor allem, wenn Marthe in einem Sanatorium festsaß und Sabine von der Beratung ausgeschlossen blieb, weil sie die Vormundschaft beantragt hatte. Judith allein vor dem Familienrat? Die Schwestern waren nur gemeinsam stark.

Wir kennen doch unsere Kleine, sie wird sagen, was ihr gerade durch den Sinn spukt, egal ob es sich gegen sie wendet.

Dabei könnten wir alles verlieren, gehen wir einfach nicht hin.

Denkt ihr, die machen mir Angst?, sagte Judith. Der Richter wird auf meiner Seite sein, ich kann sagen, was ich will.

Das ist es ja, was uns Sorge macht. Du weißt sehr gut, dass du manchmal übers Ziel hinausschießt, wenn wir nicht dabei sind und dich bremsen. Du nimmst gern die Fehler von anderen aufs Korn. Und wenn dir nun eine Bemerkung über den Richter herausrutscht und du ihn verärgerst?

Judith ließ sich nicht beirren. Der Familienrat trat an einem Dienstag zusammen. Acht Tage vorher hatte sich Judiths Regel wieder eingestellt. Sie ließ es sich von Doktor Bontemps attestieren, der sich freute, dass er recht behalten hatte. So konnte sie dem Richter beweisen, dass ihre Entwicklung, medizinisch gesehen, nicht durch ihre familiäre Situation beeinträchtigt war, wie ihre Tante behauptete. Ihre Schwestern erfuhren nie, wie Judith sich vor dem Rat verhalten hatte.

Hast du viel gesprochen? Freundlich? Hast du niemanden provoziert?

Sie erwiderte lediglich, sie habe sich gut geschlagen, wie immer.

Wie immer, tatsächlich?

Von Anfang an bis fast zum Schluss, dank euch. Weil ihr nicht da wart, habe ich euch in meinen Kopf gerufen. Ihr habt mir gut geholfen.

Marthe verstand, was sie damit meinte. Nun war also Sabine Judiths Vormund. Der begeisterte Richter hatte Judith sogar den Status einer geschäftsfähigen Minderjährigen angeboten. Lieber noch nicht, hatte Judith geantwortet, ich will Tante Rosie nicht an ein und demselben Tag überfordern. Das war die einzige Spitze, die sie zugab.

An dem Sonntag, als sie Marthe diesen Bericht erstattete, war die Kranke bereits über zwei Monate im Sanatorium von Dreux kaserniert.

8

Seit dem Tag, an dem Doktor Bontemps Marthe für krank erklärt hatte, ging es mit ihrem Befinden bergab. Das schlechte Aussehen, das sie vor Großmama Madeleine weit von sich gewiesen hatte, konnte sie, wenn sie sich vorm Spiegel zurechtmachte, sich selbst nicht mehr verhehlen. Schminken half nichts, die Augenringe kamen im Nu wieder zum Vorschein. Bei Tisch widerte alles sie an, sogar die abendliche Brühe. Sie erwachte mit einer Müdigkeit wie noch nie, einer Schwere in den Beinen, die Luftwege waren verstopft, die Brust rang nach Atem, sie hatte keine Lust aufzustehen. Trotz der ärztlichen Empfehlungen wollte Judith nicht darauf verzichten, bei ihrer Schwester zu nächtigen.

Aber die Ansteckungsgefahr, Judith!

Ich riskiere schon nichts, Marthe beschützt mich, und ich beschütze Marthe. Marthe hätte nicht die Kraft aufgebracht, sie fortzuschicken, wenn Sabine nicht ein Machtwort gesprochen hätte.

Das angekündigte Fieber stellte sich ein, 38, 39 beim Aufwachen, 40 beim Frühstück, das sie beiseiteschob.

Schön, sagte Doktor Bontemps beim Hausbesuch, das Übel zeigt sich, wir werden ihm gehörig in den Hintern treten.

Judith giftete, nie habe jemand Marthe für krank gehalten, bis sie bei ihm gewesen sei. Seitdem folge ein Leiden dem anderen.

Stimmt, Judith, ein Arzt hat die Leute eben von ihrer Gesundheit zu heilen.

Dieser Doktor Bontemps war wirklich der einzige Mensch, der sie aus der Fassung brachte. Er setzte noch eins drauf, wenn sie ihm zu seiner täglichen Visite die Tür öffnete und er ebenso liebenswürdig wie Judith fragte: Na, geht's schlechter heute? Tatsächlich hatte eine erste Therapie farbigen Auswurf hervorgerufen, ein Zeichen, dass die Tuberkulose sich eingenistet hatte. Jedes blutige Sputum begrüßte er wie einen persönlichen Sieg.

Sagen Sie das, um mich wütend zu machen? Oder haben Sie vor, sie in vierzehn Tagen umzubringen wie unsere Mama?

Nein, antwortete der Doktor, seit dem Krieg und dank ihm haben wir beachtliche Fortschritte gemacht: Wir lassen uns mehr Zeit, unsere Patienten umzubringen. Es kommt sogar vor, dass wir sie heilen. Aber man heilt eindeutiger, wenn jemand eindeutig krank ist. An diesen Punkt kommt Ihre Schwester, und ich garantiere Ihnen das Wunder.

Eigentlich müsste er sie sofort ins Krankenhaus einweisen, wollte ihr Leben zu dritt aber nicht so schnell umstoßen. Deshalb kam er selbst zweimal täglich, um Penizillin zu spritzen.

Eine brutale Therapie am Anfang, danach sobald wie möglich eine Kur in einem Sanatorium, zu ihrem Besten wie zu dem Ihren. Ich kann drei Mädchen wie Sie nicht zu lange im selben Bazillensud schmoren lassen, es sei denn, Sie wollen gemeinsam ins Krankenhaus. Vorerst vergessen Sie nicht, mehrmals täglich zu desinfizieren, Geschirr, Wäsche, alles.

Doktor Devaux, ein Fräulein, Tochter eines befreundeten alten Kollegen, war gerade Direktorin des Sanatoriums von Dreux geworden. Doktor Bontemps hatte ihr geschrieben, in Kürze würde sie Marthe einen Platz anbieten. Was gewiss besser war als das Krankenhaus.

Der Bus nach Dreux schüttelte sie durch bis zum Übelwerden. Die Achsen krachten, die Bremsen quietschten, das Steuer wurde hart herumgerissen. Den Schwestern verschlug es die Sprache, sie fühlten sich, als geleiteten sie Marthe zur Hinrichtung. Bei der Ankunft, krank alle drei, konnten sie sich nur noch in die Arme schließen: Was wird aus dir, so fern von uns? Was macht ihr jetzt ohne mich?

Während der Aufnahmeformalitäten interessierte sich Judith für die Architektur des Sanatoriums. Zwei lange ebenerdige Flügel zu beiden Seiten eines höheren Verwaltungsgebäudes mit einem Glockenturm: Wollen Sie die Etage sehen, wo Marthe Brelan untergebracht sein wird? Die Zimmer liegen nebeneinander an einem langen blitzsauberen Korridor, sehen Sie, wie blank es hier ist und wie gut es nach Reinlichkeit riecht. Besser als in dieser Einrichtung kann man nicht aufgehoben sein.

Judith bemühte sich, ihre Schwester aufzumuntern. Dieses geradlinige Gebäude, perfekt, modern, eine ideale kollektive Bauform, das Haus ihres Vaters, nur größer; wie beruhigend für Marthe.

Ich werde so bald wie möglich krank, um dir Gesellschaft zu leisten, Marthe. Hier lässt es sich bestimmt gut leben.

Pass bloß auf sie auf, Sabine, Judith kriegt fertig zu tun, was sie sagt.

Frau Doktor Devaux, ein Fräulein von Mitte vierzig in engem beigefarbenem Kostüm, streng gescheitelt, die Haare in symmetrische Hälften geteilt, genau wie die Flügel des Sanatoriums, wie Judith bemerkte, und beiderseits straff von fünf Klemmen gehalten, empfing sie, um ihnen die geltende Hausordnung zu erläutern: In erster Linie waren die Zeiten einzuhalten, pünktliche Behandlung, Morgentoilette, Mahlzeiten, vom Aufstehen bis zum Schlafengehen. Die Einhaltung des Tagesplans schien allein schon die Heilung zu gewährleisten. Ebenso gutes Verhalten zu jeder Stunde, moralische Festigkeit hilft der Gesundung. Unter Grimassen benannte sie mögliche Zuwiderhandlungen, alles, was den Aufenthalt unnötig verlängerte. Regelverstöße schienen ihre Obsession zu sein. Judith verlor die Lust, krank zu werden.

Ich bin geheilt, sagte sie zu Frau Doktor Devaux.

Ich verstehe nicht. Wer von Ihnen dreien ist die Patientin?

Wir alle, aber Marthe hat den Auftrag, uns gesund zu machen. Sie ist die Älteste von uns.

Doktor Devaux schaute einen Moment in Marthes Akte, nahm die drei vor ihr aufgereihten Mädchen in Augenschein. Sie bildeten einen Clan, ein Heilungshindernis nach ihrer Meinung. Vor ihrer Autorität hatte der Patient aller Welt zu entsagen. Sie versäumte nicht zu präzisieren, dass Besuche reglementiert und vorerst nicht wünschenswert seien. Luft, Isolation, Ruhe, das sei das Beste, um eine Lungenkrankheit zu heilen. Mademoiselle Marthe Brelan ist bei uns in guten Händen. Versäumen Sie Ihren Bus nicht.

Die vertriebenen Schwestern warfen sich vor, Marthe alleingelassen zu haben, das erste Mal in ihrem gemeinschaftlichen Leben. In guten Händen, ha! – verdorren wird sie in den Klauen dieser Direktorin. Und dann sind wir schuld an ihrem Tod. Judith wollte den Busfahrer zur Umkehr bewegen, um Marthe zurückzuholen.

So was gibt es bei mir nicht, sagte der Chauffeur. Wenn Sie es eilig haben, nehmen Sie am nächsten Halt ein Taxi.

Dafür hatten sie kein Geld mehr. Sie trösteten sich damit, dass Marthe die Stabilste von ihnen war. Sie würde es überstehen, wahrscheinlich. Beim nächsten Halt wartete der Busfahrer, dass sie ausstiegen. Kein Bedarf, sagte Judith.

Das einzig Schwierige für Marthe in der ersten Zeit war nicht das Fieber, nicht die Behandlung, nicht die Einhaltung der Zeiten noch die Strenge der Doktorin, das einzig Schwierige war: Sie fühlte sich glücklich. Frau Doktor Devaux hatte ihr geboten, nur noch an sich und an ihre Heilung zu denken, dazu musste sie sich zwingen. Seit vier Jahren hatte sie immer ihre Schwestern im Kopf haben müssen, mehr als Mutter und Vater zusammen, ihr Gewicht, ihr Wachstum, ihre Regel, ihren Appetit, die Abnutzung ihrer Schuhe. Auf einmal nun Schluss damit, was für eine Erleichterung. Sabine war bald volljährig, sie hatte versprochen, ihren Teil zu übernehmen. Marthe war nicht mehr verpflichtet, für die anderen zu sorgen. Und wie erstaunlich: Das Personal der Einrichtung tat offensichtlich alles, um nun ihr, Marthe, jegliche Sorge abzunehmen. Man sollte ewig krank sein. Diese Lungenkrankheit gehört mir allein, sie hindert mich, meine Pflicht als Vormund zu erfüllen, ich kann nichts dafür. War es normal, dass das größte Glück darin bestand, nichts für seine Schwestern zu tun? Wenn sie zu viel darüber nachdachte, machte ihr dieses Glück Kummer. Hieß das nicht, dass sie die vier Jahre lang unglücklich war? Dass diese an ihrem einundzwanzigsten Geburtstag übernommene Vormundschaft ein Irrtum gewesen war, wie sie es am ersten Abend gedacht und danach versucht hatte, es zu vergessen? Hatte sie ihren Irrtum durch die Krankheit berichtigt?

Marthe Brelan suchte Gründe, sich zu beunruhigen: Wovon sollten Sabine und Judith leben ohne das wenngleich bescheidene Gehalt ihrer Schwester? Und wenn ein anderer Teil des Dachs undicht würde? Wenn Tante Rosie nun Marthes Abwesenheit dazu nutzte, die Mädchen unter ihre Fuchtel zu bringen? Beim Einschlafen machte sie sich Vorwürfe, und trotzdem, wenn die Schwester sie um fünf Uhr früh mit ihrer Penizillinspritze weckte, machte ihr die Nadel nichts aus. Und das Beste am Tag war, in ihre Decke gehüllt, in der ersten Märzsonne zu liegen, nie hatte sie so wohlig geruht. Meine Schwestern fehlen mir nicht. Sogar das Husten tut mir gut, diese krampfartige Reizung, der eine lange Entspannung folgt, Glück im Reinzustand, der Beweis, dass das Übel schwindet, wie Doktor Bontemps versprochen hatte.

Andere Mädchen jammerten Tag um Tag, so fern von zu Hause und zu diesem reglementierten Sanatoriumsleben gezwungen zu sein, manche weinten abends in Gedanken an ihre Familie – sie nicht. Diese verwöhnten Töchterchen, diese Heulsusen ausgenommen, gab es etwa zehn, mit denen sich reden ließ, vertrauensselige, drollige, neugierige, aufmüpfige. Die Erste, der sie sich anschloss, hieß Judith, Judith Folope, fast gleichaltrig, groß und hager, mit allen gut Freund.

Am fürsorglichsten und beauftragt, sie in Orte und Bräuche einzuweisen, war Albertine, die älteste Patientin hier, seit zwei Jahren schon, und stolz auf ihre Langjährigkeit. Über Scherze auf ihre Kosten lachte sie mit: Niemand verstand, warum sie, die leibhaftige Gesundheit, in einem Sanatorium war, dieses breithüftige und wohlbepackte Mädchen mit den runden roten Wangen überm breiten Kinn und den braunen Locken. Nie seit Patientengedenken hatte sie einen Hustenanfall gehabt, was machte sie so lange hier? Albertine ließ die anderen reden, an Achtung fehlte es ihr darum nicht. Der Kreis erweiterte sich mit jedem Tag.

Nach zehn Tagen entdeckte Marthe, was sie am wenigsten erwartet hatte: Die Einrichtung beherbergte nicht nur weibliche Wesen. Der linke Flügel hieß zwar Pavillon der Frauen, doch war sie nicht auf die Idee gekommen, dass der rechte der Pavillon der Männer war. Zwischen beiden gab es eine klare Trennung, verschiedene Speisesäle und Parks zum Spaziergang. Sogar die Liegeterrassen waren einander entgegengesetzt, vor dem Flügel und zu seiner Linken für die Frauen, dahinter und rechts davon für die Männer.

Eines Tages brach alles um Marthe in Gelächter aus. Sie hatte sich über einen Dialog zweier ganz junger Patientinnen gewundert, in dem es um einen großen Jungen ging, einen mit nacktem Oberkörper, der sich zu ihnen umgewandt hätte. Was für ein Junge? Wo? Vom anderen Pavillon? Was für ein Pavillon? Hört euch das an, Kinder, Marthe weiß vom Männerpavillon nichts. Das gibt's doch nicht. Du tust bloß so. Sie hat die Männer noch nicht entdeckt. Vielleicht weil sie nicht weiß, was ein Mann ist. Wie alt bist du? Fünfundzwanzig? Das glaubt man nicht. Wir zeigen sie dir.

Man braucht nur in das Zimmer am Ende des Korridors zu gehen, in das von der langen Françoise, der Glücklichen. Wenn man dort das Fenster öffnet und sich ganz nach rechts rausbeugt, sieht man die Männerterrasse. Man kann ihnen sogar winken, dann winken sie zurück.

Warum liegt die Männerterrasse nicht wie die Frauenterrasse?

Habt ihr das gehört? Warum? Na, weil es eine Sonne für Männer und eine für Frauen gibt. Wusstest du das nicht? So was Dämliches, die glaubt dir das noch.

Vor Zorn fing Marthe an zu husten. Sie wollte unter diesen ausgekochten Weibern schließlich nicht als das Schaf dastehen. Auch wenn sie immer unter Frauen gelebt hatte, gearbeitet hatte sie bisher stets mit Männern. Sie wusste, was die am meisten umtrieb und wie sie die an ihren Platz verwies. Sie hatte keine Angst vor Männern, übrigens verstand sie nicht, warum es im Krankenhaus verboten war, ihnen über den Weg zu laufen.

Erklär das mal dem Fräulein Devaux. Das ist eben Vorschrift. Sie wird dir sagen, das sei eine Frage der Würde: Meine Damen, der Mann ist stark, Ihr Vater, Ihr Bruder, Ihr Ehemann. Es verstößt gegen seine Würde, ihn schwach zu sehen. Meine Damen, die Frau ist frisch und mutig. Kranke Frauen zu sehen ist für einen Mann ungesund. Schützen wir jedes Geschlecht vor der Schwäche des anderen. Marthe, du bist hier also bestens geschützt. Wer weiß, ob du überhaupt Erlaubnis kriegst, das Zimmer der großen Françoise zu betreten.

Marthe hatte geglaubt, sie sei von neuen Freundinnen umgeben, sie war enttäuscht. Judith Folope hatte nicht weniger gelacht als die anderen. Beim Mittagessen setzte sie sich neben sie: Du bist nicht die Einzige, die ausgelacht worden ist. Das machen sie immer so mit den Neuen, am meisten die beiden Alten, die zwei Louisen. Alt, na ja, so um die dreißig eben. Die kennen sich mit Männern aus. Wenn sie dich vollquatschen wollen, sag, du weißt schon.

Was soll ich wissen?

Die verstehen, was gemeint ist.

Aber ich verstehe es nicht, und dann bin ich wieder die Dumme.

Die ältere der zwei Louisen hatte, laut Judith, im Krieg

mit einem deutschen Soldaten geschlafen. Die Schande kannst du dir vorstellen. Seitdem versucht sie so zu tun, als ob sie mit allen Franzosen schläft, um die Sache wiedergutzumachen. Du siehst, was für einen Ruf sie hat. Die andere hat bei der Befreiung mit einem amerikanischen Soldaten geschlafen, einem Schwarzen. Der wurde deswegen erschossen. Ein Deutscher, ein Amerikaner, trotzdem halten sie zusammen und machen sich über heilige Jungfrauen wie dich lustig. Reg dich also bloß über die nicht auf.

Dass es Frauen gab, die im Krieg Männerbekanntschaften hatten, wusste Marthe, aber neben solchen zu essen und in der Sonne zu liegen, das war für sie verwirrend. Sie musste erst krank werden, um neuen Lebensformen zu begegnen, die zwar ein bisschen abstoßend waren, aber durchaus interessant. Sie hatte zu sehr mit ihren Schwestern gelebt, es war höchste Zeit, dass sich das änderte. Fürs Erste wollte sie sich vor den anderen nicht mehr so unerfahren zeigen, einfach so tun wie sie, etwas beschlagener sogar. Ihre Krankheit nutzen. Die große Françoise hatte ihr erlaubt, von ihrem Zimmerfenster aus die Männerterrasse zu beobachten. Sie verbrachte dort mehr Zeit als jede andere. Und war stolz, als eine der Louisen zu ihr sagte, das hätte ich nicht von dir gedacht.

9

An den Sonntagen sahen sich die drei Schwestern wieder. Nachdem sie einen guten Monat getrennt gewesen waren, wussten sie sich nichts zu sagen. Marthe dachte nur noch an Sachen, die sie nicht zugeben wollte. Judith war überzeugt, dass ihre Schwester schlecht behandelt würde, und wollte sie im nächsten Bus mit nach Hause nehmen. Für sie gab es nur einen Ausweg: Flucht. Man hatte Marthe, ihre Große, geraubt. Die andere Judith konnte sie nicht ausstehen, die hatte ihr den Namen, die Schwester gestohlen.

Ich verstehe das nicht, Marthe, du bist nicht mehr dieselbe. Diese ganzen Mädchen, mit denen du dich umgibst, haben einen schlechten Einfluss auf dich.

Sabine sagte nichts, sie war nicht sonderlich besorgt. Einmal geheilt, würde Marthe wiederkommen. Verändert oder nicht, sie würde ihren Platz bei ihnen wieder einnehmen, nur nicht mehr über ihnen, das war der einzige Unterschied.

Auch die beiden Jüngeren hatten sich verändert. Ende April war Sabine die Vormundschaft für ihre Schwester zugesprochen worden; wenig später legte sie die Fahrprüfung ab. Zum ersten Mal unternahmen sie wieder einen Ausflug mit Großmama Madeleine im Monasix. Ihr Lachen hielt den Frauenpavillon zwei volle Stunden in Atem, die anarchischste Siesta, die es je auf der Terrasse gab: Ein jedes Mädchen wurde von Großmama Madeleine befragt, gelobt, ermuntert, als hätte sie an dreißig Enkelinnen. Sogar die Louisen waren erobert. Am liebsten würden sie Großmama Madeleine jeden Sonntag sehen. Die Lästermäuler hörten auf, Marthe zu hänseln: Du lachst zwar nicht so laut wie deine Großmutter, aber du hast ein Auftreten wie sie. Sie gewann Ansehen im Pavillon. Ihr einziger Kummer war, dass sie dieses Ansehen ihrer Großmutter verdankte.

Eine andere Sorge kam ihr kurz vor dem Abschied von den Schwestern und Großmama: Da ihr Gehalt fehlte, hatten sie doch kein Geld mehr – wovon hatte Sabine denn die Fahrstunden bezahlt? Mit Großmamas Kleingeld etwa? Ist der Erbteil etwa freigegeben worden? Und was bleibt jetzt davon? Gebt es zu.

Marthe entsann sich, wie sie seinerzeit ihre Geldnöte vor den Schwestern verborgen hatte, und erkannte, dass Sabine ihr ebenso auswich.

Verschweigst du mir etwas, Sabine?

Nein, nein. Wirklich nicht.

Keine der beiden beharrte. Sabine fand, sobald Marthes Zustand es erlaubte, würde sie früh genug erfahren, was sie unternommen hatte.

Sie hatte sich überlegt, dass sie doch die Stelle der großen Schwester im Architekturbüro Cicéro übernehmen könnte, und war eines Morgens mit Großmama nach Boulogne gefahren.

Wie? Die Brelans stehen vor der Tür? Ich bin nicht da.

Aber sie waren da. Und Großmama Madeleine gehörte nicht zu den Frauen, die vor einer Tür stehenbleiben, sie hatte bereits in dem Sessel vorm Büro Posten bezogen. In meinem Alter wartet man nicht, bis die Herren einem einen Stuhl anbieten. Ihr Lachen setzte hoch an.

Ich weiß, Sie wollen Nachrichten von Marthe hören. Sie gibt sich alle Mühe, aber so eine Kur dauert nun mal. Sie finden, das zieht sich allzu sehr hin, ich weiß, ich weiß. Sie müsste ihre Stelle längst wieder angetreten haben. Das Lachen rollt ein Weilchen. Wir müssen uns eben noch gedulden. Inzwischen, sehen Sie, habe ich hier eine Stellvertreterin für sie, Sabine wird das machen. Das Lachen versiegt.

Monsieur Cicéro steht auf, geht zur Tür, kehrt um. Er will keinen Streit. Er weiß, die Familie Brelan wird er nicht los, am wenigsten die Großmutter. Marthes Stelle … welche Stelle denn überhaupt? Es war eher eine Gunst.

Wenn Sie es so nennen wollen, dann verlange ich eine zweite Gunst für Sabine.

Warum nicht gleich noch für die dritte? Sie werden mir nicht alle drei Schwestern aufdrängen, Madame. Die Erste war hartnäckig genug, sie hat bekommen, was sie wollte. Auch wenn sie krank geworden ist, ich schulde Ihnen nichts mehr.

Großmama Madeleine hörte, was ihr gelegen kam: Die zweite sei noch hartnäckiger. Wenn Sie noch die dritte nähmen, wären Sie tatsächlich nicht mehr Herr im eigenen Haus. Also nur Sabine, und Sie sind der Gewinner.

Er bekam zwei kleine Klapse auf die Hand, ein kleiner Bub wie ihr Sohn Louis. Sie kramte wieder die alten Geschichten aus, von den Anfängen des Büros Cicéro, den vorgestreckten Fonds. Sie wartete mit Berechnungen auf, verhedderte sich in den Millionen. Man müsste ihre Übertreibungen berichtigen, aber es war verlorene Mühe. Die alte Brelan würde diesen Sessel nicht so schnell verlassen. Sie wusste, dass Monsieur Cicéro sie nicht hinauszuwerfen wagte. So früh am Morgen war er schon müde. Nun ja, das Büro richte ein neues System des Telefonempfangs ein. Er könnte Sabine Brelan als Telefonistin einstellen.

Mehr nicht? Großmama Madeleine bleibt das Lachen weg. Telefonieren ist doch kein Beruf!

Monsieur Cicéro schöpfte Hoffnung: Ich habe Ihnen ein Angebot gemacht, wenn Sie es ablehnen, lassen wir's. Ich finde schon jemand anders.

Sabine griff ein. Lass nur, Großmama, wer in einem Haus das Telefon unter sich hat, kann eine Menge erreichen.

Man kam um die drei Töchter des Louis Brelan nicht herum. Sabine hatte schnell gelernt, zuzuhören, zu erraten,

Anrufer hinzuhalten, Verabredungen selbständig zu treffen. Binnen drei Wochen hatte sie sich unentbehrlich gemacht. Das brauchte Marthe nicht so bald zu wissen.

Zwei Geschwister waren nicht mehr drei, das Gleichgewicht war gestört. Marthe fehlte. Sabine setzte ihre Vormundschaft über Judith entschlossener durch. Sie kommandierte mehr, Judith erhielt Aufträge. Wenn du nicht arbeiten gehen willst …

Judith sträubte sich, die Hausangestellte zu spielen. Vormundschaft, das heiße Schutz für eine Minderjährige, nicht Diktatur. Die sieben Jahre ältere Marthe hatte sie immer als die kleine Schwester behandelt, die der Tod der Eltern am allerschwersten getroffen hatte. Wohlwollend hatte sie ihr schwierige Aufgaben erspart, ihre Spinnereien verziehen. Sie hatte sie nicht gezwungen, wieder zum Unterricht zu gehen, weil sie über die Schulpflicht hinaus war und selbständig intensiver arbeitete als bei jedem Lehrer. Dass Judith derart gehätschelt wurde, hatte Sabine nicht immer gebilligt, und sie sagte es laut, seit sie der Vormund war.

Judith wusste alles über Städtebau von der Antike bis in die Moderne. Sie zitierte utopistische Architekten seit der Renaissance, kannte die Abhandlungen von Étienne Louis Boullée und Campanella auswendig. Immer wieder sagte sie, dass nichts anderes sie interessiere, nur würde sie auf dem Gebiet nie das geringste Diplom bekommen und irgendeine Arbeit annehmen wie ihre Schwestern.

Wenn eine von uns arbeitet, reicht das, sagte Judith. Wir brauchen nicht so viel Geld. Wenn du mich nicht unterhalten müsstest, würdest du mich vielleicht im Stich lassen.

Es war ihre große Angst, seit die Eltern nacheinander gestorben waren, dass sie noch einmal verlassen werden könnte, und diesmal von ihren Schwestern. Sabine versuchte ihr gut zuzureden: Stell dir vor, Marthe heiratet. Und stell dir vor, ich heirate auch. Wenn du dann keinen Beruf hast …

Wenn ihr heiratet, dann heirate ich eure Männer.

Was soll das nun wieder? Du immer mit deinen Spinnereien, Judith.

Nein, nein, das sei ihr voller Ernst, genauso ernst, wie wenn sie Arbeitsstellen ablehnte, wie ihre Schwestern sie bei Monsieur Cicéro hatten. Sekretärin, Telefonistin, das seien keine Berufe ihres Niveaus.

Papa hat Judith zu sehr in ihren kindlichen Phantastereien bestärkt, dachte Sabine, und in ihrem Überlegenheitsgefühl. Sein Prinzesschen nannte er sie, seine kleine Herzdame. Die Jüngste, Gescheiteste, Originellste, wie oft hatte man das nicht gehört. Dass man ihre Leiden lindern musste, als sie der Kindheit entwuchs, war in Ordnung. Aber dass ein Mädchen mit achtzehn Jahren immer nur auf sein hohes Reflexionsniveau pochen und nicht reifer werden wollte, das ging so nicht weiter. Es war zu bequem, vom Unerreichbaren zu träumen und gar nichts zu tun.

Es geht mir nicht um Unerreichbares. Ich denke wie Papa, das ist alles. Für mich kommt nur ein Beruf im Dienst der Menschheit in Frage. Wenn meine Arbeit nicht die Welt verändern kann, lasse ich es.

So darf man mit zehn Jahren reden, aber nicht mehr mit zwanzig. Das solltest du aus unserem bisherigen Leben allmählich begriffen haben.

Sabine drohte, Marthe beim nächsten Besuch in Dreux

von ihrer Starrköpfigkeit zu berichten. Vielleicht höre Judith ja auf ihre große Schwester besser.

Du willst ihre Krankheit ausnutzen, um sie gegen mich aufzubringen, das ist gemein. Wenn du ihr das sagst, dann rede ich auch. Es wird sie freuen, zu hören, dass du ihr die Stelle bei Monsieur Cicéro weggeschnappt hast.

In Gegenwart von Marthe belauerten sie einander, sagst du nichts, sage ich auch nichts.

Na, wie war eure Woche? Habt ihr mir nichts zu erzählen?

Großmama rettete die Sonntage mit ihrem Lachen, ihren Reiseversprechen: Du siehst schon viel besser aus, Marthe. Nächstes Mal rede ich mit der Direktorin, damit sie dir eine kleine Autofahrt erlaubt. Dann schlendern wir durch Paris, ich führe euch ins Restaurant. Ich lade deine Freundinnen hier ein, und dann bummeln wir alle miteinander die Champs-Élysées hinauf. Nächsten Sonntag, einverstanden?

Die zwanzig anwesenden Mädchen taten, als ob sie es glaubten.

10

Wie war das gekommen? Nach und nach oder plötzlich, Marthe wusste es nicht mehr. Nach drei, vier Monaten oder später? Die Kur dauerte schon so lange. Ihr kam es vor, als sei die Krankheit verschwunden, als hätte es sie nie gegeben. Kein Fieber mehr, kein Husten, keine Penizillinspritzen mehr, was hatte sie in Dreux noch zu suchen, wenn nicht ein Kurritual einzuhalten, das immer unsinniger wurde? Das anfängliche Glücksgefühl war verflogen.

Sie fragte Doktor Devaux, wann sie gehen dürfe, sie sei doch nicht mehr krank.

Dass die Krankheit sich still verhalte, heiße nicht, dass man genesen sei. Sie sei eingedämmt, bezwungen sei sie noch nicht, ein Rückfall könne eintreten. Mit ihrer Entlassung sei erst in einigen Monaten zu rechnen, Anfang kommenden Jahres. Sie hätte auch gleich Unendlichkeit sagen können. So lange noch, das halte ich nicht aus, klagte Marthe vor den anderen Mädchen. Alle umringten sie. Wer wusste denn, woran er mit dem Fräulein Doktor war: Seht euch Albertine an, sie ist noch dicker und rosiger geworden, kräftig wie nie im Leben, und muss bleiben.

Judith Folope tröstete Marthe. Sie war viel länger da und weinte nicht, im Gegenteil. Sie fühlte sich im Sanatorium freier ohne die Strenge und den Terror ihrer Eltern: Du weißt gar nicht, wie gut du es als Waise hast.

Marthe protestierte. Ich habe keine Eltern mehr, aber ich habe Schwestern, das ist beinahe noch schwieriger.

Na, siehst du, also bist auch du hier freier.

Frei, das hatte sie zuerst auch gedacht, aber man sollte es mit der Sanatoriumsfreiheit nicht übertreiben: Jede Minute ihres Lebens war doch von früh bis spät von Doktor Devaux und ihrer Hausordnung bestimmt. Danach schlief man.

Du schläfst, aber nicht alle. Ich frage mich, ob es nicht Zeit wird, dass wir dir anbieten ... Ja, ich glaube, du bist reif.

Reif, wofür?

Reif, eine von uns zu werden.

Marthe glaubte sich seit einer gewissen Zeit von allen angenommen, bei Tisch, bei der Liegekur, sogar im Zimmer der großen Françoise.

Ja, aber außerdem.

Was, außerdem?

War sie wirklich so ahnungslos? Hatte sie nichts bemerkt? Dann war es besser, man bliebe dabei.

Marthe drang in sie, Judith Folope wich aus. Machten die sich über sie lustig wie am Anfang, damit sie als dumme Pute dastand? Sie meinte doch einiges bewiesen zu haben. Marthe begann eine jede zu beobachten und sich zu fragen, was sie taten, um freier zu sein als sie. Sie hatte gedacht, das letzte Zimmer des Korridors, von wo die Mädchen zu der Männerterrasse hinüberspähten, sei alles. Sie war dort immer eifriger geworden. Ein Opernglas war aufgetaucht und ging von Hand zu Hand. Man zeigte einander einen brünetten Krauskopf unter seiner Decke, einen langen Pomadenjüngling im Schlaf. Ein schlafender Mann vor ihren Augen, und sie kreischten auf. Durch das Glas schien man ihm ganz nah zu sein. Als ob du neben einem schlafenden Mann aufwachst. Danach. Wonach? Die Frage stellte man besser nicht. Marthe fand ohnehin mehr Gefallen daran, die anderen zu beobachten, die nicht schliefen.

War es das, was die eingesperrten Mädchen unter Freiheit verstanden: Männer angucken, die sich auf ihrer Liege langstreckten? Marthe stellte nur verwundert fest, dass sie Judith nie in dem letzten Zimmer traf. Darauf kommst du nicht, sagte Judith Folope. Ich denke nicht daran, zu bezahlen, um liegende Männer in zwei Kilometer Entfernung zu sehen.

Die große Françoise nämlich verlangte ein wenn auch lächerliches Eintrittsgeld von allen, die ihr Fenster benutzen wollten. Die Besitzerin des Opernglases, eine neue, vermietete es je Minute.

Wenn du bezahlst, wiederholte Judith, bist du nicht frei. Wenn du dich umsonst amüsieren willst, komm zu uns. Kann ich dir vertrauen?

Marthe wusste nicht mehr, was sie denken sollte. Judith hatte gesagt, sie solle sich nach zehn Uhr bereithalten. Suzy, eine Langjährige, mit der Marthe einige Male beiläufig gesprochen hatte, öffnete ihre Tür und winkte sie herein, komm schnell. Marthes Zimmer lag in der Mitte des Korridors, sie musste noch eine ganze Strecke mit bloßen Füßen laufen, damit die Dielen nicht knarrten.

Und wohin jetzt? Ins Verwaltungsgebäude? Hatten die etwa eine Schofelei vor, um sie dann auszulachen?

Keine Bange, die Privatwohnung der Direktorin lassen wir rechts liegen, gleich links ist die Ablage der Bibliothek.

Suzy hatte den Schlüssel, weil sie der Bibliothekarin zwei Nachmittage die Woche half. Es war ein Raum ohne Fenster, mit Metallregalen, wo sich Bücher stapelten, die aussortiert worden waren, in der Bibliothek keinen Platz hatten, oder auch alte Werke mit zu fragilen Einbänden. Eine nackte Birne hing von der Decke, vor die Tür unten wurde ein Cape geworfen, um den Lichtspalt abzudecken.

Zwei Mädchen saßen bereits auf Kartons und unterdrückten vor der staunenden Marthe ihr albernes Gekicher. Sie erkannte Albertine. Wie kam die hierher, nach allem, was über sie und die Direktorin erzählt wurde? Auch die zweite war eine Überraschung für Marthe, so verschlossen, dass sie nie lächelte, neunzehn oder zwanzig Jahre alt; letztens war sie ihr durch ein leichtes Hinken aufgefallen. Marthe kannte nicht einmal ihren Namen. Und Judith Folope? Sie hatte sich verspätet, kam in diesem Moment hinzu.

Der ernsthafte Ruf dieser Mädchen verwirrte Marthe. Sie hatte geglaubt, zu einem Kreis von Rebellinnen gegen die Hausordnung zu stoßen, dem etwa die beiden Louisen und Konsorten angehörten, die sich den lieben langen Tag bei irgendetwas ertappen ließen, zu lange im Bett blieben, bei der Medikamentenausgabe unauffindbar waren oder sich die Taschen mit Süßigkeiten vollstopften. Doch hier versammelt waren nur die Gewissenhaftesten.

Judith hatte ihre Gründe. Wer vor nichts Achtung hatte, dem traute man nicht. Sie hatte Marthe wochenlang beobachtet, hatte gesehen, wie klaglos sie die Spritzen hinnahm, sämtliche Anordnungen strikt befolgte, den Stundenplan einhielt, eine Musterpatientin, wie Fräulein Devaux sie lobte.

Für die Direktorin sind wir die Wahren im Haus, die Gehorsamen. Die anderen, die Louisen, werden von ihr gepiesackt, uns vertraut sie. Das gibt uns die Freiheit, uns hier bei Nacht zu treffen, wenn die Hausregeln außer Kraft sind. Hast du Angst? Fragst du dich, wohin du geraten bist? Du erzählst oft von deinen Schwestern, sag dir, dass wir hier wahrhaft deine Schwestern sind.

Das Wort beruhigte sie. Und dieses so verschlossene Mädchen, das Michelle genannt wurde, ließ mit dem offensten Lächeln ein kleine Flasche Portwein kreisen. Binnen Minuten stieg die Fröhlichkeit. Judith ermahnte alle, nicht laut zu werden, die Nachtaufsicht saß in dem Raum auf der anderen Korridorseite.

Und so ist es aufregender, fand Judith Folope.

Suzy holte Schminkzeug hervor. Machst du dir nie die Augen, Marthe? Graue Augen, gar nicht einfach. Vielleicht ein bisschen Rosa, das steht gut zu Grau. Probier mal. Und die Wangen? Bis auf Albertine sehen wir doch alle krank und blass aus, eine Spur Rouge kann uns nicht schaden. Nimm ein wenig mehr, sieh mal, wie dich das verändert, eine richtige Schönheit. Du solltest deinen Rock kürzen, und lass deine Arme locker. Wir bringen es dir bei. Du trägst dein Haar immer so streng, das ist falsch, du hast so dichte, weiche Haare. Komm, ich mach dir eine Frisur wie Ava Gardner.

Zwei, drei Stunden heimliches Vergnügtsein, Mädchenspiele, die sie nie kennengelernt hatte wegen der aufeinanderfolgenden Trauerjahre, erst um die Mutter, dann um den Vater. Zum Schluss schminkten sie sich ab, verwandelten sich wieder in artige Patientinnen und gingen schlafen.

Hattest du nicht von Jungs gesprochen?, wagte Marthe vorher noch zu fragen.

Verlang nicht zu viel auf einmal. Dass auch Männer hierherkommen, habe ich nie gesagt.

Marthe erkannte sich nicht wieder. Sie war die Älteste im Kreis und benahm sich wie ein kleines Mädchen. Vielleicht war es unpassend, sich in ihrem Alter mit kindischen Spielen abzugeben. Aber es war so schön, den ganzen Tag freute sie sich darauf. Die militärische Disziplin des Sanatoriums fiel ihr immer schwerer. Sich am Abend so gehenzulassen wurde ein neuer Ritus, und es war der glücklichste. Wenn ihnen niemand auf die Schliche kam, konnte sie sich sagen, dass ja nichts Schlimmes passierte. Sie brauchten nur immer brav als Erste aufzustehen, zur Behandlung und bei Tisch zu erscheinen.

Sie sehen mir diese Woche so hohlwangig aus, befand jedoch die Doktorin, geben Sie sich keine Mühe, es mit falschen Farben zu vertuschen. Ein Zeichen, dass das Übel brütet, was zeigt der Röntgenschirm? Immer noch Spuren auf der rechten Lunge? Sie nehmen doch pünktlich Ihre Medikamente, Marthe? Und immer größte Ruhe, nichts ist besser als Ruhe. Wenn nötig, verlängern wir die Kur noch ein halbes Jahr.

Was sie vor Tagen noch in Schrecken versetzt hätte, war jetzt eine gute Nachricht, die Aussicht auf vergnügte Nächte. Die fünf Mädchen fühlten sich immer wohler miteinander, sangen leise, erinnerten einander am nächsten Tag pausenlos daran. Michelle zeigte ihnen den Flamenco, den sie sich von einem Film abgeguckt hatte. Beim Tanzen merkte man nichts von ihrem Hinken. Sie dämpften das Händeklatschen und Stampfen, spielten Szenen von Liebe und Liebesstreit. Weil sie immer ohne Schuhe waren, kam die kinobegeisterte Michelle auf die Idee, »Die barfüßige Gräfin« nachzuspielen. Marthe kannte den Film von Mankiewicz nicht.

Suzy kämmte sie: Du bist Ava Gardner, die Gräfin. Am Schluss musst du sterben.

Nein, nein, so was Trauriges will ich nicht.

Suzy konnte am besten schauspielern: Ein halbseidenes Mädchen wie im Film, das heftig geschminkt und mit verführerischer Miene vorführte, wie man kunstvoll einen Strumpf abstreifte, ihn über den Schenkel rollte, dann die Wade hinunter und zum Schluss über seine Schulter warf. Judith schnappte nach den Strümpfen, als wollte sie sie behalten. Gekicher. Alle mussten an sich halten.

Jetzt du, Marthe, die Strumpfnummer, die Strumpfnummer.

Zuerst wusste sie nicht, wie sie es anstellen sollte, ihre

Schwestern kamen ihr in den Sinn. Sie sah sich plötzlich mit deren Augen, die fünfundzwanzigjährige ernsthafte Große, die für ihre jüngeren Schwestern verantwortlich war. Nein, nichts mehr von Verantwortung, jetzt war ein anderes Leben, das, was sie mit sechzehn Jahren nicht gehabt hatte. Die Krankheit, die aufgeheizte Gruppe halfen ihr. Sie probierte die Gesten, knüpfte und entknüpfte die hautfarbenen Strümpfe immer selbstvergessener.

Das war der Höhepunkt des Abends! Du kriegst das mit den Strümpfen wirklich am besten hin.

Todmüde kam sie um drei Uhr morgens aus der Ablage und konnte vor fünf nicht einschlafen. Manchmal steckte ihr von den Dielen ein Splitter im nackten Fuß. Wenn sie so wach lag, wälzte sie Probleme: Durfte man seine Schwestern tauschen? Fremde den eigenen Schwestern vorziehen? Sich Nacht für Nacht amüsieren mit Mädchen, von denen man so gut wie nichts wusste, und am Sonntag denen kaum mehr etwas zu sagen haben, mit denen man sein ganzes Leben geteilt hatte?

11

Suzy erzählte es ihr als Erste. Wenn sie nachmittags im Hauptgebäude der Bibliothekarin half, begegnete sie auch Männern. Und einer von ihnen hatte sie nach Marthe gefragt. Wie war das möglich? All die Monate hatte sie doch den Pavillon nicht verlassen. Aber genauso wie die Frauen sich aus dem Fenster ihres letzten Zimmers hängten, um Ausschau nach der Männerterrasse zu halten, machten es von ihrem Flügel aus auch die Männer.

Der Junge, der Suzy angesprochen hatte, beschrieb sie

als große Schläferin, die sich stundenlang nicht von ihrer Liege rührte. Seit Marthe an den Abenden in der Ablage teilnahm, erholte sie sich bei ausgiebiger Nachmittagsruhe in der Sonne des zu Ende gehenden Sommers.

Ich bin aber nicht die Einzige, wir sind mehrere, die am Nachmittag richtig schlafen.

Klar, aber welliges schwarzes Haar wie Ava Gardner, wer kann das anders sein als du, Marthe?

Er hatte Ava Gardner gesagt? Seit sie von Suzy frisiert wurde, sagten das alle. Dann hatte er sie schlafen sehen? Wie peinlich, im Schlaf den Blicken eines Mannes preisgegeben zu sein.

Du gehst doch auch ins Zimmer der großen Françoise, was machst du da anderes?

Ihre Temperaturkurve erreichte neue Spitzen. Doktor Devaux ließ zusätzliche Röntgenaufnahmen machen. Marthe scheute sich von nun an, auf der Terrasse zu schlafen oder jedenfalls nicht mehr so lange. Der Gedanke an die Blicke, die sich auf ihren Körper richteten, ließ ihr keine Ruhe. Die Müdigkeit nahm zu, sie kämpfte mit sich, um den Abenden in der Ablage fernzubleiben, ging aber dennoch hin. Sie hoffte, mehr von dem Jungen zu hören, wenigstens seinen Namen zu erfahren.

Suzy zeigte ihr seine Unterschrift auf der Lesekarte, Charles Coutelle stand da in zittrigen Buchstaben.

Klingt nach *couteau* – Messer, ein gefährlicher Name, sagte Judith, da würde ich vorsichtig sein. Albertine hingegen ermutigte sie, Coutelle klinge gar nicht gefährlich, eher weich. Ich an deiner Stelle würde in die Bibliothek gehen, um ihn zu treffen. Sag nicht, du warst noch nie dort?

Lesen, das war bei den Brelan-Schwestern Judiths Revier gewesen.

Komisch seid ihr, eine liest bei euch für drei.

Ja, weil Marthe als Einzige für ihre Schwestern arbeitete. Und jetzt bist du für drei krank. Michelle fand, die drei Schwestern trieben den Familiensinn zu weit.

Wir sind keine Familie, wir sind Schwestern.

Das solltest du Charles Coutelle erklären, der wird sich freuen, dass er statt einer drei haben kann.

Wieso haben? Na, wollte sie das denn nicht? Alle hier sahen es ihr doch an. Suzy erbot sich, das Treffen zu arrangieren. Eine halbe Stunde musste Marthe durch die Regale irren, ehe sie Charles Coutelle auftauchen sah. Beide beäugten einander, ohne ein Wort zu sagen. Die Bibliothekarin, genauso frisiert wie Doktor Devaux, hielt streng auf die Hausordnung: Kein Leser durfte einen anderen durch unnützes Reden stören, vor allem wenn sie nicht gleichen Geschlechts waren.

Marthe erkannte ihn als einen der zwei oder drei, die sie durchs Opernglas immer beobachtet hatte und von denen er der Interessanteste war, eine lange schlanke Gestalt, von nahem noch anziehender. Der Sommer hatte ihn nicht eben gebräunt; besonders seine Hände wirkten blutleer, verfeinert, ohne vorspringende Adern, Hände wie ein Mädchen; so mager er war, zeichnete sein Kinn sich doch mit sanften Winkeln ab. Er konnte seine Erregung kaum vor ihr verbergen, aber das Grazile seiner Erscheinung gab Marthe Sicherheit. Sie begegneten sich, blieben einen Moment voreinander stehen, dann trennten sie sich, um der Bibliothekarin nicht aufzufallen.

Suzy übernahm es, deren Aufmerksamkeit abzulenken.

Marthe Brelan, eine ehemalige Jurastudentin, behauptete sie, suche rechtswissenschaftliche Werke, finde sie hier aber nicht. Gab es einen speziellen Standort? In der Ablage vielleicht? Die Bibliothekarin suchte, Rechtswissenschaft, nein, das werde zu selten verlangt. Charles Coutelle konnte Marthe derweil zu verstehen geben, dass er es eilig habe, er sei nicht im besten Zustand. Sie von weitem zu sehen, das gebe ihm Kraft. Wie müsste es erst von nahem sein? Er denke nur noch an sie, Suzy hatte ihm versichert, dass es Marthe genauso gehe.

Wir sind an einem Ort, wo wir uns beeilen müssen. Wo können wir uns treffen?

Die Bibliothekarin hatte einen verstaubten Dalloz ausgegraben. Wenn Marthe an Rechtswissenschaft interessiert sei, könne man eine Bestellung aufgeben. Sobald eine Leserin ein spezielles Lektüregebiet angab, nagelte die Frau sie darauf fest. Suzy musste die Verabredung mit Charles Coutelle an Marthes statt weiterführen.

Noch am selben Abend sollten sie sich in der Ablage treffen. Die übrigen vier Mädchen würden auch da sein, um ihr zu helfen, sie zu ermutigen, vielleicht zu beschützen.

Man weiß ja nie, sagte Judith.

Aber vier Anstandsdamen, wie soll man da miteinander reden?

Wenn es ihr lieber sei, würde man sie mit Charles Coutelle allein lassen. Das wollte sie aber auch nicht. Die Mädchen sollten schon da sein, aber draußen, vor der Tür.

Auf dem Korridor? Und wenn die Nachtwache ihre Runde macht? Oder Fräulein Devaux vorbeikommt?

Marthe sei ja schon Feuer und Flamme, in Leidenschaft entbrannt.

Es macht dir wohl gar nichts aus, deine Freundinnen preiszugeben? Man erkennt dich nicht wieder. Dann lass dir doch selbst was einfallen.

Das Risiko, vor der Tür Wache zu stehen, nachdem sie erst Marthe Brelan, dann Charles Coutelle in die Bücherablage geschleust hatte, nahm nur Michelle auf sich, weil sie es so erregend fand. Unter der nackten Glühbirne sah der Junge noch blasser aus als in der Bibliothek, noch ausgezehrter. Und zappelig war er, als halte er es nirgends aus, und völlig verkrampft. Seine Unruhe beruhigte Marthe: Er hat Angst vor mir. Wenn er Angst vor mir hat, brauche ich keine Angst vor ihm zu haben.

Er habe nicht viel Zeit, wiederholte er, heute Abend und überhaupt. Er lebe in Eile. Seine Krankheit, ein Rückfall, zwinge ihn, im Schnelldurchlauf zu leben. Für ihn sei Marthe seine einzige und einmalige Chance.

Heutzutage wird man von Tuberkulose geheilt, sagte Marthe, durch die Antibiotika.

Charles Coutelle war gegen Antibiotika allergisch. Sie versetzten ihn in einen derart miserablen Zustand, dass er es vorzog, der Krankheit ihren Lauf zu lassen. Zwar würden neue Mittel erprobt, aber davon werde er kaum mehr profitieren können. Eilig, eilig war sein Wort, seine Augen glänzten im Fieber, seine Begierde, ein ungekanntes Glück zu erfahren, war groß. Doch Marthe wollte das Glück nicht überstürzt. Sie kannten sich so wenig, sie musste sich an sein Bild, seinen Körper erst gewöhnen.

Bin ich dir zu mager? Erschrecke ich dich? Aber unsere Körper sind Nebensache. Ich frage dich nicht mal, ob ich dich küssen darf. Meiden wir jede Gefahr, unsere Bazillen zu vermischen. Wir müssen uns berühren, ohne uns zu berühren. Verstehst du? Schnell, schnell.

Marthe brauchte Zeit, um es zu verstehen. Sehen wir uns morgen wieder?

Suzy fand, Charles Coutelle dramatisiere seine Krankheit. Er suche eine Krankenschwester, die reinstmögliche, eine Marthe, damit sie sich seiner wie eine Mutter erbarme. Seine elende Gesundheit habe ihn sicher impotent gemacht. Judith hingegen meinte, die Schwindsucht steigere seine Erregbarkeit. Er wolle auf der Stelle eine willige Frau. Marthe habe völlig recht, ihn zappeln zu lassen.

Es kommt allein darauf an, was du willst, sagte Albertine. Willst du einen Mann kennenlernen oder die Liebe? Das ist nicht dasselbe.

Michelle wäre gern an ihrer Stelle, um die gleichen Zweifel zu haben. Sie glaubte, wegen ihrer Hinkerei niemals in eine solche Lage zu kommen.

Ich kann ihm sagen, dass du das Rendez-vous heute Abend ausfallen lässt, sagte Suzy. Du brauchst einen richtigen Mann, nicht so einen zimperlichen Lazarus, der nicht mal weiß, was er will.

Nein, sag, er soll kommen. Ich weiß noch nicht, was ich mit ihm anfangen werde, aber ich will zu ihm.

Diese Nacht warteten sie zu viert vor der Tür. Sie lauschten beunruhigt, weil nichts zu hören war.

Dass sie leise sind, ist ja gut, aber so leise? Vielleicht reden sie überhaupt nicht.

Dann könnten sie wenigstens stöhnen.

Was weißt du von Stöhnen, Michelle?

Sie halten an sich, weil sie wissen, dass wir hier sind. Lassen wir sie doch allein.

Aber dann wissen sie nicht, dass wir nicht aufpassen, besser, wir bleiben.

Da, ein dumpfes Gepolter in der Ablage.

Haben sie sich aufeinandergestürzt? Und wenn er ihr was antut?

Mager, wie der ist?

Die Mageren sind manchmal die Schlimmsten.

Was verstehst du von Mageren, Michelle? Judith entschloss sich, die Tür einen Spaltbreit zu öffnen, um Marthe zu Hilfe zu eilen. Charles Coutelle stellte Bücherkartons nebeneinander, einer davon war aufgerissen, Marthe sammelte die herausgefallenen Bände auf. Judith zog die Tür ran.

Das läuft wohl nicht besonders dadrin, wenn die Bücher umräumen.

Sie bauen sich ein Bett, sagte Michelle, das ist ein gutes Zeichen. Mach noch mal auf.

Aber wenn sie die offene Tür sehen, sind sie gelähmt.

Wenn sie sich auf die Bücher legen, sehen sie die Tür doch nicht mehr. Michelle wollte zugucken wie im Kino. Schade, sie waren teilweise durch die mehr oder minder gefüllten Regale verdeckt. Marthes Beine waren zu sehen, die Strümpfe.

Sie spielt ihm die Strumpfnummer vor, wie Marlene Dietrich, gut, dass ich sie ihr gezeigt habe.

Ja, aber nur mit einem Strumpf.

Charles Coutelle pfiff auf Strümpfe und Marlene Dietrich, ihm war es eilig, eilig. Er hatte seine Hose anbehalten, beugte sich über Marthes Beine. Er drückte auf ihre Knie.

Marthe wehrte ab, bat um Zärtlichkeit. Er solle sie wenigstens auf die Arme, die Schultern küssen.

Nichts mit dem Mund, sagte Charles Coutelle. Sogar die Hände können ansteckend sein. Ich darf dich nicht streicheln. Wir können uns nur da unten berühren, ja, da, an der Spitze. Ich kann nicht länger warten.

Marthes Knie lösten sich, gingen auseinander. Die Beine von Charles knickten ein. Vorbei, Charles Coutelle hatte es zu eilig gehabt. Er wich zurück, murmelte etwas Unverständliches. Marthes Beine umschlangen ihn.

Sie begriff nicht, warum er jetzt aufhörte. Das sei im Moment schwierig, sagte Coutelle, er bedaure. Marthe habe ihn seit Wochen viel zu sehr erregt, es musste so kommen.

Marthe setzte sich auf und sah Michelle: Verschwinde, fauchte sie.

Ich verstehe, du bist mir böse, sagte Charles Coutelle.

Michelle machte Marthe Zeichen der Ermutigung und formte mit den Lippen, die Silben absetzend, den Namen Ava Gardner.

Ich helfe dir, sagte Marthe. Sie zog ihn auf die Kartons herunter, gut verborgen hinter den Bücherregalen.

Ich hätte nicht gedacht, dass das so schnell wiederkommt, sagte Charles Coutelle.

Marthe hob die Stimme: Ich will keinen mehr sehen.

Coutelle glaubte, sie verscheuche ihn, um dann über ihn zu lachen. Nein, sie wolle keinen anderen sehen als ihn. Er versuchte nicht erst zu verstehen, sie zog ihn an sich.

Michelle schloss die Tür von außen.

Was denn jetzt?

Die erste Szene war verpfuscht, sie spielen sie noch einmal, also ein bisschen Geduld.

Ihnen wurde die Zeit lang, ein gutes Zeichen. Da ging das Licht im Korridor an, ob es die Nachtwache war oder Doktor Devaux, sie durften sich auf keinen Fall vor der Ablage erwischen lassen, die vier Mädchen huschten hinein. Charles und Marthe fuhren auf. Der Junge wurde panisch, als wollten die vier Mädchen über ihn herfallen.

Still doch, Albertine erstickte seinen Protest unter Marthes Rock, die anderen hielten ihn halb liegend fest, und alle verstummten, während draußen die Absätze immer näher kamen und sich dann entfernten. Das Minutenlicht im Korridor erlosch unter der Tür. Coutelle wurde freigelassen. Wütend richtete er seine Hose, überzeugt, dass Marthe sich über ihn lustig gemacht habe, dass all die Mädchen sich verabredet hätten, ihm zuzusehen, ihn womöglich auch zu haben. Ob er denn nicht die Absätze auf dem Dielenboden gehört habe? Für ihn war das eine bestellte Komparsin, das Ganze eine Mädchenfalle, er blieb voller Zweifel.

Die Mädchen hätten zu gerne gewusst, was Marthe beim zweiten Mal empfunden hatte. Sie weigerte sich, ihnen etwas zu sagen. Sie wüssten so schon zu viel. Sie hatte das Gefühl, etwas zu Persönliches vor aller Augen erlebt zu haben.

Ihr habt euch ja nicht gerade unsichtbar gemacht. Sie bezweifelte die Aufrichtigkeit ihrer Freundinnen nicht weniger als Charles Coutelle. Dieses Reinplatzen konnte doch nur Absicht gewesen sein, ob aus Spaß oder Eifersucht. In einem Moment, als sie sich zum ersten Mal einem Mann so nahe, so mit ihm verschmolzen fühlte, hätten sie alles kaputtgemacht. Er könne zu ihr kein Vertrauen mehr haben, werde sie nicht wiedersehen wollen.

Nun sag bloß, du hast geglaubt, dir falle die große Liebe vom Himmel. Du wolltest eine Frau werden, was ja auch Zeit war mit fünfundzwanzig, und wir haben dir geholfen. Hattest du etwa vor, einen lebenden Leichnam zu heiraten? Sieh zu, dass du hier rauskommst, und such dir einen Gesunden. Der ist dann vielleicht nicht so erregbar wie ein Schwindsüchtiger, aber das ist auch besser, denn einen Ehemann muss man danach ja halten.

Marthe war enttäuscht von ihnen und getroffen, sie begriffen einfach nicht, was sie ersehnte.

Und du, begreifst du es denn?

Darüber hatte sie noch nicht nachgedacht.

12

Nicht lange und Marthe wurde ins Büro von Doktor Devaux bestellt.

Sie wissen, warum Sie hier sind? Sie sind geheilt.

Marthe war noch nicht wieder zur Röntgenkontrolle gewesen. Und heute sollte die Heilung, die vorige Woche noch zweifelhaft schien, unstreitig sein?

Jawohl, ganz recht, Mademoiselle Brelan, Sie sind geheilt. Monatelang hatte die Doktorin sie Marthe genannt. Wusste sie etwas? Unwahrscheinlich. Besser, man glaubte an die Heilung.

Sie werden uns verlassen. Für gewöhnlich sind die Damen über die Nachricht erfreut. Sie fahren heute Nachmittag mit dem Bus um fünf Uhr.

So schnell, ohne ihre Schwestern zu benachrichtigen? Sie kommen doch am Sonntag zu Besuch.

Vergessen Sie den Besuch, Mademoiselle Brelan. Sie hatten ohnehin reichlich viele. Ich rede nicht von Ihren Schwestern, sondern in erster Linie von Ihrer Großmutter. Wie mir zu Ohren kam, hat sie an gewissen Sonntagen nicht wenig Trubel veranstaltet. Eine Kureinrichtung wie die unsere verlangt absolute Ruhe.

Meine Großmutter hat hier nie jemandem Böses getan, im Gegenteil.

Von Ihrer Großmutter ist auch gar nicht die Rede. Ich dachte, Sie würden von selbst verstehen, was ich meine. Sie zwingen mich, Dinge anzusprechen, die mir äußerst missfallen.

Enttäuscht sei sie. Sie habe in Mademoiselle Brelan so große Hoffnungen gesetzt, eine so gewissenhafte, so reife Patientin, und mit einer langsamen, aber stetigen Gesundungskurve, tadellos.

Marthe war fassungslos über so viel Scheinheiligkeit. Wer hat mich verraten, Frau Doktor?

Wieso verraten?

Und wenn Fräulein Devaux gar nichts wüsste? Du reitest dich rein, Marthe.

Doktor Devaux ließ sich Zeit. Sie betastete eine nach der anderen ihre Haarklemmen. Sie wissen anscheinend nicht, was Sie angerichtet haben. Was Sie vor allem mir zugefügt haben, sich in meinem Haus derart aufzuführen. Die Abende mit Ihren Freundinnen mal beiseitegelassen, aber was diesen jungen Mann betrifft, Mademoiselle Brelan, so haben Sie seinen Zustand verschlimmert. Wir mussten uns von ihm trennen, ihn in ein Pariser Krankenhaus überweisen, wo man ihn vielleicht noch retten kann. Aber wahrscheinlich ist es zu spät.

Durfte ein Arzt einen Patienten anklagen, er habe einen anderen getötet?

Sie klage niemanden an, sagte Doktor Devaux, sie stelle eine Diagnose. Für Monsieur Coutelle sei jedwede Aufregung verhängnisvoll. Wenn eine Frau durch ihre Anwesenheit, ihre Lockungen, ja ihre Berührungen Monsieur Coutelle in seinem seelischen Gleichgewicht erschüttere, so bringe sie ihn in Lebensgefahr und trage zu seiner Zerstörung bei.

Doktor Devaux mied Marthes Blick und erging sich in Gemeinplätzen über Hygiene und Krankheit. Marthe fragte, ob Charles Coutelle sich über sie beschwert habe. Oder ob nicht vielmehr die Ärztin ihn genötigt habe, sich zu beschweren.

Sie habe seinen Zustand ausgenutzt, das sei schändlich.

Mademoiselle Brelan, die Ruhmredigkeit der Männer ist grenzenlos, sie reicht aber nicht aus, um eine Frau zu verurteilen. Mir ist nichts fremd, was in meiner Einrichtung geschieht. Sie müssen gehen, Mademoiselle Brelan, Ihr Bus geht um fünf.

Also war es ein Mädchen aus dem Pavillon? Sie dachte an die Louisen, die Schnüfflerinnen mit dem schlechten Ruf. Bei der Vorstellung, sie könnte jetzt genauso verrufen sein, erschrak sie. Sich einem Besatzer, einem Sieger hinzugeben war aber doch nicht dasselbe, wie einen Schwachen glücklich zu machen. Aber wenn Fräulein Devaux nun recht hatte und Charles ihretwegen sterben musste, so wie der Schwarze erschossen worden war, weil er sich mit Louise eingelassen hatte? Judith und Sabine werden sagen, ich sei eben immer auf der Seite der Autorität. Was werden sie von mir denken? Die Louisen, nein, die würden mir nicht vorwerfen, was sie selbst gemacht haben. Albertine, ja sicher, das Auge von Doktor Devaux, wie sie schon beim ersten Mal in der Ablage vermutet hatte. Warum sonst hätte das Fräulein Doktor ihren Schützling an Zusammenkünften teilnehmen lassen, die ihre Herrschaft untergruben? Marthe begann jede Einzelne zu verdächtigen, sogar die hinkende Michelle und Suzy, die ihr beide so vertrauenswürdig vorgekommen waren. Ava Gardner. Ha, Ava Gardner, eine Femme fatale ... Sollte sie nun die fatale Marthe für Charles Coutelle gewesen sein? Das war ein paar Nummern zu groß. Aber wie schön war es für eine im Sanatorium gefangene Kranke gewesen, daran zu glauben. Die Abende in der Ablage hatten ihr zum Gesundwerden verholfen, egal, was die Medizin dazu sagte.

Plötzlich kam ihr die Gewissheit: Es musste Judith Folope gewesen sein, die sie bei Fräulein Devaux angeschwärzt hatte. Judith hatte ihre Annäherungen an Charles Coutelle nie ermutigt, sie hatte Suzy in der Bibliothek abzuhalten versucht. Judith war es, die falsche Schwester, die Jedermannsfreundin. Höchste Zeit, zu ihren wahren Schwestern zurückzufinden, ein Schwall Liebe zu ihnen überflutete sie. Sie hatte sie fallenlassen, das war das Einzige, was sie sich vorzuwerfen hatte, aber es hatte sie geheilt.

Eine Krankenschwester nahm die abschließende Untersuchung vor. Frau Doktor Devaux werde das Dokument doch noch unterschreiben?

Mit welchem Recht forderte Mademoiselle Brelan die Einhaltung von Regeln, die sie selbst so wenig respektiert habe? Frau Doktor hatte ihre Genesung verfügt, sie werde sich nicht widerrufen. Die Patientin habe wieder Normalgewicht, Farbe, Appetit, gesunde Lungen. Ein paar Spuren gebe es, mehr könne man nicht verlangen, von einer solchen Krankheit bleibt immer etwas zurück.

Marthe packte ihren Koffer, die Mädchen kamen eine nach der anderen, hast du ein Glück, so schnell wieder zu gehen, acht Monate nur. Michelle beneidete sie um die Filme, die sie nun sehen könne.

Schreib mir, Ava Gardner, und erzähl mir alle.

Suzy hatte Bibliotheksdienst. Albertine war zu einer gründlichen Untersuchung bei Doktor Devaux einbestellt worden. Judith Folope kam Marthe ins Verwaltungsgebäude nachgelaufen.

Du hast mich verpetzt …

Ich hätte dich eben nie mit hineinziehen dürfen. Aber ich gehe auch. Willst du mich nicht umarmen? Dann gib mir wenigstens die Hand. Nicht mal deine Hand?

13

Judith Brelan schlug sich die Hand vor den Mund: Die Frau da am Ende der Straße, die mit Mühe ihren Koffer schleppte, sah aus wie Marthe. Japsend verkündete Marthe, dass sie geheilt sei.

Geheilt, obwohl sie kaum Luft bekam?

Der Weg, der Koffer, ein paar kleine Nachwehen, schließlich erklärte ein von der Doktorin unterzeichnetes Papier sie für gesund, nicht mehr ansteckend und arbeitsfähig. Aber am letzten Sonntag hatte Marthe doch von einem halben Jahr zusätzlicher Ruhe in Dreux gesprochen? Und nun die wundersame Heilung? Und sie kam, ohne ihnen vorher Bescheid zu geben? Sie hätte doch einen Brief schreiben können, ein Telegramm schicken, die Nachbarn anrufen, die Beaumonts. Zwar redeten sie seit langem nicht mit ihnen, aber in einem solchen Fall hätten sie natürlich geholfen.

Marthe war nicht darauf gefasst, ihre vorzeitige Rückkehr begründen zu müssen. Sie hatte gedacht, sie könnte einfach mit den Schwestern reden wie früher. Mit den Schwestern, aber eine fehlte.

Es ist Freitag und sieben Uhr durch, wo bleibt Sabine?

Sie wird bald da sein.

Warum so spät?

Der Monasix Luxe macht allmählich Probleme.

Fährt sie so weit? Wozu denn?

Nun komm erst mal zu Atem. Leg ab, wasch dich nach der Reise, ruh dich aus. Du machst nicht den Eindruck, so gesund zu sein, wie du sagst.

Von der Garage her war das Schnorcheln des alten Renault zu hören, Sabine erschien in der Haustür. Marthe sah von weitem, wie sie ihre kleine schwarze Handtasche abstellte und den taillierten lavendelblauen Regenmantel ablegte. Unverkennbar war sie eine Dame geworden. Sie ließ sich Zeit, Kleider und Haare zurechtzuzupfen, ihre Frische im Spiegel zu prüfen, vollkommen selbstsicher. Hatte auch sie einen Mann kennengelernt? Kam sie von einem Mann nach Hause? Marthe wagte nicht zu fragen. Eine Enttäuschung, diese Heimkehr. Da hatte sie nun geglaubt, das Gespräch mit den Schwestern werde ungebrochen weitergehen, dabei sahen sie einander nur geniert an.

Allein Judith zeigte ihre Freude: wir drei, wir drei, mehr

brachte aber auch sie nicht heraus. Sie schwiegen zusammen, beobachteten einander. Alle ihre Fragen stellten sie mit den Augen. Als warteten sie auf den richtigen Moment, die Antworten gleichzeitig loszulassen, wie sie es gewohnt waren. Der Moment zog sich hin. Marthe bat Judith, ihr die Haare zu schneiden.

Wie, um neun Uhr abends, gibt es nichts Eiligeres? Sag mal, macht deine Heilung dich krank? Wenigstens Judith war dieselbe geblieben, immer das treffende Wort.

Mach mir einen Kurzschnitt.

Die Ava-Gardner-Strähnen rieselten auf die Küchenfliesen, Marthe ließ das Sanatorium von sich abfallen, sie fühlte sich wie neugeboren und stärker: Es ist etwas Außerordentliches geschehen, und es macht mich trotz allem glücklich.

Bei uns kannst du dich davon erholen, sagte Sabine.

Doch Marthe wollte sich nicht erholen, sondern ihre Stelle bei Monsieur Cicéro wieder antreten und für ihre Schwestern arbeiten.

Judith meinte, sie solle besser noch warten, die Fahrt nach Boulogne sei zu schwierig für eine Genesende.

Und Sabine nimmt das Auto? Hat sie denn eine Stelle? Ist doch großartig, dann haben wir zwei Gehälter. Das hättet ihr mir eher sagen sollen. Wie … es ist meine Stelle?

Ich jedenfalls kann dir schwören, sagte Judith, dass ich dir nichts verheimliche: Ich habe mir keine Stelle gesucht.

Es war Großmama Madeleine, die ihnen half, die Sprache wiederzufinden. Am Sonntagmorgen kam sie die Straße entlanggetapert, und weil sie beim Gehen mehr denn je wackelte, stützte sie sich auf ihren schwarzen Regenschirm. Sonst wartete der Monasix immer schon draußen, und sie fuhren gleich los nach Dreux. Großmama war kein bisschen erstaunt: Wenn der Wagen nicht vor der Tür stand, musste Marthe wieder da sein. Sie konnte doch nicht ihr ganzes Leben in einer Art Krankenhaus zubringen. Geheilt war sie schon lange.

Diese Gauner halten gesunde Menschen fest, damit sie ihre Zimmer voll haben. Wenn sie besser betuchte Klienten kriegen, werfen sie die Kranken raus.

Glücklich drückte sie Marthe an sich und streichelte sie, ihre Hände, ihre Arme, die Schultern, den Rücken, wie gut das tat, zu fühlen, dass sie wieder fülliger war, so ein liebes Kind. Und wie zart der Nacken, aber die Haare, was hatte sie denn mit ihren Haaren gemacht?

Rausgeworfen haben sie dich, das will ich glauben. Halunken, ich wusste es ja. Dieses Fräulein Doktor taugt doch nichts, das hab ich gleich gesehen. Ich verstehe nicht, wieso Doktor Bontemps dich dorthin geschickt hat. Ich hätte dich auch gesund gepflegt. Es war höchste Zeit, dass du wiederkamst, die hätten dich umgebracht, die Bande. Erzähl mir nur alles, was sie dir angetan haben, ich tröste dich.

Sie konnte einen in Vertrauen wiegen. Marthe erzählte nach und nach beinahe alles, so als beichte sie immer größere Sünden. Je ernster es wurde, desto mehr lachte Großmama Madeleine. Das Zimmer der großen Françoise mit dem Blick zur Männerterrasse – eine typische Mädchenidee. Die Jungs machten auf ihrer Seite das Gleiche? Eine typische Jungsidee. Die Bücherablage bei Nacht? Da wäre sie zu gern dabei gewesen. Vor der Nase dieses Fräulein Doktor, na fein. Erwischen habt ihr euch lassen, wie drollig. Ein Mann natürlich, gut gemacht, Marthe, was ist schon dabei? Deine Eltern sehen es nicht mehr, nur noch ich, und ich bin so alt … Du musst ihn uns vorstellen. Wie schlau, euch erwischen und rauswerfen zu lassen von diesen Ganoven. Nichts hätte dich besser heilen können als ein Mann. Wie ist er?

Ach, das Schlimme daran ist, dass die dort tun, als ob ich ihn getötet hätte.

Habt ihr es so toll getrieben, dass es dem Jungen geschadet hat? Aber, das ist doch gut, Marthe. Schäm dich doch vor uns nicht. Glück gibt es nicht oft im Leben, man darf kein Krümchen davon versäumen. Auch wenn es nicht viel ist. Ein kleines Glück erträgt sich leichter als ein großes. Sie schüttelte sich vor Lachen, ihre Enkelin hatte endlich angefangen zu leben. Länger hättest du auch nicht warten dürfen.

Großmamas Sicht auf Marthes Geschichte färbte ab. Marthe wusste kaum mehr, was die Wahrheit war: ihr wirkliches Erlebnis mit Charles Coutelle oder was ihre Großmutter sich darunter vorstellte. Großmama Madeleine hatte die wunderbare Gabe, alles schöner zu machen, als es war.

Endlich fielen Sabine und Judith, beide gleichzeitig, ein, wollten mehr über den Jungen hören. Marthe musste gestehen, dass sie fast nichts über ihn wusste.

Nicht einmal, was er von Beruf ist?

Er ist ein Patient gewesen, was sonst.

Sabine sagte, sie würde sich nie mit einem Mann einlassen, dessen Beruf sie nicht kannte. Und der Beruf sei auch nicht egal. In einer solchen Einrichtung könne man sich nur für einen Arzt interessieren, doch nicht für einen Kranken.

Du Karrieristin, schrie Judith. Es war richtig von Marthe, nicht nach seinem Beruf zu fragen. Nur scheint der Junge nicht sehr verlässlich zu sein. Weggehen ohne ein Wort, das ist feige. Du darfst ihm nicht nachtrauern, er war bestimmt kein ungewöhnlicher Mensch.

Sabine bemerkte spitz, dass es für Fräulein Judith Brelan natürlich ein ungewöhnlicher Mensch sein müsse und ohne jeden Beruf.

Stimmt, meinte Judith, für mich kommt nur einer in Frage, der ungewöhnlich ist und ohne.

Sie will ja auch keinen normalen Beruf ausüben, deshalb arbeitet sie erst gar nicht und wird auch nie arbeiten. Und einen Mann außerhalb des Gewöhnlichen, den kriegt sie genauso wenig, weil es den nicht gibt. Ungewöhnliche Männer, wo sollte man die denn realistischerweise finden? Ihre dauernde Lektüre von utopischer Architektur habe ihr das Hirn verdreht. Bei ihr könnten Männer auch nur utopische Wesen sein. Doch Judith beharrte darauf, lieber abgeschieden und einsam zu bleiben, wenn sie ihr Ideal nicht erreichen könne.

Aber ich erreiche es, ihr werdet sehen.

Sabine zog noch eine Weile über Judith mit ihren ewigen Kindereien her. Großmama Madeleine begleitete das Gezänk mit ihrem Lachen. Und Marthe war glücklich, dass sie ihre Schwestern nun wahrhaftig wiederhatte, auch wenn ihr Geschrei sie müde machte. Sie konnte sich freuen, nicht mehr dieselbe zu sein. Sie war erfahrener, hatte einen Mann kennengelernt, keinen ungewöhnlichen Mann, keinen Mann mit Zukunft, aber einen richtigen Mann.

Die Minuten, in denen sie den Mann in sich gespürt

hatte, kehrten in ihre Erinnerung zurück. Sie hatte dieses Erlebnis zuerst als Fehler angesehen, Doktor Devaux hatte ihr beinahe ein Verbrechen daraus gemacht. Heute, dank Großmamas Liebe und Ermutigung zum Glück, begann sie darin den vollkommensten Augenblick ihrer letzten Jahre zu sehen, den konnte ihr niemand mehr nehmen.

Großmama Madeleine wollte Marthes Wiedergeburt in Paris feiern. Holt den Monasix raus. Wenn wir uns beeilen, sind wir zu Mittag auf den Champs-Élysées, ich spendiere euch Champagner. Sie schüttelte ihr leeres Portemonnaie. Wenn es kein Champagner sein kann, reicht auch die Freude.

Als es darum ging, wer sich hinters Steuer setzte, entstand Verlegenheit. Wer sollte fahren? Es war nicht mehr wie früher, nun konnten es zwei.

Du musst dich erst wieder einfinden, sagte Sabine, die Strecke ist härter geworden.

Und du bist Rekonvaleszentin, setzte Judith hinzu.

Über Monate hatte Marthe geglaubt, die Krankheit habe ihr zu einem neuen Leben verholfen, aber die Schwestern versetzten sie zurück in das alte. Und trotzdem war es nicht mehr dasselbe Leben, sie fühlte sich zu neuen Erfahrungen gerüstet, ob mit Sabine und Judith, ob ohne sie. Mit ihnen wäre es besser. Auch wenn sie ihre Abwesenheit genutzt hatten, sie zu überholen.

Großmama Madeleine zeigte ihr Paris, als wäre es das erste Mal. Und mit ihr war Paris schöner denn je.

ZWEITER TEIL

1

Die Wiedersehensfreude war verklungen, und für Marthe begann eine unerfreuliche Zeit. Sie fühlte sich von den Schwestern zu sehr als Kranke behandelt, die Fürsorglichkeit wollte gar nicht enden. Kaum stand sie eine Viertelstunde, wurde ihr ein Stuhl gebracht, sie solle sich setzen; und immerzu hinlegen sollte sie sich und reichlich essen, vor allem Eisenhaltiges. Rekonvaleszenz hieß für die Schwestern nicht, dass sie endlich genas, sondern dass sie noch krank war. Judith genoss es, ihre große Schwester für sich zu haben. Und Sabine wollte Marthe nicht nur von der Hausarbeit fernhalten, sondern ebenso von jedem Gedanken an eine Berufstätigkeit.

Dass man sie aus allem so beharrlich heraushielt, was mit dem Architekturbüro zusammenhing, weckte Marthes Argwohn. Die Schwestern wollten ihr nie genau sagen, wann Sabine bei Monsieur Cicéro angefangen hatte, ein paar Wochen vor ihrer Rückkehr, sagte die eine, im vergangenen Frühling, sagte die andere. Großmama Madeleine brachte alle Daten durcheinander, ein Glück. Marthe sollte auf keinen Fall erfahren, dass Sabine gleich nach dem Ausbruch ihrer Krankheit nach Boulogne gehastet war.

Nicht dass Sabine Gewissensbisse umtrieben, weil sie ihrer großen Schwester die Stelle weggenommen hatte.

Wenn Marthe so etwas andeutete, verteidigte sie sich damit, dass sie für sie eingesprungen sei. Aber als Telefonistin? Mit dem Telefon hatte Marthe im Büro Cicéro nie zu tun gehabt. Inzwischen war Sabine, womit sie kaum aufzutrumpfen wagte, zur Chefsekretärin aufgestiegen. Gewiss hatte Marthe eine kleine Sekretärinnenrolle gespielt, aber direkt beim Chef? Niemals.

Diese unwiderleglichen Beweise verstärkten bei Marthe das traurige Gefühl, dass Sabine, die in dem Unternehmen jemand geworden war, ihre Schwester dort nicht als Konkurrentin haben wollte. Sie hatte es verstanden, sich nützlich zu machen, sich neue Bedingungen zu schaffen, besondere Qualitäten zu entwickeln, kurz, sich, anders als Marthe, unentbehrlich zu machen. Zwar sagten das weder Sabine noch Monsieur Cicéro, aber Marthe erriet es aus ihren ungeschickten Rechtfertigungen.

Ganz allmählich aber fand sie sich damit ab und hörte auf, ihre Stelle mit Nachdruck zurückzufordern. Sie war sich nicht mehr so sicher, ob sie überhaupt wieder unter den gleichen Bedingungen arbeiten wollte. Die Lungenkrankheit hatte ihre Sicht der Dinge verändert. Sie fühlte sich von sozialen Zwängen befreit und verstand Judith mit ihrer Verweigerung plötzlich besser. Beide zogen sie manchmal über Sabine her, wenn sie wegen ihres Aktenkrams erst spät von Boulogne heimkam.

Ich könnte dich ja entlasten, sagte Marthe, aber anscheinend bin ich zu nichts mehr nütze.

Sabine verbat sich solche Spitzen und hob hervor, wie sie sich für die anderen aufopfere. Hinge es nur von ihr ab, würde sie Marthe ihre Stelle ja liebend gern abtreten. Aber die Zweite nach dem Chef zu sein, das schüttele man nicht aus dem Ärmel. Marthe habe damals tüchtig gearbeitet und ihnen großherzig geholfen, jetzt aber müsse sie hinnehmen, dass ihre Schwestern sich ihrerseits im Leben bewähren wollten. Ihrem Reden nach habe sie doch allerhand Erfahrungen im Sanatorium gemacht, sie solle die anderen nun nicht an ihren eigenen hindern.

Da haben wir's, dachte Marthe. Die Schwester war neidisch auf ihr Leben in Dreux, neidisch auf das Leben einer Kranken unter Kranken. Sie wusste nicht alles, stellte sich nach den bruchstückhaften Berichten der Älteren aber wer weiß was vor. Diese Nächte mit den anderen Mädchen, diese kaum fassbaren Momente des Glücks vermutlich, und die Geschichte mit dem Mann, das alles neidete ihr Sabine, man merkte es nur zu deutlich. Es war dies der einzige Punkt, in dem sie Marthe nicht übertroffen hatte. Erwähnte sie dieses Erlebnis einmal voller Bedauern im Gespräch, machte Sabine es herunter. Ihr sei es unbegreiflich, wie man sich von einem Mann ohne Zukunft angezogen fühlen konnte, der doch gar nicht in der Lage war, ihr ein Leben draußen zu bieten. Judith meinte, Sabine habe es auf Monsieur Cicéro abgesehen, einen Mann über fünfzig und verheiratet, ekelhaft so was – wegen des Altersunterschieds ebenso wie wegen seines mangelnden Talents als Architekt und Stadtplaner. Regelmäßig geriet Sabine in Streit mit der einen oder der anderen Schwester. Sie drohte, nichts mehr für sie zu bezahlen. Dann wären sie wenigstens gezwungen, sich ihr Leben selbst zu verdienen.

Du kannst mich nicht einfach fallenlassen, sagte Judith. Wir haben uns nach Papas Tod doch nicht zusammengeschlossen, um uns heute zu verkrachen. Bist du dir klar, was du verlangst? Mich zum Arbeiten zwingen? Niemand hat das Recht, sich auf meine Kosten zu bereichern. Wenn ihr euch freiwillig den Ausbeutern zum Fraß vorwerft, bitte sehr. Ich habe genug über diese Dinge nachgedacht. Das ist eine Frage des Prinzips.

Judith hatte ihre Lektüre auf politische Utopien ausgedehnt, theoretisierte den ganzen Tag, und mehr denn je beschäftigte sie sich mit Überfällen und Verbrechen, in ihrer Sicht ein Beweis für die Ungerechtigkeit der Welt. Die in den Zeitungen als Schlächter des Pariser Ostens, als Menschenfresser von Flandern, als Irrer von Perpignan oder Mörder der Reichenviertel Titulierten waren für sie in erster Linie Opfer des gesellschaftlichen Versagens. Ihre Vorträge brachten die beiden älteren Schwestern in Rage und verbündeten sie eine Zeitlang wieder. Die Spannungen zwischen den jungen Frauen nahmen zu, doch schliefen sie aus alter Gewohnheit, um sich ihre einstige Einigkeit vorzutäuschen, noch immer in demselben viel zu schmalen Bett.

Großmamas Lachen wurde kürzer und seltener. Sabine verfügte, der Monasix Luxe müsse geschont werden, die Reparaturen würden zu kostspielig, und beschränkte, ja untersagte die Sonntagsausflüge. Die Großmutter verfiel in Trübsal. Einmal sagte sie, aber ganz leise, die ist ja wie Rosie mit ihrer Manier, alles zu bestimmen. Ihr macht mir Kummer, Mädchen, dass ihr euch gegenseitig den Mund verbietet.

Zu ihrer Aussöhnung fiel ihr nichts Besseres ein, als ebenfalls krank zu werden: Schwindelanfälle, Herzrasen, eines Sonntags musste übers Telefon der Beaumonts ein Krankenwagen gerufen werden. Es war eine schwere Anämie. Die drei Schwestern trafen in der Klinik am Bett von

Großmama Madeleine zusammen, die eingesunken und abwesend in den weißen Kissen lag. Schon rauschte Tante Rosie, Pierre Ledru im Gefolge, in das Zimmer und bezichtigte die Nichten, sie hätten ihre Großmutter umbringen wollen, wahrscheinlich um an ihr Erbteil zu kommen. Großmama Madeleine, durch ihre Infusionsapparatur behindert, konnte nicht lachen, nicht einmal lächeln. Was aber hätte die Brelan-Schwestern besser zusammenschweißen können als die Vorwürfe ihrer Tante Rosie? Und Rosie ließ nicht locker. War nicht die Anämie ein Beweis, dass die Großmutter schlecht ernährt wurde. Und wer ernährte sie überhaupt? Und wer behielt ihr Geld ein, damit sie sich nichts zu essen kaufen konnte?

Meine Damen, hier ist nicht der Ort ... Nehmen Sie Rücksicht auf die Patienten ... die Ruhe auf der Station ...

Rosie zeterte ungeniert weiter. Sie habe ja gewusst, wie es enden werde mit ihren Nichten. Von Anfang an, schon vor dem Friedensrichter, habe sie es verkündet. Nun war das Ergebnis ihrer widernatürlichen Existenz offenbar. Ausgeschlossen aus der Familie, der Gesellschaft, deklassiert waren sie und, jawohl, sittenlos. Sie wisse genauestens Bescheid über Marthes Betragen in Dreux, eine Schande für die Familie. Wie war sie an diese Informationen gekommen?

Ihr könnt nicht leugnen, dass ich recht habe. Ja, alles kommt an den Tag, meine Teuren. Ich war viel zu gutmütig, euch den Umgang mit eurer Großmutter seitdem nicht zu verbieten.

Die Schwestern erschraken, ohne Widerworte standen sie vor Rosie, und zum ersten Mal in ihrem Leben zweifelten sie an Großmama. Was mochte sie ihrer Tochter berichtet haben? Die Kranke regte sich, ohne sprechen zu können. Ihre freie Hand deutete an: Ich kann nichts dafür. Judith wollte die Resignation ihrer Schwestern vor solchen Attacken nicht teilen. Sie warnte sie mit Blicken: Haltet mich diesmal nicht zurück, unterstützt mich lieber. Der schwesterliche Elan kehrte zurück: Was immer dir einfällt, und sei es das Verrückteste, wir stehen zu dir.

Judith ging um das metallene Bett herum, eine kleine Kratzbürste mit durchdringenden grauen Augen, so trat sie ruhig vor Rosie hin und sagte, sie wisse noch gar nichts. Sie machten mit den Männern, was sie wollten. Die Zeit der Pierre Ledrus sei vorbei; Frauen, die sich mit solchen Männern begnügten, seien so gut wie schon gestorben. Überall würden die neuen Frauen die Macht ergreifen, ohne Erbarmen mit Verräterinnen wie Rosie. Männer dienten ihnen nur noch zum Vergnügen, mitunter zur Reproduktion. Für die Ledrus bestehe keine Hoffnung, nicht in dem einen Fall, nicht in dem anderen.

Marthe und Sabine staunten. Wo hatte sie das her? Sie ermutigten sie mit Blicken, weiterzumachen.

Rosie und Pierre Ledru besannen sich derweil ihrer Würde, eine so ausgefallene Beleidigung hatte nichts zu bedeuten.

Mein armes Kind, du weißt eben nicht, was Anstand ist, vor deiner kranken Großmutter, in einem Krankenhaus.

Rosie wollte die Besuche der Schwestern in der Klinik verbieten lassen. Um den Ledrus nicht mehr in Großmamas Zimmer zu begegnen, mussten sie zur ersten Morgenstunde kommen. Die Patientin verblüffte den Chefarzt mit ihrem plötzlichen Gesundungswillen. Ihre Blutwerte besserten sich von Tag zu Tag. Regelmäßig hörte man Großmamas Lachen im Flur ihrer Etage. Sie erwarb sich die

Gunst des Personals, mal gab es ein Extramenü, mal verbotene Leckereien. Die drei Schwestern kamen um halb acht, bevor Sabine nach Boulogne fuhr, um sie zu umarmen. Großmama Madeleine strahlte vor Freude, ihre Enkelinnen wieder einig zu sehen.

Ihr werdet immer nur zu dritt glücklich sein.

Als einziger Schatten blieb für Marthe der Verdacht. Sie wagte ihre Großmutter nicht zu beschuldigen, sie habe Tante Rosie ihre Übertretungen und Ärgernisse in Dreux ausgeplaudert. Schwäche und Hellsicht wechselten sich bei Großmama Madeleine ab, das wusste man und musste es verzeihen. Aber wie verzieh man, ohne etwas zu wissen?

Wenn du sie nicht fragst, dann tue ich es, sagte Judith.

Diesmal besser noch nicht, meinte Marthe. Bei einer geschwächten alten Dame hatte Ruppigkeit ihre Grenzen.

Sabine, durch ihre Erfahrung im Architekturbüro geübt, nahm sich schließlich der Frage mit Verhandlermiene an und brachte Großmama Madeleine zu dem Geständnis, dass sie sich Doktor Bontemps anvertraut haben könnte. Denn natürlich hatte sie mit ihm über Marthe gesprochen. Der Arzt war im Besitz ihrer Akte mit den Kommentaren von Doktor Devaux. Und weil Rosie ständig bei Doktor Bontemps steckte … Judith entrüstete sich in einer Lautstärke, dass sie vom gesamten Personal gehört wurde. Das ärztliche Geheimnis war demnach das am schlechtesten gehütete. Nun ja, dies war die Version ihrer Großmutter, die Schwestern mussten ihr glauben. Marthe gelang es nicht ganz.

Binnen zehn Tagen kam Großmama Madeleine wieder zu Kräften. Dass sie sich in Rechnereien noch mehr verhedderte als vorher, spielte in ihren Augen keine Rolle.

Das stimmt, sagte Judith, wenn die Frauen eines Tages

die Macht ergreifen, schaffen sie sowieso alles ab, was sich zählen lässt. Das Rechnen ist die schlimmste Erfindung der Männer: Geld, Daten, Maße, alles, was das Leben in unerträglicher Weise reglementiert, sollte man abschaffen. Sie konstruierte mit ihrer Großmutter eine Welt ohne Zahlen. Der Chefarzt lauschte amüsiert. Er versicherte, Großmama Madeleine gehöre zu den seltenen Kranken, die man nach ihrer Genesung ungern gehen lasse.

Versuchen Sie nicht, uns dazubehalten, sagte Großmama, Sie behalten uns doch nur, um an unsere Sous zu kommen.

Wir sind auch nur Menschen, sagte der Arzt. Sie lachten miteinander.

Am Abend vor der Entlassung blieb Marthe länger bei ihrer Großmutter. Sie habe eine Bitte an sie: Wenn sie eine gute Großmutter sei, wenn sie ihrer ältesten Enkelin nie, selbst nicht mit ungewollten Worten, geschadet habe, werde sie erreichen, um was sie sie jetzt bitte, sie allein könne das. Großmama Madeleine ahnte dahinter Vorwürfe, die sie aber nicht verstand.

Ach, Marthe, das geht doch nicht. Wie soll ich denn das anstellen?

Marthe bettelte, sie wisse schon, wie. Die Großmutter versprach, es zu versuchen, um ihren Frieden zu haben.

Die Kontrolluntersuchung war gut, ich kann nichts mehr für Sie tun, sagte der Chefarzt.

Da hakte Großmama Madeleine ein: Doch, doch, eine ganze Kleinigkeit, eine letzte gute Tat sozusagen. Sie habe bemerkt, dass es in seiner Klinik zu gewissen Zeiten an Personal mangele, sie schlage ihm vor, eine ihrer Enkelinnen einzustellen.

Warum sollte ich das tun?

Ja, für mich, Herr Doktor, einfach für mich.

Ihr Lachen dehnte sich ansteckend.

Für Sie, einfach für Sie, wiederholte der Arzt, Sie zweifeln wohl gar nicht an sich. Aber mal ernsthaft. Er habe die Jüngste mehr als einmal reden hören, so ein Ferment der Revolte in seiner Klinik – nein, danke. Eine Feindin des Rechnens, wo es so schon schwer genug war, Gewinn zu machen.

Und Marthe, mit ihrer Erfahrung im medizinischen Milieu, ihrer ausgeglichenen Art? Da könne der Chefarzt doch nicht nein sagen. Trotzdem sträubte er sich, die Sache war nicht so leicht wie mit Monsieur Cicéro. Um ans Ziel zu kommen, versprach sie dem Doktor kurzerhand, sie werde kommen, um auf seiner Station zu sterben.

Ich sterbe nur bei Ihnen. Noch nie hatte ein Patient dem Arzt ein solches Versprechen gemacht.

Aber, Madame, ich muss Sie warnen: Ich stehe dicht vor der Pensionierung.

Dann sehen wir uns bald, sagte Großmama Madeleine.

Der Arzt wusste nicht recht, ob er mit ihr lachen sollte. Er erklärte sich bereit, Marthe in seinen Dienst zu nehmen und sie auszubilden. Sie schien ihm fähig, Kranken zu helfen, wenn sie wie ihre Großmutter war, die sogar einem Arzt Gutes zu tun wusste.

Ohne es beabsichtigt zu haben, hatte Großmama Madeleine es geschafft, einen Anschein von Gleichheit zwischen den beiden Großen herzustellen. Sabine war zufrieden, sie musste keine Konkurrenz im Architekturbüro fürchten, und Marthe war es auch, sie bekam eine Stelle, wenngleich eine untergeordnete. Judith war ebenfalls nicht unzufrieden: Sie nahm die Weigerung des Arztes, sie einzustellen, als unschätzbares Kompliment. Nun konnte sie ihre Schwester vor der Ausbeutung in der Klinik beschützen.

Das Wichtigste aber für Marthe war, Gewissheit darüber zu haben, dass ihre Großmutter niemals etwas gegen sie gesagt hatte, und diese Freude genügte ihr, selbst wenn sie sich jetzt die Hände schmutzig machen musste. Sehr schnell war sie bei den Kranken beliebt.

Sagen Sie Ihrer Großmutter, raunte ihr eines Tages der Chefarzt zu, dass ich ihr dankbar bin.

Dankbar wofür?

Sie weiß, was ich meine. Vergessen Sie nicht hinzuzufügen, dass ich vorerst noch nicht in den Ruhestand gehe. Auch da weiß sie, warum.

2

Der Umbruch im gemeinsamen Leben der drei Schwestern kam indes später. Judith war soeben volljährig geworden, sie gelangte ihrerseits in den Besitz ihres Erbteils. Aber sie wollte es nicht. Auf einmal über persönliches Geld zu verfügen, das war für sie, als liquidiere sie ihren Vater. Die Anteile am Architekturbüro Cicéro belasteten sie. Sich von einem Tag auf den anderen in eine Kapitalistin zu verwandeln, fand sie ihrer selbst und ihrer Prinzipien unwürdig. Sie wollte nichts davon hören, wenn die Schwestern ihr vorhielten, dass sie nun erwachsen und selbständig sei. Sie wollte die Kleine, das Nesthäkchen bleiben.

Du kannst doch nicht ewig ein Kind sein wollen, sagte Sabine.

Warum denn nicht? Sie überließ ihnen ihre Anteile.

Macht damit, was ihr wollt, verkauft sie an Monsieur Cicéro, verteilt das Geld. Konten haben, das ist was für Männer.

Zuerst lehnten Sabine und Marthe ab. Du willst uns dein Eigentum nur abtreten, damit wir gezwungen sind, auf alle Zeiten für dich zu sorgen. Du machst es dir zu bequem, wenn du deine Schwestern nötigst, an deiner Stelle die Konten zu führen, an deiner Stelle zu arbeiten und sich für dich aufzuopfern. Wenn deine Hände nur sauber bleiben.

Judith verwahrte sich dagegen. Für sie standen ihre politischen Prinzipien zuoberst, ihre Utopie einer von Finanzmacht und Ausbeutung befreiten Welt. Ihr gehe es nicht um das Abwälzen von Verantwortung, sondern um ihre Überzeugungen. Und sie werde niemals nachgeben.

Also legten die Großen ihr Geld an, ohne ein weiteres Wort darüber zu verlieren.

Monsieur Cicéro redete schon lange nicht mehr von den Anteilen der Brelans. Sabines Enthusiasmus, ihr Organisationstalent erleichterten ihm die Arbeit, das Büro prosperierte, er hätte schwerlich noch behaupten können, die Anteile seien nichts mehr wert. Neue Projekte tauchten auf, im Pariser Westen und darüber hinaus schrie geradezu alles nach Großbauten. Monsieur Cicéros Traum war eine internationale Anerkennung, wie sein Meister Le Corbusier sie erfahren hatte.

Nach Marseille leistete sich 1957 auch Berlin eine *Strahlende Stadt*. Ein Zeichner Le Corbusiers, ein alter Freund von Cicéro, war an dem Projekt beteiligt. Gut zehn Jahre nach Kriegsende war der Wiederaufbau in Deutschland, das weit stärker zerstört war als Frankreich, längst nicht beendet. Aber auch wenn es nicht leicht war und weniger prestigeträchtig, ließen sich Aufträge andernorts durchaus noch an Land ziehen. Monsieur Cicéro hatte keinen Louis Brelan mehr, um den höchsten künstlerischen Anforderungen der Architektur zu genügen. Bekanntlich sah Le Corbusier selbst sich mehrmals gezwungen, Abstriche an seinen Idealen zu machen. Zuallererst musste man daran denken, seine Kasse zu füllen. Louis Brelans Tochter spornte ihren Chef an. Judith geriet in Zorn, wenn Sabine für ein einfaches, aber rentables Projekt eintrat. Das sei Verrat an Papa. Ich an deiner Stelle würde deinem Cicéro solche Idiotien verbieten.

Du brauchst nur an meine Stelle zu treten, anstatt dich jeder Arbeit zu verweigern. Die Welt wird sicher nicht ideal, aber sie wird es ohne dich.

Von Monsieur Cicéros Freund kam der Tipp, sich an den Direktor einer Ingenieurbaufirma in Berlin zu wenden, der bei den Auftraggebern gut angesehen sei; er habe soeben die Nachfolge seines Vaters angetreten. Man könne versuchen, mit ihm Fühlung aufzunehmen, sich mit ihm zusammenzuschließen, von seinen Verbindungen zu profitieren.

Ob ein deutscher Unternehmer von einem französischen Architekten denn etwas erwarte? Wenn er das Prestige eines Le Corbusier hätte, vielleicht, aber eines Schülers von Le Corbusier?

Die erste Annäherung verlief enttäuschend, eine kühle Begegnung in dem Berliner Büro von Markus Schlegel, unterbrochen vom Kommen und Gehen der Mitarbeiter. Monsieur Cicéro führte unentwegt den Namen Le Corbusier im Mund; welch enge Verbindung er seit zwanzig Jahren zu ihm unterhalte, wie sehr er ihm nacheifere, dass er Bauten im Geiste des Meisters ohne die Kosten des Meisters anstrebe.

Über die Kosten entscheide nicht ich allein, sagte Markus Schlegel, auch nicht über die Projekte. Ich fürchte, ich bin nicht der Richtige, um Sie auf dem deutschen Markt einzuführen. Die Antworten blieben unbestimmt, der Blick zerstreut, ohne Hoffnung kehrten Monsieur Cicéro und Sabine zurück nach Boulogne.

Das sei unvermeidlich gewesen, sagte Judith, wer das verrät, worauf er immer geschworen hat, der interessiert eben keinen Menschen.

Und du, wen interessierst du?, fragte Sabine. Mit wem außer uns stehst du in Kontakt? Mit Wesen aus Zeitungspapier. Diese ganzen Rinnsteingeschichten, die du in deinem Archiv anhäufst, die schaffen dir schöne Verbindungen. Ich frage mich wahrhaftig, was dir das bringt.

Sie sind wahrer als du, antwortete Judith.

Die Giftigkeiten meldeten sich zurück.

Gegen jede Erwartung erhielt Monsieur Cicéro einen Anruf von Markus Schlegel. Er verlangte genaue Angaben zu den für die Projekte vorgesehenen Materialien, diskutierte die Betonqualität, den Durchmesser der Stützpfeiler – ob man sie nicht größer planen müsse. Zum Schluss erkundigte er sich nach der Sekretärin mit den grauen Augen. Ob sie immer mit solcher Ernsthaftigkeit Notizen aufnehme. Er wusste nicht, ob eine Zusammenarbeit zwischen den beiden Unternehmen möglich sei, aber er wünsche es.

Monsieur Cicéro war bereit, sofort wieder nach Berlin zu reisen, wenn Sabine Brelan ihn begleitete. Er wollte nichts weiter von ihr, als dass sie ein wenig flirte, dem Geschäftspartner lächelnd zutrinke, bis man sich über die Pläne geeinigt habe, ihn durch Versprechen hinhalte, bis ein Vertrag unterzeichnet sei. Danach trenne man sich, wie es die Arbeit erzwinge. Markus Schlegel werde seine Blicke anderen Sekretärinnen zuwenden. Männer wie er hielten nie lange an jemandem fest.

Wir dürfen die Gelegenheit nicht ungenutzt verstreichen lassen. Bei einem solchen Markt.

Sabine fühlte sich dafür wenig geeignet. Nie hatte sie als Schönheit gegolten: nicht klein, aber auch nicht fein. Die grauen Augen hatte sie wie ihre Schwestern und ihre Mutter, aber ihre Nase war breiter, als sie es sich gewünscht hätte, und weder hatte sie Marthes dichte Haare noch Judiths feine Züge. Allerdings hatte sie mehr Sicherheit in Blick und Stimme. Reichte das aus, einen deutschen Unternehmenschef zu fesseln?

Vergessen Sie nicht, dass Sie eine kleine Französin sind, sagte Monsieur Cicéro. Das allein verdreht den Ausländern den Kopf. Sie müssen dem Ruf Ihres Landes und dem des Architekturbüros gleicherweise Ehre machen. Eine ebenso gescheite wie ein bisschen durchtriebene Unterhaltung zu führen ist das Geheimnis Frankreichs. Lassen Sie die Sache dauern, bis wir den Vertrag in der Tasche haben, und dann reden wir nicht mehr drüber.

Sabine hingegen wollte durchaus darüber reden, zunächst einmal, um gegen Monsieur Cicéros nicht allzu hohe Wertschätzung für sie zu protestieren. Er ging offenbar davon aus, dass sie ihm diesen Dienst selbstverständlich zu erweisen habe. Sie stellte sich vor, mit welcher Heftigkeit Judith reagieren würde, wenn man ihr mit einem solchen Ansinnen käme, bei ihrer Feindseligkeit gegen berechnende Männer. Sie fand das meistenteils übertrieben, aber hierin gab sie ihr recht. Dennoch würde sie sich hüten, die

Frage vor ihren Schwestern anzuschneiden. Geschmeichelt, wie sie war, dass ein Mann sie bemerkt hatte, war sie versucht zu testen, wie weit ihre Gaben reichen würden. Marthe hatte es auch getan, und sie sah nicht schlechter aus als sie. Ihre ältere Schwester allerdings, das musste sie anerkennen, war jenem Mann auf Augenhöhe begegnet, voller Großmut sogar, da sie einem Kranken half. Wenn sie sich aber auf diesen Markus Schlegel einließe, würde sie sich zugleich seinen Wünschen und denen von Monsieur Cicéro beugen, sich also doppelt unterwerfen, und Judith hätte recht, es zu missbilligen. Es ist aber nicht an meinen Schwestern, für mich zu entscheiden, dachte sie trotzig. Nur, wie konnte sie sicher sein, sich ohne sie richtig zu entscheiden?

Ich bin sehr enttäuscht, dass Sie ablehnen, sagte Monsieur Cicéro, ich dachte, Ihnen läge mehr am Erfolg des Architekturbüros. Sie würde es nicht viel kosten, und ich würde Sie hundertfach belohnen.

Wer habe denn gesagt, dass sie ablehne? Was sie ablehne, sei, sich von den Männern manipulieren zu lassen. Wenn Markus Schlegel sich mit ihr zu amüsieren gedenke, verliere er seine Zeit. Wenn schon, dann wolle sie ihn haben. Und unter der Bedingung komme sie mit.

Sie sind noch ehrgeiziger, als ich dachte. Sie überraschen mich, Sabine. Ich zwinge Sie zu nichts. Ich will Sie keiner Enttäuschung aussetzen. Solche Männer kann man nicht haben, wie Sie sich das vorstellen. Ich verdenke es Ihnen nicht, wenn Sie nein sagen.

Wenige Tage darauf wurde eine neue Reise nach Berlin unternommen. Im Büro von Markus Schlegel gab es harte Diskussionen, weniger harte folgten in einem Restaurant am Kurfürstendamm. Sie dinierten zu viert, eine zweisprachige Angestellte half bei der Verständigung. Markus Schlegel kannte ein paar französische Floskeln, wie man sie an Frauen richtet – Sabine betörte er damit nicht. Die Gegenwart der Dolmetscherin verhinderte jedes Zwiegespräch: Ideal für kaufmännische Verhandlungen, dachte Monsieur Cicéro, man wird nicht so schnell intim.

Die Projekte kamen nur langsam voran. Markus Schlegel beteuerte, er habe Monsieur Cicéro den Autoritäten der Stadt für eine Serie von Wohnbauten empfohlen, doch stoße sein Einfluss an den seiner Konkurrenten: Willy Brandt, der Regierende Bürgermeister der Stadt, sei kein leicht zu überzeugender Mann. Dann wandte er sich an Sabine Brelan, als hinge der Ausgang der Verhandlungen von ihr ab. Sie versuchte sich in deutschen Sätzen, die ihr Christel, die Übersetzerin, beibrachte. Die beiden verstanden sich gut, ihr ausgelassenes Lachen ärgerte Markus Schlegel. Er sah Sabine lieber ernsthaft.

Wer soll sich da zurechtfinden, sagte Monsieur Cicéro. Ich riet Ihnen, ihm lächelnd die leichtlebige kleine Französin vorzuspielen. Aber er scheint ernste Frauen zu bevorzugen. Was unsere Geschäfte nicht gerade erleichtern wird. Versuchen Sie herauszufinden, was er will.

Monsieur Cicéro lotste Christel, als der Kaffee gereicht wurde, mit zur Bar des Restaurants unter dem Vorwand, um Zigarren auszuwählen, brauche er die Hilfe der Dolmetscherin. Markus Schlegel betrachtete Sabine und sagte nur immer: Ihre Augen – *Vos yeux*, was er aussprach wie: *Vos cieux* – Ihre Himmel. Es stand ihm gut. Er glich einem musizierenden Engel, wie Sabine sie in den Büchern ihres Vaters gesehen hatte, unter den Statuen der Kathedrale von Reims oder auf Gemälden der italienischen Renaissance. Einem pausbäckigen Engel, der die Trompete blies, mit blonden Ringellocken über den Ohren. Sie vergaß, dass er eine bautechnische Firma leitete: So unnachgiebig in der Arbeit, jetzt aber dieses melancholische, beinahe kindliche Lächeln, mit dem er wieder und wieder *vos cieux* sagte. Dieses volle Gesicht, diese massige Brust, aus der eine Bassstimme stieg – schwer zu sagen, dass er sie anzog, dafür war er zu dick, trotzdem aber empfindsam, sie spürte es und fasste Vertrauen: Einen Engel konnte man leiten. Schließlich sagte sie ihm, sie sei so ernsthaft und aufrichtig, dass er in allem, was er wolle, auf sie zählen könne, vorausgesetzt, dass es Monsieur Cicéro nicht zum Schaden sei. Sie sprach französisch, mischte aber zwei, drei deutsche Wörter als Übersetzungshilfe darunter, weil Christel noch beschäftigt war, die Charakteristika der verschiedenen Zigarrenmarken zu bestimmen. Markus Schlegel hatte Mühe, Sabines Worten zu folgen; alles, was er verstand, war, dass Sabine Monsieur Cicéro nicht schaden wolle, demnach war sie vermutlich seine Geliebte. Als Christel und Monsieur Cicéro wiederkamen, verließ er den Tisch, die für ihn ausgesuchte Zigarre lehnte er ab.

Was haben Sie ihm denn erzählt? Sie verderben ja alles. Dachte ich's doch, dass auf Sie kein Verlass ist. Sie sind wie Ihr Vater und Ihre Großmutter, immer noch soll ich dafür bezahlen, was sie für mich getan haben. Hätte ich mich doch nie mit den Brelan-Schwestern eingelassen. Wieder ein Auftrag, der mir vor der Nase weggeschnappt wird.

Die Verhandlungen waren aber nicht abgebrochen, nur liefen sie jetzt ausschließlich über Sabine. Die Briefe nach Boulogne klangen immer weniger offiziell, auch wenn sie von der Übersetzerin geschrieben und von Markus Schlegel lediglich unterschrieben waren. Die schwebenden Projekte dienten als Aufhänger für persönliche Komplimente, kaum verhüllte Vorwürfe, eine immer offenere Eifersucht, die sich in Hass auf Monsieur Cicéro zu wandeln und ihren Assoziationsplan scheitern zu lassen drohte. Sabine Brelan las Monsieur Cicéro die Post vor. Er sah, wie sie nach etwa zehn Zeilen abbrach, obwohl der Brief sichtlich noch über zwei Seiten ging. Sie solle weiterlesen, verlangte er, sie weigerte sich. Er argwöhnte, sie arbeite für ihre eigenen Interessen. Sabine verteidigte sich; seine Interessen seien auch ihre, immerhin habe sie Anteile am Unternehmen, wie ihre Schwestern. Das war es gerade, was Monsieur Cicéro an Sabine beunruhigte, dieses Gebaren einer Chefin, dass sie sich als Geheimunterhändlerin betätigte, es untergrub seine Autorität.

Ich hatte Sie gebeten, ihm nett zuzulächeln, um ihn herumzukriegen, aber nicht, an meiner statt zu unterzeichnen. Es sind meine Projekte, die ich unterbringen will, nicht Ihre. Ich könnte Sie auffordern, das Büro wegen schädigenden Verhaltens zu verlassen, sollte ich Ihretwegen scheitern.

So musste sie denn einen Brief bis zum Schluss vorlesen. Monsieur Cicéro verstand gar nichts mehr: Dass Markus so viel Abscheu vor einem gemutmaßten Verhältnis zwischen dem Architekten und Sabine bekundete, wie kam er bloß darauf? Sabine knickte nicht ein: Das sei eine Strategie ihrerseits, um Markus Schlegels Eifersucht zu reizen und ihn zu zwingen, sich bei den Berliner Verantwortlichen starkzumachen. So ein Unsinn, fand Monsieur Cicéro. Ein betuchter Deutscher könne doch nicht so großen Wert auf eine kleine französische Angestellte legen. Sie sehen nicht übel aus, sind jung, etwas forsch … Ich will Sie ja nicht verletzen, aber ich möchte wissen, was er an Ihnen findet, schließlich hat er die Mittel, sich zu kaufen, was er will.

Er ist feinfühliger als Sie, er weiß, dass man nicht alles kaufen kann. Sie wollten mich für einen Vertrag in Berlin verschachern, um ein Le Corbusier zu sein. Wenn meine kleine Schwester hier wäre, würde sie Ihnen sagen, auch ein Le Corbusier zu sein, könne man sich nicht kaufen. Ich habe große Lust, Herrn Schlegel alles zu geben, was er erwartet, ohne Gegengabe.

Wenn Sie so selbstgewiss sind, erobern Sie doch beides auf einmal, den Vertrag und den Mann, aber schnell, ich lasse Ihnen freie Hand.

Sabine Brelan schrieb einen Brief an Markus Schlegel. Sie versprach, sich von Monsieur Cicéro zu trennen, der aber mit aller Macht an ihr festhalte. Sie sei ihm wichtig als Chefsekretärin und Frau, er wolle sie heiraten, sobald er geschieden sei. Doch finde sie ihn zu alt, zu sehr von seinen persönlichen Interessen geleitet, um ein guter Ehemann zu sein. Sie bat Markus um Hilfe. Bei dem Gedanken, dass Christel ihren Brief übersetze, frage sie sich, ob sie den Sinn nicht entstelle? Sie hatte den Eindruck, dass auch ihr die Engelslocken von Markus ebenso wie sein Status als junger Unternehmenschef nicht missfielen. Besser, man traute ihr nicht, sie musste Deutsch lernen, um direkt mit ihm zu sprechen.

3

Markus Schlegel versprach, in vierzehn Tagen nach Frankreich zu kommen. Also nahm er den Hilferuf der Frau, sie um jeden Preis zu retten, ernst. Er hatte eine erste Zusage für ein großes Wohnensemble erhalten, die wollte er Cicéro unterbreiten, wenn der dafür seine Chefsekretärin gehen lasse. Sabine geriet in Aufregung. Schön stünde sie da, wenn Markus Schlegel dahinterkäme, dass Monsieur Cicéro gar kein persönliches Verhältnis zu ihr hatte, vielleicht sogar froh wäre, sie loszuwerden, sofern er nur seinen Vertrag bekäme. Sie war auf eigene Faust zu weit vorgeprescht, ihr wurde eine Weile schwindlig. Sich seinen Ehrgeiz beweisen wollen, gut und schön, doch zum ersten Mal zweifelte sie an sich. Zu dumm nur, jetzt aufzugeben. Monsieur Cicéro musste den Mann spielen, der gegen seinen Willen auf eine Frau verzichtete, verletzt, aber gefasst. Schwer zu erreichen, da er weder verletzt noch gar gefasst war. Wer könnte ihn hindern, sein Glück zu zeigen, wenn sich ihm der deutsche Markt öffnete?

Sie machte ihm deutlich, dass es sich nur um ein Versprechen handele. Markus Schlegel würde es zurückziehen, sollte er sich getäuscht fühlen. Aber ich bin kein Schauspieler, wiederholte Monsieur Cicéro. Sie bauen hier eine Geschichte, um sich einen Mann zu ergattern …

Nicht um mir einen Mann, sondern um für Sie einen Auftrag zu ergattern.

Das ist das Gleiche. Und ich soll die Verliererrolle spielen, soll wer weiß was anstellen, um Sie aus der Affäre zu ziehen. Und wer bürgt mir dafür, dass er, wenn Sie erst einmal in sein Bett gehüpft sind, sein Vertragsversprechen einhält? Lassen Sie ihn zappeln bis zum ersten Spatenstich in Berlin.

Sabine zögerte. Es konnte Monate dauern, Jahre vielleicht, bis das Projekt Wirklichkeit würde. Monsieur Cicéro rückte von seinen Bedingungen nicht ab. Sie gab nach, fügte aber eine Kleinigkeit hinzu: Beim ersten Treffen sollten die beiden Männer sich allein auseinandersetzen. Sie käme erst Ende des Vormittags hinzu, wenn sie sich geeinigt hätten; ein Essen in Passy würde das Bündnis besiegeln. Danach werde man improvisieren: Monsieur Cicéro müsse einen Vorwand erfinden, um sich beim Dessert zu verabschieden. Dann käme der Moment der Wahrheit.

Haben Sie die Anwesenheit der Übersetzerin bedacht?, fragte Monsieur Cicéro. Was Wahrheit und Intimität angeht, sollten Sie geduldig bleiben.

Die Konstruktion fiel binnen einer Stunde in sich zusammen: Markus Schlegel war zu sehr in Unruhe, weil Sabine Brelan fehlte. Sein Kopf war nicht bei den gemeinsamen Projekten mit Monsieur Cicéro, er wurde zunehmend fahrig.

Seien wir ehrlich, Sie kommen mir mit verbalen Zusagen. Einmal reden Sie von Charlottenburg, ein andermal von Spandau. Haben Sie mir etwas Sicheres anzubieten?

Schlegel verbürgte sich persönlich sowohl für Charlottenburg als auch für Spandau, aber Sabine, wo blieb Sabine? War sie womöglich aus dem Architekturbüro entlassen? Oder wurde sie von Cicéro ferngehalten, damit sie Markus nicht begegnen könne? Er sprach sehr laut, unumwunden; Christel übersetzte jedes Wort.

Ich habe ihr den Vormittag freigegeben, sagte Monsieur Cicéro. Sie kommt zum Abschluss unseres Geschäfts.

Kein Geschäft ohne Sabine. Wo wohnt sie? Rufen wir ein Taxi, um sie abzuholen. Schnell, schneller …

Der Fahrer knurrte: Sagen Sie ihm, der Krieg ist vorbei, schneller kann ich nicht.

Markus stand überrascht vor dem langgestreckten, rechtwinkligen Flachbau, der in der historisch geprägten kleinen Stadt wie ein öffentliches Gebäude en miniature, ein Krankenhaus oder ein Gefängnis, anmutete. Als die Haustür aufging, stammelte er französische Komplimente über das Glück des Wiedersehens, die Christel ihm zuvor übersetzt und eingepaukt hatte. Wie er sich gefreut habe auf den Moment, wieder in ihre grauen Augen zu blicken: das Grau Ihrer Augen – *le gris de vos yeux*, was bei ihm wie *le cri de vos cieux* – der Schrei Ihrer Himmel – klang. Jäh hielt er inne. Zwar erkannte er das Grau der Augen, nicht aber die Form des Gesichts, nicht dessen fragenden, fremden Ausdruck. Dies war eine kleinere Frau als die seiner Erinnerung.

Judith stand sehr gerade in der halboffenen Tür und verstand nicht, was dieser große Lockenkopf mit dem starken Akzent von ihr wollte. Ziemlich verlegen stockte er; seine vorgefertigten Sätze passten nicht mehr zur Situation. Der endlos und in allen Tonlagen wiederholte Name Sabine Brelan war das Einzige, was er hervorbrachte.

Meine Schwester?, fragte Judith. Sie wollen meine Schwester sprechen?

Sœur, das klang ganz wie Schwester für Markus. Sabine hatte ihm einmal gesagt, dass sie keine Eltern mehr habe, von einer Schwester wusste er nichts. Und wenn sie vor Marthe und Judith einmal den Namen Markus Schlegel erwähnt hatte, dann stets zusammen mit anderen Gesprächspartnern von Monsieur Cicéro in Deutschland, so dass sich nichts Persönliches hatte vermuten lassen. Also war die Konfusion beiderseits. Diese grauen Augen, der gleiche Blick wie Sabine, wie verwirrend. Und für Judith wiederum war unverständlich, dass ein so beeindruckender Mann von so weit herkam und mit einer solchen Beharrlichkeit nach ihrer Schwester fragte.

Sabine nicht da? Wo Sabine? …

Auf der Fahrt nach Boulogne, Sabine fährt zur Arbeit bei Monsieur Cicéro.

Sie mussten sich auf der Nationalstraße 12 gekreuzt haben. Markus Schlegel bestieg wieder sein Taxi: schnell, schneller. Der Chauffeur bewahrte die Ruhe. Wärt ihr doch 40 so schnell wieder abgezischt, dann hätt's nicht erst Geschichten gegeben.

Im Architekturbüro wirbelte Schlegel für den Rest des Tages alles durcheinander. Monsieur Cicéro verlangte neue Sicherheiten für seine deutschen Projekte, Markus Schlegel wollte Klarheit über seine Beziehung zu Sabine Brelan. Keiner legte sich fest. Sabine sorgte sich um die Reaktion ihrer Schwestern. Bestimmt würden sie ihr übelnehmen, dass sie ihnen diese Verbindung verschwiegen hatte.

Es geht nicht um ihre Schwestern, schrie Monsieur Cicéro, sondern um den dicksten Vertrag seit Jahren. Markus erkundigte sich über die Familie Brelan.

Ob er richtig verstanden hatte, dass sie keine Eltern mehr habe? Warum es ihm denn so wichtig sei, dass sie keine Eltern mehr hatte? Gestorben, ja, Vater und Mutter, mehr könne sie nicht sagen. Sie sei mit ihren beiden Schwestern allein geblieben. Zwei? Sie lebten alle drei zusammen, so wie immer, seit über zwanzig Jahren. Warum hatte sie das nicht eher gesagt? Sie habe keine Gelegenheit gehabt, davon zu sprechen. War es so schlimm, mit seinen Schwestern zu leben? Nicht schlimm, im Gegenteil, er freue sich über diese Neuigkeit. Und sie hatten sich tatsächlich nie getrennt? Und welche Augenfarbe hatte die dritte Schwester? Auch grau? Blaugrau oder graugrün, das hänge ganz vom Tag ab.

Markus war hingerissen von dieser familiären Besonderheit. Sabine war beseligt von seinem Staunen. Er wünschte sich, sie mit ihren Schwestern nach Berlin einzuladen, um sie seiner Mutter vorzustellen. Das sei so wichtig für ihn.

Monsieur Cicéro bemerkte Sabine gegenüber, sie manövriere schneller für sich als für ihn: Schlegel kündige die Heirat an, ohne dass er mit dem Vertrag vorwärtsgekommen sei. Sie hatten mir zugesagt, diesem Mann vor Beginn der Arbeiten nichts zu gewähren.

Ihrer Sache sicher, versprach sie es.

4

Das Haus der drei Schwestern erlebte stürmische Tage. Judith warf Sabine nicht vor, dass sie ihnen nichts von Markus Schlegel erzählt, sondern dass sie ihm die Existenz ihrer Schwestern verschwiegen hatte. So als ob sie beide gar nicht für sie existierten oder ihr Schande machten. Marthe hatte ihre Geschichte mit Charles Coutelle gehabt, aber nicht zum Nachteil der anderen, und sie war wiedergekommen. Sabine schien entschlossen, sie zu verlassen.

Marthe begriff, dass Sabine sich ein eigenes Leben schaffen wollte; das war auch einmal ihr Wunsch gewesen, lange vor der Krankheit. Aber warum so weit weg und mit einem Mann, dessen Sprache sie nicht verstand und der ihre nicht verstand.

Markus habe versprochen, bei Christel Französisch zu lernen, und Sabine hatte zwei Tage später ganz in der Nähe des Büros Cicéro Abendkurse ausfindig gemacht. Sie lerne deutsche Konversation.

Na prima. Bloß wenn ihr dann eines Tages miteinander reden könnt und entdeckt, dass ihr euch gar nichts zu sagen habt? Das ist doch eine ganz andere Welt, wo er mit so viel Geld hantiert, und wir dagegen mit unseren kiloweisen Nudeln und unseren leeren Konten am Monatsende.

Markus sei über Sabines Situation im Bilde, sie müsse ihm doch wohl aus anderen Gründen gefallen haben.

Und, kannte sie die Gründe?

Anziehung dürfte der beste Grund sein: Er schien sie anziehend zu finden. Er wäre doch kaum in aller Aufregung bis zu ihr nach Hause gejagt, wie Judith bezeugen konnte, wenn er sie nicht anziehend fände.

Du redest ständig von deiner Anziehung für ihn, nie von seiner für dich. Er ist dick, hat schwabbelige Wangen, Augen wie ein Mädchen, mit langen Wimpern, Babylocken mit siebenunddreißig Jahren. Er ist viel zu alt für dich. Also, was findest du anziehend an ihm? Sein Geld? Seine Stellung? Chef von Schlegel & Schlegel: Immer wenn du das sagst, sieht man, wie es deine Lippen kitzelt.

Sabine schämte sich ihrer Ambitionen nicht. Sie war von jeher überzeugt gewesen, zum Erfolg geboren zu sein. Bei Cicéro hatte sie gezeigt, was sie konnte. Was war daran zu tadeln? Sich in Einsamkeit verschließen wie Judith, weil man Unglück erlebt hatte, das hieß Unglück auf Unglück häufen.

Dass man da rauswill, heißt doch nicht, auf das vergangene Leben zu spucken, sondern dass man es schöner haben will. Wenn ich mehr Möglichkeiten, einen anderen Status bekäme, wäre das auch zu eurem Nutzen, nur keine Bange.

Die beiden Schwestern erhofften sich gar keinen Nutzen von Sabines neuem Leben. Marthe, weil es so sehr anders und anderswo sein sollte, und Judith aus ideologischen Gründen. Ihr Schicksal dank einem Kapitalisten verbessern hieß diejenigen mit ausbeuten, denen er sein Vermögen abschröpfte. Im Gegenteil, behauptete Sabine, es heiße Rückverteilung des Reichtums.

An dir ist es, Gutes damit zu tun, wenn du es willst.

Marthe dämpfte ihre Begeisterung. Ihre Schwester spreche, als hätte Markus Schlegel sie schon geheiratet. Hatte er in ihrem Beisein ein einziges Mal von Heirat gesprochen? Er war nach Berlin zurückgekehrt mit dem Versprechen, er komme wieder oder sie sähen sich erneut bei ihm.

Nehmen wir mal an, seine Tätigkeit führt ihn woandershin und es gibt eine andere anziehende Chefsekretärin … Wer weit weg ist, vergisst schnell. Nehmen wir an, Ciceros Projekte interessieren ihn nicht mehr oder kommen zu keinem Abschluss: Du sagst selbst, dass du versprochen hast, deine Geschichte mit Markus Schlegel an den Erfolg der Projekte des Büros Cicéro zu knüpfen, so ein Schwachsinn.

Sabine fühlte sich durch ihr Versprechen nicht gebunden, das habe sie nur so dahergesagt, um Monsieur Cicéro zu beruhigen.

Du bist eine noch größere Karrieristin, als ich dachte, wie kann man bloß eine solche Schwester haben. Wenn sie glaube, sie könne alle in die Tasche stecken, mache sie sich Illusionen. Im Augenblick sei sie es, die von allen in die Tasche gesteckt werde: Ein französischer Stadtplaner benutze sie, um einen Auftrag an Land zu ziehen; ein deutscher Chef behandele sie wie eine Wechselwährung.

Das ist eben das neue Europa, sagte Sabine. Seit Jahren spreche man davon im Radio, mit dem Vertrag von Rom sei man in den gemeinsamen Markt eingetreten. Endlich eine Utopie, die Wirklichkeit werde, sie sollten stolz sein, eine Schwester wie sie zu haben.

Dass die eigene Schwester so reden kann: eine Frau kaufen und verkaufen, in heutiger Zeit. Ein Exportprodukt, und du sprichst von Stolzsein. Zwei Länder tauschen unsere Schwester, und sie fühlt sich wichtig.

Nicht zwei Länder, zwei Männer, primitive Wilde, die eine Frau tauschen für einen Batzen Fleisch. Und da willst du uns was erzählen von Anziehung, von Liebe sogar, womöglich noch von Leidenschaft? Ich will nicht, dass meine Schwester sich in ein solches Leben stürzt, ohne zu kapieren, was ihr geschieht. Du gehst zurück in die Steinzeit, mein Liebe.

Sabine sah sich keineswegs als Opfer. Frauen hatten mit den Männern immer gemacht, was sie wollten. Die Revolutionäre, die sie von der Macht der Männer befreien wollten, begriffen nichts von der Macht. Judiths ganze Lektüre mache sie nur stumpfsinnig, die Utopie der freien Frauen sei eine Idiotie. Eine ehrgeizige Frau unterwerfe sich den Mann, indem sie ihn glauben mache, er sei der Herr.

Wenn du weggehst, sind wir nicht mehr zu dritt.

Mit diesem Wort tat Judith ihr mehr weh als mit allem anderen. Was galten dagegen die Frauenbefreiung, die Zukunft der Utopien und Europas. Nicht mehr zu dritt sein. Nachdem sie alle drei zu laut geredet hatten, verharrten sie stumm und wagten nicht, sich in die Augen zu sehen. Die Samstagnacht war weit vorgeschritten. Sabine musste ihr Lager im letzten Zimmer aufschlagen. Sie sagten sich nur noch, dass sie Großmama Madeleine am Sonntag nach ihrer Meinung dazu befragen könnten, sie werde es am besten wissen. Sie werde für die Geschwister der Schiedsrichter sein, und sie würden auf sie hören wie immer.

Großmama Madeleine konnte nicht mehr vor Lachen. Alle drei Mädchen schütteten ihre Version der Geschichte vor sie hin. Ein Deutscher, der vom Himmel gefallen war: Schlegel. Nun sprich einer bloß diesen Namen aus! Und dick und reich? Und der versprach, ohne zu versprechen? Gekommen, abgereist. Sabine dazwischen, ein Exportartikel auf dem gemeinsamen europäischen Markt. Was war das wieder, dieser gemeinsame Markt? Ach, Kinderchen, davon versteh ich nichts mehr. Dazu bin ich zu alt und zu müde. Könnt ihr denn nicht einmal eine nach der anderen sprechen?

Sie legten die Dinge sachlich dar. Am Ende sprach Großmama in ernstem Ton, während ihr glasiger Blick sich im Weiten verlor: Lauf einer Katze hinterher, und sie wird sich dir entziehen. Du willst sie auf deinen Schoß locken, sie denkt nicht dran, zu kommen. Eine Katze musst du streicheln, wenn sie vorüberstreift.

Was wollte sie damit sagen? Sie wusste es selber nicht, das sei ihr einfach so in den Sinn gekommen, das passiere einem öfter im hohen Alter. Sie sollten nichts darauf geben. Die drei Schwestern aber konnten nicht anders, als ihre Worte ernst zu nehmen. Für Sabine war offenbar, dass die Großmutter ihr riet, die Gelegenheit beim Schopf zu packen. Marthe verstand vielmehr, dass man sich nach einem guten Moment, wie mit Charles Coutelle, nicht aufgeben dürfe. Laut Judith waren sie alle beide auf dem Holzweg: Der Spruch bedeute, dass man das Glück an seinem gewohnten Ort suchen soll. Zum ersten Mal hatte Großmama Madeleine sie gespalten.

5

Markus Schlegel ließ mehrere Wochen nichts von sich hören, weder im Büro Cicéro noch bei Sabine Brelan. Judith triumphierte, der Kapitalismus sei auf dem Rückzug, diese Null von Cicéro vor dem Deutschen zerplatzt. Genau wie ich, eine Null vor dem Herrn, das kannst du gleich dazusagen, meinte Sabine.

Dann trafen zwei Briefe gleichzeitig ein, einer beim Architekturbüro, der andere bei den drei Schwestern. Der erste gab bekannt, dass das Projekt Cicéro in der Prüfung sei, noch nicht genehmigt zwar, aber fast. Der zweite: Die Mutter von Markus Schlegel wünsche Sabine kennenzulernen.

Warum will sie uns den Brief nicht zeigen?, fragte Marthe.

Weil er mit ihr bricht, versicherte Judith, sie schämt sich nur, es zuzugeben.

Um ihnen den Mund zu stopfen, übersetzte ihnen Sabine den Brief, soweit sie konnte. War es die Wirkung der fremden Sprache? Der Ton hatte etwas Formelles, keine Spur von Empfindung.

Ein regelrechter Geschäftsbrief, sagte Judith, bestimmt

ist in dem Brief an Cicéro mehr Gefühl. So eine Pappfigur brauchen wir nicht.

Aber es gehe doch nicht um sie, in was mischte sie sich ein? Sabine hätte von ihren Schwestern lieber Ermutigungen gehört. Bei einiger Überlegung war es aber sogar besser, dass Markus Judith nicht gefiel. Trotzdem, ihre kleine Schwester urteilte scharfsinnig wie immer: Der Brief klang tatsächlich zu kalt. Sabine beruhigte sich, so gut sie konnte. Gefühle seien ja auch nicht so leicht auszudrücken, das komme schon noch, wenn sie sich besser kannten. Streicheln wir die Katze, wenn sie vorüberstreift. Fürs Erste hatte sie eine Einladung nach Berlin.

Die feine Dame zu spielen fällt mir nicht schwer, wenn ich damit nur ans Ziel komme. Später werdet ihr euch für mich und mit mir freuen.

Tags darauf folgten zwei Briefe und widerriefen die vorigen. Der eine forderte von Monsieur Cicéro, seinem Projekt eine neue Richtung zu geben, um dem Auftraggeber mehr entgegenzukommen. Der andere stellte klar, dass die Mutter von Markus Schlegel Sabine zusammen mit ihrer Familie kennenlernen wollte.

Auf keinen Fall kriegst du mich nach Berlin, um mich deiner zukünftigen Schwiegermutter vorzuführen, schrie Judith.

Sie hat recht, sagte Marthe, das ist der reinste Viehmarkt. Die Frau Mutter will die Rasse prüfen, indem sie die Weibchen der Herde begutachtet. Befindet sie uns tauglich, wirst du in die Familie Schlegel aufgenommen, wenn nicht, kein Geschäft. So darfst du nicht mit dir umspringen lassen.

Sabine war ziemlich geneigt, ihnen beizupflichten. Sie

wusste, ihre Schwestern brächten es fertig, die Begegnung zu sabotieren. Wenn sie sich aber weigerte, Frau Schlegel ihre Schwestern vorzustellen, hätte sie im Voraus verspielt. Am Sonntag würden sie Großmama fragen, was sie dazu meinte. Hauptsache, es wäre nicht wieder ein Spruch mit dreifachem Sinn.

Großmama Madeleine war von dem Plan begeistert. Eine Reise, wie herrlich, sie sei dabei. Diese Frau Schlegel wollte die Familie kennenlernen, nicht nur die Geschwister, lies den Brief noch mal vor, Sabine. Die Familie, da steht es, seht ihr? Deutsch ist eine leichte Sprache. Eure Familie bin ich. Ich reise mit euch.

Sabine gab zu bedenken, dass Berlin aber viel weiter sei als Paris. Da könne man nicht kurz mal hinfahren wie sonntagnachmittags auf die Champs-Élysées. Und Judith, das kenne man doch, die würde sich nicht verkneifen, Blech zu reden, bei ihrer Lust am Provozieren, die in den letzten Monaten noch zugenommen habe ... Unsere große Stubenrevolutionärin mit ihren Parolen: Die Zukunft ist der Kommunismus, ist die kollektivistische Utopie ... Stellt euch das bei einem Diner mit deutschen Kapitalisten vor. Die schicken uns sofort rüber nach Ost-Berlin. Und wenn sie dann noch anfängt, die gräulichsten Verbrechen der letzten Jahre aufzuzählen ...

Aber, diese Leute verstehen doch kein Französisch, oder? Judith mit ihrer Kleinmädchenmiene und ihrer spitzen Nase kann so viele Gräuel auspacken, wie sie will – niemand wird es zur Kenntnis nehmen. Mach dir deswegen keine Sorgen.

Blieb ein letztes Bedenken, worüber nicht so leicht zu reden war: Großmamas ständiges Lachen. Man werde sie für nicht mehr ganz dicht halten, zumindest für kindisch. Schon für Franzosen war ihr Lachen nicht immer verständlich, und nun erst für eine ernsthafte deutsche Familie …

Das Risiko können wir eingehen, schließlich wissen wir, dass Großmama Madeleine am Ende noch immer alle um den Finger wickelt.

Judith sah, dass der Plan Gestalt annahm, die anderen wurden sich einig, ohne sich um ihre Querschüsse zu scheren. Sie hatte vorgeschlagen, Tante Rosie und Pierre Ledru mitzunehmen. Die seien auch die Familie. So gut könne niemand eine Heirat torpedieren.

Täusch dich nicht, sagte Marthe, die harmonieren vermutlich besser mit dieser Mutter Schlegel als wir. Da wäre die Hochzeit binnen acht Tagen abgemacht. Komm du lieber mit, ohne zu maulen. Das bringt dich mal von deinen Büchern weg. Im Übrigen liest du im Moment ständig nur Marx und Engels, da kannst du auch gleich in ihr Land reisen.

Die französisch-deutschen Erwägungen waren damit aber nicht beendet. Markus fürchtete den Besuch einer Großmutter. Wie er in seinen Briefen erklärte, hatte seine Mutter seit fünfzehn Jahren mehrere Heiratspläne ihres Sohnes mit deutschen Mädchen scheitern lassen, weil ihr die Angehörigen nicht passten. Ein Vater war Alkoholiker gewesen, wenn auch aus guter Familie; ein anderer ein ehemaliger Arbeiter, obwohl nüchtern und zu Wohlstand gelangt; das letzte Elternpaar war geschieden. Deshalb war die verwaiste Sabine seine unverhoffte Chance, eine Ehe zu schließen, ohne dass der künftigen Gattin ihre Eltern zum Vorwurf gemacht werden konnten. Wenn nun eine Großmutter auftauchte, drohte neue Gefahr.

Letztendlich, sagte Judith, interessierst du ihn nur, weil wir schon lange keine Eltern mehr haben. Weil du Französin bist, werden die Nachforschungen der Mutter erschwert. Und du redest von Liebe. Marthe bemerkte außerdem, es sei doch seltsam, dass ein Mann von siebenunddreißig Jahren die Erlaubnis seiner Mutter zum Heiraten brauche. Sind die deutschen Gesetze so anders als unsere?

Ihr seht nichts als Hindernisse und macht nie was. Judith kann noch tausend Jahre in ihrem Käfig auf ihr ungewöhnliches Wesen und die absolute Liebe warten und du, Marthe, in alle Ewigkeit einem Schwindsüchtigen nachweinen, der dich vorm Sterben begehrte. Wir müssen nach vorn sehen. In Wahrheit seid ihr neidisch auf mich. Ich bitte euch nur, mich für ein paar Tage nach Berlin zu begleiten und mir zu helfen, dass ich dieser Mutter gefalle. Markus für Großmama einzunehmen, das schaffe ich schon. Aber ich kriege das Ganze nur hin, wenn alle zu mir stehen. Also steht zu mir.

6

Sabine und Marthe nahmen sich zwei Wochen Urlaub, es war Ende des Sommers. Fast wäre die Reise geplatzt: Im August 1961 baute die Deutsche Demokratische Republik über Nacht eine Mauer mitten durch Berlin. Judith empfand die deutschen Kommunisten als Verbündete; was für ein Segen diese Mauer, die Sabines abnormem Ehrgeiz einen Riegel vorschob. Kein Zug war zu finden, kein Flugzeug nach Berlin – man fürchtete die Reaktion des Westens, in der Stadt konnte ein Krieg ausbrechen, derzeit hielt man sich dort besser nicht auf. Der Krieg brach nicht aus, Sabine schöpfte neue Hoffnung. Sie würden den Monasix Luxe nehmen.

Ein über dreißig Jahre altes Auto, wo denkst du hin, das kommt nicht mal bis zur Grenze.

Sabine war entschlossen, sie würde langsam fahren, man ließe sich Zeit, würde das Berliner Zentrum durch den französischen Sektor erreichen.

Aber Großmama hält doch eine so lange Reise nicht mehr durch, neunzig ist sie jetzt, es wäre ihr Tod.

Dieser Tod oder ein anderer, da lachte sie nur, eine letzte Reise, und sie wär's zufrieden. Sie wollte sehen, wo ihre Enkelin den Fuß hinsetze, und ihre Meinung sagen.

Sie sorgten für Aufsehen an den Grenzen mit ihrem tuckernden Gefährt. Zöllner und Grenzposten schwankten zwischen Staunen und Verdacht. Vier Frauen, die mitten in der Krise nach Berlin wollten, dahinter musste etwas anderes stecken. Sie wurden ausführlich gefilzt, mussten lange an menschenleeren Stationen warten. Großmama besänftigte die Mächtigen, sei es durch ihre Heiterkeit und ihre kleinen Sprüche, sei es durch einen Erschöpfungsanfall, manchmal auch beides, wenn eines allein nicht half.

Ihre Ankunft mit der roten Schrottmühle vor dem großen repräsentativen Neubau, den die Schlegels bewohnten, beunruhigte die Mutter. Frauen, die ohne Begleitung durch Frankreich, Belgien und die beiden Deutschlands gefahren waren, das verhieß nichts Gutes für ihren Sohn. Die ersten Momente waren beklommen. Man saß bei Schweinegulasch mit brauner Soße, einem der wenigen Gerichte, das die Köchin konnte, das aber mit einer Kohlsuppe jeden Abend um sechs Uhr wieder aufgetischt wurde. Die Unterhaltung kam nicht in Gang. Markus Schlegel benahm sich vor seiner Mutter zeremoniös wie sonst nie, machte jeder Schwester Komplimente über ihre grauen Augen, eilte von einer zur anderen, um die leichten Jacken abzunehmen, Stühle hervorzuziehen und ranzuschieben. Er platzierte seine vorgefertigten französischen Sätze, Sabine antwortete ihm auf Deutsch. Ihre Abendkurse waren nicht vergeblich gewesen, auch wenn sie nicht weit führten. Großmama Madeleine entfaltete ein reiches mimisches Register, ihre Zufriedenheit zu bekunden, ob Soße, Bier, Selters, Gedecke, Möbel, alles gefiel ihr. Frau Schlegel sah sich bereits ihrer Besitztümer enteignet durch eine alte Französin, die sie eines nach dem anderen abzuschätzen schien.

Bekanntschaft zu machen war so gut wie unmöglich, ständig ging es nur um den Bau der Mauer, Frau Schlegel wollte die neuesten Bilder im Fernsehen sehen. Ah, ein Fernsehapparat, welche Freude für Großmama. Die Ledrus redeten nur immer davon, einen zu kaufen, taten es aber nie, die Geizkragen. Großmama lachte, und die Kommentare des deutschen Senders waren nicht zu verstehen. Frau Schlegel konnte in diesen Bildern nichts zum Lachen finden, man sah zerstörte Häuser, getrennte Familien, eine mittendurch geschnittene Stadt. Sabine versuchte das Lachen ihrer Großmutter zu begründen, auf die Gefahr hin, dass die Brelans als Hinterwäldler dastanden, die kein Fernsehen kannten und einen Vorkriegswagen fuhren. Es wurde beschlossen, am nächsten Vormittag die Mauer zu besichtigen. Einen historischen Moment gemeinsam zu erleben würde den zwei Familien helfen zusammenzufinden, dachten die einen. Während man sich mit dieser

Mauer beschäftigte, sagten sich die anderen, konnte man der Heiratsaffäre den Garaus machen, damit wäre immerhin was gewonnen.

Die Wohnung der Schlegels lag nicht weit von der Friedrichstraße entfernt. Westberliner sammelten sich in kleinen Gruppen, beobachteten die östlichen Arbeiter, die anstelle des Stacheldrahts die Mauer hochzogen. Die Leute stellten sich auf die Zehenspitzen, um dahinter die Helme und Waffen zu erspähen. Einige deuteten Gesten, Rufe an; die anderen blieben stumm. Frau Schlegel war hoch erregt. Sie war in Ostdeutschland geboren. Diese Mauer nahm ihr die letzte Hoffnung, ihre kleine Heimatstadt wiederzusehen. Marthe Brelan sah, dass sie nahe am Umsinken war, und fasste spontan ihren Arm wie den einer Kranken in der Klinik. Sie war erschüttert vom Schicksal all der Ostler, die nicht mehr im Westen arbeiten, nicht mehr hingehen durften, wohin sie wollten. Beide Frauen verstanden sich, ohne den genauen Sinn ihrer Worte zu verstehen. Der Ton genügte, Frau Schlegel begann ihre Vorbehalte zu vergessen. Diese jungen Französinnen waren doch nicht so übel, und einen festen Griff hatte diese Schwarzhaarige.

Sabine stand in Betrachtung der Mauer neben Markus Schlegel. Sie hatten sich im beruflichen Rahmen kennengelernt, ihr Gespräch hielt sich daran fest. Diese Betonplatten wurden hastig montiert, technisch würde das nicht lange halten. Ich würde mich für deren Mauer nicht verbürgen. Die kriegt doch Risse, in ein paar Monaten fällt sie um. Dann kehrt in Berlin wieder die Freiheit ein, nicht weil die Westmächte Panzer schicken, sondern weil die Arbeiten schlampig ausgeführt worden sind. Sabine meinte, die Situation könne doch auch politisch nicht dauern.

Dann würde man die abgerissenen Straßenzüge neu errichten müssen. Eine gute Aussicht für diejenigen, die nun in den Startlöchern säßen. Sie zweifelte nicht, dass Markus zu ihnen gehörte. Er sagte, wie sehr er Sabine bewundere. Schon bei ihren ersten Begegnungen habe er ihre Fähigkeit zur schnellen Analyse bemerkt, die sich hier wieder bestätige: Nach ein paar Minuten an der Mauer erkenne sie wie er, welcher Nutzen sich daraus ziehen lasse. Wie sollten zwei Optimisten sich nicht verstehen? Wenn sie nach Berlin komme, mache er sie zu seiner Frau und seiner Ratgeberin. Seine Mutter habe ihn lange beraten, aber sie sehe alles düster und halte ihn grundsätzlich vom geringsten Risiko fern.

Judith wollte sich in ihr persönliches Gespräch nicht einmischen, doch kam ihr die Mauer gar nicht so anfällig vor, wie sie meinten. Dieser Eisenbeton, auch wenn er schnell montiert werde, bleibe doch Eisenbeton. Und die Stärke des Bauwerks bestand für sie in seiner Einfachheit. Ein geniales Modell des Urbanismus: eine Mauer, nichts als eine Mauer, für einen Architekten die Vollkommenheit an sich. Kein unnützes Dekor, Reinheit der Linie, wahrhaftig, besser gehe es nicht. Die das erdacht haben, sind Leute von großer Kraft.

Was sagt sie?, fragte Markus. Sabine behauptete, sie könne die Worte ihrer kleinen Schwester nicht übersetzen, es sei für sie zu kompliziert, sie auf Deutsch wiederzugeben. Judith wollte aber, dass Markus Schlegel und seine Mutter sie verstanden, ihre Bewunderung für das entstehende Werk ließ sich auch durch Gebärden und Ausrufe bekunden. Frau Schlegel konnte nicht folgen, Marthe zog sie weit von Judith fort. Aber Markus hatte verstanden: Du bist gern witzig, Judith, auch wenn es keinen Anlass dafür gibt. Nein, nein, sie meine es ganz ernst. Sie erwarte seit langem, dass sich ein politisches Projekt durch eine neue architektonische Utopie verwirkliche. Mehr habe sie nicht sagen wollen. Sabine entrüstete sich. Sie schwor, dass ihre Schwester kein Wort von dem glaube, was sie da rede. Sie müsse nur immer widersprechen, das sei ihre geistige Haltung von jeher, sonst aber sei sie das netteste Mädchen und nicht fähig, die Scheußlichkeiten, die aus ihrem Munde kämen, in die Praxis umzusetzen. Judith wollte sich nicht herabwürdigen lassen. Marthe ließ den Arm von Frau Schlegel los: Also, hört mal, Kinder, ihr werdet vor dieser Mauer doch kein Spektakel geben. Alle sehen euch zu.

Großmama Madeleine hatte sich, soweit es ging, einem Arbeiter der anderen Seite genähert. Sie reckte sich, um besser hinüberzuspähen, und rief ihn an.

Was gibt es denn so Wichtiges bei euch, das ihr vor uns verbergen wollt? Ich würde es mir gern ansehen. Ich habe eine lange Reise gemacht. Da kann ich doch wohl erfahren, was bei euch vorgeht. Niemand verstand ihre Worte, aber deren Sinn war erkennbar: Eine alte Frau wollte durch die Mauer. Für die einen war sie eine Ahnungslose, eine Couragierte für die anderen. Es galt, einen Zwischenfall zu vermeiden. Markus Schlegel holte Großmama zur Gruppe zurück. Künftig würde man der Mauer besser fernbleiben.

Frau Schlegel war bereit, Madame Brelans Benehmen mit ihrem hohen Alter zu entschuldigen: Sie war eben nicht mehr in der Lage, die politische Situation zu begreifen. Vor den Bildern im Fernsehen hatte sie ja sogar gelacht, die Alte. Das war besorgniserregend, aber man konnte es verzeihen. Das Bild der Familie Brelan litt natürlich darunter. Waren solche mentalen Schwächen häufig? Traten sie bei den Frauen zeitig auf? Und bei den Männern?

Ach, Männer, wissen Sie, sagte Judith, die halten sich bei uns nicht lange. Sie verbinden sich mit den Frauen unserer Familie und dann sterben sie, oft auf tragische Weise, noch bevor sie den Verstand verlieren.

Seit dem Besuch der Mauer strengte sich Großmama an, ihr Lachen im Zaum zu halten, konnte es aber nicht unterdrücken. Sabine brauchte ihre Schwester nicht länger zu rüffeln. Die Schlegels glaubten an eine Familienmarotte und lachten, ohne nachzufragen, warum.

Am dritten Tag wollte Frau Schlegel übers Geld reden. Was die Eltern der drei Schwestern anging, hatte sie keine brauchbaren Informationen erhalten, außer dass sie im besten Alter verstorben waren. Wenigstens hatten sie ihren Töchtern Vermögen hinterlassen, das bezweifelte sie nicht, wollte aber nun ohne Umschweife Genaues wissen. Zwei Familien taten sich ja nicht ohne gegenseitigen Beitrag zusammen. Ihre größte Sorge war, dass das Erbe unter drei Schwestern aufgeteilt worden war, während sie nur einen Sohn hatte, der das florierende Unternehmen ihres Mannes übernommen hatte.

In welcher Epoche ist die Firma Schlegel & Schlegel groß geworden?, fragte Judith.

Blitzschnell erfasste Sabine die Gefahr der Frage. Sie konnte Judith aber nicht jedes Mal das Wort verbieten. So beließ sie es dabei, nicht mehr zu übersetzen und das Thema zu wechseln.

Markus allein hatte begriffen und lächelte: Du bist ein Schlaukopf, Judith. Das Haus Schlegel & Schlegel wurde

1918 gegründet. Es hat nur einmal Geld verloren, und zwar in der großen Inflation. Es ist aber wieder auferstanden. Reicht dir das?

Beharre nicht, Judith, sagte Sabine.

Markus setzte hinzu, er gedenke auch im heutigen Deutschland kein Geld zu verlieren.

Aber Geld zu verlieren sei ehrenwerter, versetzte Judith. Man sollte das Geld abschaffen. Wenn ich dich heiraten würde, würde ich dich in wenigen Jahren ruinieren.

Was bildete sie sich ein? Markus heiraten? So ein Blödsinn.

Wieso? Ist doch lustig, sagte Markus Schlegel. Ich hätte nichts dagegen, für ein Mädchen wie dich viel Geld zu verlieren. Um aber viel zu verlieren, muss man viel verdienen. Und um viel zu verdienen, muss man es sehr lieben, nicht es abschaffen.

Scherzte er nur? Sabine hatte für solche Scherze nichts übrig. Markus zeigte sich allzu verständnisvoll für Judiths Faseleien. Kein vernünftiger Mensch konnte ihr lange zuhören. Kein vernünftiger Mann würde sie wollen.

Ich bin nur bemüht, zu den Mitgliedern deiner Familie liebenswürdig zu sein. Es sind deine Schwestern.

Der viertägige Aufenthalt in Berlin ging zu Ende, Markus wollte ihn gerne noch ein, zwei Tage verlängern, man fange gerade erst an, miteinander warm zu werden. Sabine wollte es lieber dabei belassen. Es war anstrengend, die Reaktionen oder Reden ihrer Schwestern und ihrer Großmutter immerfort zu kontrollieren. Ihr schien, dass sie ihre Pläne tagtäglich gefährdeten. Frau Schlegel hatte eine Schwäche für Marthe, immer stützte sie sich auf deren

Arm; sie wechselten Blicke, kleine Worte in beiden Sprachen, gingen zu zweit im Viertel aus, besuchten noch einmal die Mauer und kamen verzweifelt und noch verschworener zurück. Markus Schlegel war stets begierig, Judith über ihre Ideen auszufragen, wobei er sich mit ihr abseitshielt. Mit diebischem Vergnügen lauerte er auf ihre abwegigsten Antworten, es war kaum mit anzusehen. In Sabines und seiner Mutter Beisein wurde er wieder ernst, als stünden sie für ihn auf einer Ebene. Nein, Sabine drängte zur Abreise, Judith und Marthe mussten weg aus Berlin.

Der Monasix Luxe konnte nicht mehr, ein Ölverlust nahe Köln war sein Ende. Die letzte Erinnerung an Papa musste in Deutschland zurückbleiben.

Hätte ich nur auf mich gehört, sagte Sabine im Zug nach Hause, und wäre allein gereist.

Ich habe Frau Schlegel nichts gegen dich gesagt, verteidigte sich Marthe, im Gegenteil.

Immer wenn ich was gegen dich gesagt habe, hat Markus gelacht, sagte Judith; es ist komisch, aber ich glaube, ich habe deinen Interessen jedes Mal gedient, wenn ich dir schaden wollte.

Ja, ja, ihr habt mir tolle Hilfe geleistet, und zwar so toll, dass ich wieder bei null anfangen kann. Sollte ich Markus nicht bekommen, bleibe ich trotzdem nicht bei euch. Das ist alles, was ihr gewonnen habt.

Zu Hause richtete sich Sabine so ein, dass sie den Schwestern morgens nicht mehr über den Weg lief, abends nicht mehr mit ihnen aß und nicht mehr in demselben Zimmer schlief. Nie war die Trennung der Geschwister so vollständig. Am folgenden Sonntag ließ sich Sabine gerade nur herbei, ein paar Minuten zum Besuch von Großmama zu erscheinen, um von ihrer Freude zu hören. Sie bekam sich gar nicht mehr ein, dass sie eine so lange Reise so gut überstanden hatte. Als Einziges bedauerte sie, dass sie wegen dieser Mauer nicht weiter hatte gelangen können. Wozu diente die gleich, die Mauer? Es war zu schwer zu erklären, nicht der Mühe wert, sie vergaß es sowieso gleich wieder. Und diese deutsche Familie, wie hieß die noch mal? Sehr schön, sehr schön, und den Jungen heiraten, warum nicht? Tadellose Leute, wirklich … nur dass diese Mutter zu alt war und der Junge viel zu jung.

Aber die Mutter ist doch mindestens fünfundzwanzig Jahre jünger als du und der Junge zehn Jahre älter als Sabine?

Großmama verhedderte sich mal wieder in den Zahlen, man konnte sie nicht ernst nehmen.

Zahlen oder nicht Zahlen, sie blieb dabei: Die Mutter war zu alt und der Sohn zu jung.

Diesmal stritten die Geschwister nicht um die Auslegung dieses neuen Rätsels. Sie suchten keine und hatten auch keine Lust mehr, darüber zu reden.

7

Kleider, Parfüms trafen bei den Brelans ein. Die Verpackung trug nur Sabines Namen, der inliegende Brief war an die drei Schwestern gerichtet. Sabine zerriss ihn sofort, eignete sich die Geschenke an, stellte sie samt ihren Hüllen auf wie Siegestrophäen.

Komisch, sagte Judith, die Kleider haben nicht alle dieselbe Größe. Das blaue ist kleiner. Es wird dir nicht passen, Sabine.

Nichts entging ihr. Sabine war überzeugt, dass die Hochzeit schnellstens stattfinden müsse, bevor Judith alles verdarb. Inzwischen setzte sie ihre Arbeit im Architekturbüro fort. Sie konnte mit Fortschritten in Monsieur Cicéros deutschen Projekten dank ihrer Intervention und trotz der politischen Krise aufwarten. Sie verhieß deren raschen Abschluss, wenn sie noch einmal nach Berlin reisen dürfe. Sie schickte drängende Briefe an Markus Schlegel, aber strikt dienstliche: Einen Dank für die Geschenke setzte sie als Postskriptum hinzu.

Markus schloss daraus, dass er sich vergriffen hatte, die Geschenke gefielen offenbar nicht; wie konnte er Französinnen auch Parfüms und Kleider schenken, ohne ihren Geschmack zu kennen. Er entschuldigte sich für sein Ungeschick als alter Junggeselle. Ihm kam gar nicht in den Sinn, dass Sabine es verübeln könnte, dass seine Geschenke für die drei Frauen gleichermaßen bestimmt waren. In einem Nachsatz teilte er mit, eine Einigung mit der Stadt Berlin sei möglich, allerdings über ein weniger umfangreiches Projekt als vorgesehen.

Wir kommen, antwortete Sabine, ohne klarzustellen, dass sie Monsieur Cicéro mitbrächte. Markus Schlegel hatte größte Mühe, seine Enttäuschung zu verbergen, überzeugt, wie er war, dass Sabine das vermutete Verhältnis mit ihrem Chef erneuert habe. Sie bot ihm die Stirn, wich den Fragen nach ihren Schwestern aus, führte das Gespräch immer auf die laufenden Verhandlungen zurück.

Monsieur Cicéro sei bereit, seine Ambitionen in Deutschland zu beschränken, wenn man sich nur schnell einig werde. Sie schien ihren Chef in der Hand zu haben, nutzte ihre Fortschritte im Deutschen, um die Gespräche zu führen, ohne dass sie sich mit Fragen an Monsieur Cicéro aufhielt. Sie ließ ihm Schnaps um Schnaps servieren, und er nickte, mit allem einverstanden.

Sie hatte zwei Hotelzimmer reserviert. Frau Schlegel bestand darauf, dass die Gäste in ihrem Haus logierten. Monsieur Cicéro war müde, Sabine kam allein. Markus war ihr dankbar dafür. Die Köchin hatte Wildschwein mit brauner Soße zubereitet. Sabine zeigte sich bei jeder Gelegenheit hell begeistert, wieder in Berlin bei den Schlegels zu sein. Und diese abscheuliche Mauer, wie weit war man damit? Die Arbeiten gingen weiter, die Teilung schien endgültig, aber ein Krieg vermieden. Sabine beklagte die Ostdeutschen, empörte sich, dass es den Familien und Freunden verboten war, sich zu sehen. Wenn man aus diesen Gebieten stammte wie die Mutter von Markus … Frau Schlegel versprach, am nächsten Tag mit Sabine zur Mauer zu gehen. Ihre Erregung blieb unvermindert, sie musste sich auf ihren Arm stützen und prüfte dessen Festigkeit, die war fast wie bei Marthe.

Zurückgekehrt, erging sich Sabine gegenüber Markus in provozierenden Lobpreisungen dieser modernistischen ostdeutschen Architektur. Die Westler müssten sich davon inspirieren lassen und die Mauer mit einer zweiten Mauer in noch reineren Linien einkreisen. Markus hörte ihr fassungslos zu. Ob sie das ernst meine? Sie antwortete mit Gelächter, die Tonleiter abwärts.

Der zweite Abend war der gelungenste: Sabine lachte immer mehr, hielt manchmal inne für ein zärtliches Wort, das aber nie so natürlich klang, wie sie gern wollte. Sobald sie mit Markus allein war, zog sie über den deutschen Familienkapitalismus her, es gelang ihr nur nie so zugespitzt, wie sie wünschte. Sie ließen sich ihre geteilte Fröhlichkeit genügen. Zur Schlafenszeit, nicht etwa zu spät, schloss sie Mutter und Sohn in die Arme. Am nächsten Vormittag um zehn sollten sie den Vertrag mit der Stadt unterschreiben.

Vor Tagesanbruch wurde Sabine Brelan in ihrem Bett munter, sie war nicht zu Hause hier, fühlte sich verloren. Handeln musste sie, aber wie und was? Die Amtsträger für das Projekt Cicéro gewinnen? Die Mutter für eine Heirat? Beides ging ihr durcheinander, sie konnte nicht mehr; eine Entscheidung musste sie treffen, einfach sie selbst sein, mit der ihr natürlichen Kühnheit, die den Schwestern abging. Aufs Ganze gehen heute. Diese Wendung, aufs Ganze gehen, hämmerte sie sich ein, ohne zu wissen, was das im Augenblick für sie hieß. Sie stand auf, verzichtete auf den Morgenmantel, den die Mutter ihr geliehen hatte, und ging den zwei Meter breiten Korridor, eher ein großes Vorzimmer, entlang, vorbei an der Tür der schnarchenden Frau Schlegel bis zur letzten Tür.

Der Knauf widerstand. Hatte Markus sich eingeschlossen? Doch vor wem sollte er zu Hause Angst haben? Nein, nur ein kleines technisches Problem. Man musste bis zum Anschlag rumdrehen. Sabine war ganz ruhig: Sie setzte sich auf den Rand des Bettes, schlüpfte hinein, wobei sie darauf achtete, ihre Knie mit dem Nachthemd zu bedecken. Sie hörte Markus nicht mehr atmen, ziellos griff er im Halbschlaf um sich. Wie erwartet, traf seine linke Hand auf Sabines Hüfte, fuhr zurück, kehrte wieder; kaum verständliche Fragen folgten.

Die Französin, flüsterte Sabine ganz leise. Welche Französin? Und schon besann er sich, ah ja, die Französin, um gleich wieder im Strom des mühsamen Erwachens zu treiben, die Französinnen, die Französinnen. Er streckte die Hände suchend nach beiden Seiten. Sie schmiegte sich in seinen linken Arm, er blieb still. Lange lagen sie so, bis es zu tagen begann. Markus Schlegel wollte ihre Augen sehen, die grauen Augen, nichts als das Grau der Augen, *le cri des cieux*, wie er immer sagte. Sitzend wollte er sie, damit er ihre Augen besser sah, sitzend auf seinem gewölbten Bauch.

Das Nachthemd störte, aber es hochziehen sollte sie nicht. Was ihn reizte, waren allein ihre Augen. Er starrte sie an, Sabine wusste nicht weiter. Lieber wäre sie ohne jeden Blick brutal und schnell genommen worden, wie Männer es machen mussten, dachte sie. Markus ließ sich Zeit, sein großer Leib beschwerte ihn, er bewegte sich stets mit Langsamkeit. Er blieb auf dem Rücken liegen, zog Sabines Gesicht zu sich heran, um sie zu küssen, glaubte sie; um ihre Augen noch näher zu sehen, sagte er. Sie küsste ihn trotzdem, er stieß sie nicht zurück. Sie solle nur, bat er, ihre Augen nicht zumachen. Er richtete sie hoch, schob sie von sich weg. Nun ist es zu Ende, dachte sie. Er wollte sie nicht, ihr Aufs-Ganze-gehen war total schiefgegangen.

Er wollte sie besser setzen, unter die Rundung seines Bauches, zog zu beiden Seiten an ihren Beinen. Das Nachthemd zerriss, Sabine wagte nicht zu mucksen, rutschte wie abwärts von einem Hang; sie klammerte sich an Markus' fleischige Schultern, um sich anzuheben, er drückte sie runter. Sie suchte neuen Halt, reckte sich hoch, er zwang sie loszulassen; sie sank zusammen, hob sich, hielt sich.

Lass deine Augen offen. Und sprich französisch. Was sie sagen solle? Was ihr einfalle, zärtliche Worte, scharfe Worte, egal, Hauptsache französisch. Sie stammelte Satzfetzen, variierte den Ton entsprechend den Bewegungen, ein Sprechen ins Blaue.

Markus war ein Langsamer, unverändert lag er auf dem Rücken und ließ Sabine rudern, um ihr Gleichgewicht auf ihm zu finden. Plötzlich wurde ihr heiß, als würden ihr die Sinne schwinden, ein Gefühl, als träten ihr die Augen aus dem Kopf, sie musste sie schließen, damit sie ihr nicht aus dem Gesicht fielen. Offen lassen, lass sie offen. Markus sah ihre Augen verschwinden, er konnte nicht mehr. Sabine fühlte sich überschwemmt, dabei hatte der Körper von Markus Schlegel anscheinend nicht die kleinste Bewegung gemacht. Er, der wie zuvor lang dalag, zog sie neben sich und schmiegte sich in sein Kopfkissen. Wer die Augen zumachte, war er.

Bevor er sich zur Unterzeichnung aufmachte, ging er zu seiner Mutter. Er habe einen Fehler gemacht, erklärte er, und keine Wahl mehr, er müsse wiedergutmachen. Mir wäre die andere lieber gewesen, sagte Frau Schlegel, aber du bist groß genug, du hast gewählt.

Monsieur Cicéro verstand nicht, warum Sabine ihn bat, allein nach Paris zurückzukehren. Er hatte seinen Vertrag in der Tasche und war sich bewusst, seiner Teilhaberin viel zu verdanken. Er beabsichtigte, sie bei der Rückkehr zu belohnen. Doch sie wollte bleiben. Wie lange? Und ihre Schwestern? Sie bat ihn, die beiden zu benachrichtigen: Sie komme nicht zurück.

Auch die Schlegels wunderten sich. Die Mutter fragte,

ob es sich nicht gehöre, vor der Hochzeit eine Anstandsfrist zu wahren. Bürgerliche Konventionen, sagte Sabine, und Markus feixte, dass sie seiner Mutter widersprach. Um sich wieder einzuschmeicheln, spielte sie gegenüber Frau Schlegel die Sanfte. In der Morgenfrühe schlich sie zu Markus' Zimmer, bezwang den widerspenstigen Türknauf, erklomm den Bauch nun gleich ohne Nachthemd, um es nicht wieder zu zerreißen, sperrte weit ihre Augen auf, redete immer länger französisch, rackerte sich ab auf dem unbeweglichen Fleischberg, den sie zwischen ihre Beine klemmte, verausgabte sich. Ihrer beider Vergnügen wuchs. Markus schlief ein, halb im Dämmer fragte er manchmal nach ihrem Namen.

Sie begannen, ein Datum für die Hochzeit festzulegen. Vorher wollte Sabine doch sicherlich noch mal nach Frankreich? Um ihren Schwestern die Neuigkeit mitzuteilen? Ihre persönlichen Sachen, einige ihr wertvolle Gegenstände zu holen? Sie legte auf Gegenstände aus der Vergangenheit keinen Wert: Neues Leben, neue Dinge. Und einkleiden könne sie sich vor Ort.

Zu ihren Schwestern zurückzukehren erschien ihr zu gewagt, sie fürchtete ihre Reaktionen. Sie würden alles tun, um ihre Heirat zu verhindern. Judith würde ihr mit ihren Theorien über die patriarchalische, kapitalistische Gesellschaft kommen, deren Opfer sie sei. Marthe wäre verständnisvoller, aber sehr traurig. Sie hatte sich von den Jüngeren lösen wollen, bevor sie es aufgeben musste; Sabine war entschlossen, nicht denselben Fehler zu machen, Rückwärtsgehen kam für sie nicht in Frage.

Es gebe Zeit genug, sie nach der Hochzeit wiederzusehen. Ob sie denn zu der Feier nicht kommen sollten? Nein, um ihnen Schmerz zu ersparen. Markus staunte über ihre Skrupel.

Monsieur Cicéro fasste sich gegenüber Marthe und Judith kurz. Ihre Schwester sei in Berlin geblieben, mehr nicht. Doch diese Verliebtheit in einen Deutschen, die werde, wie er die Dinge sah, nicht lange dauern. Und das wäre auch das Beste, er brauche Sabine in Boulogne.

Weder kam sie noch ein Brief, und das neu installierte Telefon klingelte nicht. Judith war überzeugt, Sabine sei entführt worden.

Marthe wehrte ab: Unsinn, du hast zu viele Bücher gelesen. Du glaubst doch nicht im Ernst, dass heutzutage noch Frauen von Männern entführt werden? Außerdem, wie wir Sabine kennen, ist eher sie es, die einen Mann entführt, vor allem wenn er reich ist.

Das müssen wir klären. Judith war bereit, die Reise zu machen, um ihre Schwester zurückzuholen. Sie gehört zu uns hier, nicht zu diesem Dickwanst, der nur Geld im Kopf hat.

Ein Dickwanst, aber deine antikapitalistischen Reden in Berlin hat er ermutigt. Du hast ihn sehr amüsiert, glaube ich.

Ja, amüsiert habe ich ihn. Die Männer glauben, sie können jede Frau kaufen, die sie wollen, wenn sie sie nur amüsiert. Sollte ich jemals einen Mann lieben, muss er außerhalb dieses Gewöhnlichen stehen und das Gegenteil von Markus Schlegel sein: voller Verachtung für Geld und Amüsement. Judith begriff nicht, wie Sabine sich so schnell hatte unterwerfen können, selbst bei ihren Träumen von sozialem Aufstieg. Es kann nur eine Entführung sein, schloss sie, und wenn du nicht mitkommen willst, fahre ich mit Großmama. Auf sie wird Sabine wohl hören.

Großmama Madeleine war müde, sie sagte nur wieder und wieder, Frau Schlegel sei zu alt und Markus zu jung für Sabine. Wenn du vor der Hochzeit nach Berlin kommst, dann heiratet er dich. Für dich hat er das richtige Alter.

Mit Großmama war nicht mehr zu rechnen, ihr Kopf verfiel von Tag zu Tag mehr. Ihr Gerede über das Jung- und Altsein ergab keinen Sinn.

Marthe versuchte sich einzureden, dass diese Hochzeit für die Familie Brelan eine unverhoffte Chance sei. Dass die eine Glück hatte, durften die beiden anderen nicht als Unglück ansehen. Sie an Sabines Stelle hätte auch nicht gezögert. Nur dass die Erste, die ging, die andere verdammte, sich um die Dritte zu kümmern. Solange sich Judith in ihr freiwilliges Außenseitertum verkapselte, konnte die eine Schwester die andere nicht im Stich lassen. Eine musste es tun, es fiel auf sie, Marthe, die von jeher am meisten zur Entsagung Fähige, auch wenn sie der Jüngsten bisweilen vorwarf, ihr Leben zu behindern.

Ich verlange von niemandem was, sagte Judith, vor allem kein Geld. Es ist gelogen, wenn ihr sagt, ich hielte euch zurück oder hinderte euch an eurem Leben. Alles was ich weiß, ist, dass unser Leben nicht von Leuten wie Markus Schlegel bestimmt werden sollte. Unser Vater hat mehr von uns erwartet, glaube ich. Also, ich jedenfalls will ein ungewöhnliches Leben haben, das nicht von euch abhängig ist. Beschuldige mich nicht, ehe du es nicht siehst.

Marthe fragte sich, ob Judith nicht geistesgestört sei; reif geworden war sie zumindest nicht. Zu jung von Unglück betroffen, war sie mit vierzehn Jahren stehengeblieben, sie benötigte größere Duldsamkeit als ihre Schwestern. Unreife war keine Krankheit, erforderte aber genauso viel Fürsorge wie eine geistige Störung. In der Klinik war Marthe in gleicher Weise mit mehr oder weniger schweren Fällen befasst. Andere zu pflegen schien ihr Schicksal zu sein, am besten, sie fand sich damit ab.

In einem langen Brief teilte Sabine ihnen mit, dass ihre Trauung vollzogen sei, ohne Familien beiderseits, eine reine Vereinigung zweier Menschen. Ihr werdet mir nicht glauben, aber so war es. Das Wichtigste bleibe, dass sie die Schwestern niemals vergessen werde. Sie könnten mit ihrer Hilfe rechnen wie immer. Sie wagte es nicht zu deutlich auszusprechen, um Judith nicht zu verletzen, doch wenn Marthe eines Tages oder auch jetzt Probleme hätte, zum Beispiel den Monasix Luxe zu ersetzen, würde sie ihr Schecks nach Bedarf schicken. Markus selbst habe es vorgeschlagen. Judith weinte. Die Ansteckung des Geldes ging schneller als irgendetwas: Ihre eigene Schwester verlor darüber jedes Feingefühl. Sie war vielleicht nicht entführt, aber mit Sicherheit von einem Geldmann gekauft worden; gleich in ihrem ersten Brief prahlte sie mit ihren neuen Mitteln, um ihrerseits die eigenen Schwestern zu kaufen. Dass sie am Schluss versicherte, sie blieben immer und vor allem die Schwestern Brelan, rettete in Judiths Augen nichts; das sei bloß eine Briefformel. Marthe sagte, dass sie trotz allem an Sabines Aufrichtigkeit glaube.

Du bist nicht besser als sie. Aufrichtigkeit ist für dich ein Scheck.

Marthe wusste nicht mehr, wie sie den Zerfall des Brelan-Verbands aufhalten sollte.

8

Sabine schrieb oft, manchmal rief sie auch an. Judith mochte ihr nicht antworten. Diese Chronik des Glücks widerte sie an: Ihre Schwester als gute Hausfrau einer reich gewordenen Gesellschaft – nicht zu glauben. Jedes Anzeichen des gewiss kommenden Unglücks walzte sie aus. Befriedigt vernahm sie, dass Frau Schlegel von ihrem Sohn gefordert hatte, einen Ehevertrag zu schließen.

Sie haben Angst, um ihre Habe bestohlen zu werden, keine Spur von Liebe, ich hab's ja gleich gesagt. Noch vor Jahresende wird Sabine diese soziale Komödie durchschauen und zu uns zurückkehren, es kann nicht anders sein. Käme doch eine große ökonomische Krise. Der Ruin der Schlegels – und sie würden ihr wahres Gesicht zeigen, die kleine Französin mit den grauen Augen wäre nicht mehr wohlgelitten.

Eine andere Genugtuung: Sabine durfte in Deutschland nicht arbeiten, wie sie es sich gewünscht hatte. Die Mutter von Markus fand, das gehöre sich nicht für eine Frau. Und was würde sie machen, wenn sie ein Kind bekäme, wie die Alte es von der Ehe ihres Sohnes erwartete?

Siehst du, sagte Marthe, Frau Schlegel denkt wie du: Sie will nicht, dass eine Frau einen Beruf ausübt.

Nur mit dem Unterschied, dass ich nicht nur gegen das Arbeiten der Frauen bin, ich bin auch dagegen, dass Männer arbeiten.

Sabine hatte vorgeschlagen, Markus in der Firma Schlegel & Schlegel zu helfen, aber ihre Deutschkenntnisse reichten noch nicht aus, um eine der Frau des Chefs würdige Stellung zu bekleiden. Einzig die Akte Cicéro durfte sie weiter betreuen. Den Architekten freute es, eine ständige Vertretung in Deutschland zu haben. Der geplante Bau war noch nicht aus der Erde gewachsen, es gab Verzögerungen durch Einsprüche der Anwohner, die mit dem Mauerbau verbundenen politischen Ungewissheiten, kurz, die Sache kam nicht voran, Sabine hatte den Eindruck, ihre Zeit zu verplempern.

So was Naives, kommentierte Judith, da glaubte sie nun, ihre Ambitionen ließen sich nur durch den Mann verwirklichen. Den Mann hat sie gekriegt, und ihre Ambitionen kann sie vergessen. Ich hab's ja gleich gesagt. Die Frauen müssen ihren Ehrgeiz selbst in die Hände nehmen. Wir drei zusammen hätten mehr erreicht. Was bleibt ihr? Von früh bis spät Mutter Schlegel im Nacken.

Sabine stimmte in jedem Brief ein Loblied auf Frau Schlegel an, die Mutter, die ihr gefehlt habe, wie aufmerksam und entschieden sie sei.

Judith verstand, dass sie autoritär war und überall die Nase reinsteckte: Das kann bei Sabines Charakter nicht gutgehen.

Und Markus? Er höre auf seine Frau, seine halbamtliche Ratgeberin. Das mochte eine Weile ganz nett sein. Aber ein ernsthafter Mann, ruhig, ausgeglichen?

Hast du eine Ahnung, ein langweiliges Weichbrot, Sabine wird es bald merken. Judith war sich sicher, dass ihre Schwester zurückkehrte, sie baute fest darauf. Dabei war von Rückkehr in den Briefen keine Rede. Und Markus machte einen beunruhigenden Vorschlag: Da er ja wisse, wie sehr die drei Schwestern aneinander hingen, werfe er sich vor, dass sie seinetwegen getrennt seien. Darum meine er, sie sollten nach Berlin kommen und sich mit Deutschen verheiraten; ein ihm befreundeter Ingenieur, Angestellter seiner Firma und Musikamateur, wäre gut für Judith. Für Marthe sei er auf der Suche unter seinen Bekannten und glaube, bald einen zu finden. Frau Schlegel habe den Sohn eines im Osten gebliebenen Cousins im Auge. Sie hoffe auf den Mauerfall mit Hilfe der Amerikaner, um die Verbindung herzustellen. Sabine übermittelte die Schlegel'schen Anerbieten ohne Überzeugung. Sie ahne, schrieb sie, dass ihre Schwestern von vornherein nein sagten. Auch sie halte nicht viel davon.

Gegen jede Erwartung erklärte sich Judith interessiert.

Was ist denn in dich gefahren, Schwesterherz?

Ganz einfach: Markus Schlegel sieht, dass Sabine sich nach ihren Schwestern sehnt, ein Zeichen, dass sie mit ihm nicht glücklich ist, also ist sie reif zur Heimkehr. Ich hole sie von Berlin zurück.

Zu Weihnachten 1963 reisten Marthe und Judith nach Berlin. Ein kleines Tauwetter zwischen Ost und West ermöglichte den Westberlinern, ein paar Tage lang ihre Verwandten im Osten zu besuchen. Frau Schlegel wollte die Gelegenheit nutzen, um mit dem Cousin und seinem Sohn, die unter sowjetischer Kontrolle in Mitte wohnten, über die eventuelle Heirat mit einer Französin zu verhandeln. Im ersten Moment war Marthe erschrocken. Wenn die Schwestern in Berlin zu beiden Seiten der Mauer säßen, was wäre damit gewonnen? Judith erklärte, sie wäre bereit, in einer Volksrepublik zu leben.

Sie verstehen das falsch, sagte Frau Schlegel, wir wollen sie nicht in den Osten schicken, sondern versuchen, unsere Angehörigen in den Westen zu holen.

Letztlich sollen wir benutzt werden, sagte Judith, um die Ostverwandtschaft zu retten. Und als der befreundete Ingenieur, ein wortkarger und durch die drei lebhaften Schwestern obendrein eingeschüchterter Bursche, zum Essen geladen war, wandte sich Judith an ihn: Da wir schon mal zur Hilfeleistung bestellt sind, was darf es denn sein für den Musikamateur? Eine französische Tournee? Welches Instrument er spiele? Trompete? Wenn er wenigstens Geige spielen würde. Ich will keinen trompetespielenden Ingenieur.

Sabine hatte sich vor der Ankunft ihrer Schwestern gefürchtet. Sie hatten sich über ihre Meinung hinweggesetzt. Als sie nun Judith gewillt sah, die Schlegel'schen Pläne zu zerfleddern, war sie beruhigt, ja sie frohlockte. Der Trompeter bekleckerte sich mit Soße, er nutzte die Gelegenheit, sich heimlich davonzumachen.

Frau Schlegel ging mit offiziellem Passierschein, kontrolliert und durchwühlt, für zwei Tage nach drüben. Markus und die Schwestern begleiteten sie zum Checkpoint. Die Frau war hocherregt bei dem Gedanken, dass sie nie mehr zurückkönnte, wenn die Kommunisten nicht Wort hielten.

Vielleicht wärst du gar nicht böse, wenn die Kommunisten nicht Wort halten würden, raunte Judith Markus zu, als sie Frau Schlegels erste Schritte auf der Ostseite verfolgten.

Was meinst du damit?, fragte Markus.

Nichts, schaltete Marthe sich ein, was sie auch redet, es hat nichts zu sagen. So ist Judith.

Für einen Moment schwiegen die drei Schwestern, lebhafte Blicke gingen hin und her, dann redeten alle drei gleichzeitig los, die eine auf Deutsch, die beiden anderen auf Französisch. Niemand verstand was, und sie fühlten sich vereint wie immer.

Markus behauptete, er habe Sabine seit ihrer Hochzeit nicht mehr so glücklich gesehen. Die Mädchen vergaßen ihren Groll. Es wurde Zeit, die Rückkehr von Frau Schlegel am Checkpoint zu erwarten. Die Kontrollen dauerten lange. Markus seufzte vor der Mauer: Er als Einzelkind habe sich nie vorstellen können, in welchem Maße Brüder und Schwestern sich verstünden und einander brauchten.

Also, sagte er, warum wollt ihr euch von neuem trennen? Es wäre so viel einfacher, ihr würdet euch in Berlin verheiraten. Auch wenn ihr die ablehnt, die wir euch vorschlagen, weil der eine Trompete spielt und der andere von den Kommunisten nicht freigelassen wird, warum bleibt ihr nicht bei uns? Die Wohnung ist groß genug. Sicher, meine Mutter wäre nicht dafür, vorläufig, aber im Vertrauen gesagt, sie ist herzkrank. Der Arzt verheimlicht ihr ihren Zustand. Mich hält er über die Untersuchungen auf dem Laufenden. Wir hoffen, dass sie noch lange lebt, aber ebenso gut kann es jeden Moment aus sein, seht ihr. Wirklich schade, dass man nicht drei Frauen auf einmal heiraten kann.

Sabine fragte sich, ob sie nicht richtig verstanden habe. Dabei konnte sie als Einzige doch einigermaßen Deutsch. Sogar ihre Schwestern hatten ja verstanden.

Trigamie ist in unseren Breiten verboten, sagte Judith, aber dich stört das nicht, du würdest am liebsten mit uns dreien ins Bett, nicht wahr?

Sabine schrie, sie solle den Mund halten. Markus wurde puterrot, schamvoll schüttelte er seinen pummeligen gelockten Engelskopf. Das habe ich damit nicht sagen wollen … Völliger Unsinn. Ich habe das euretwegen gesagt, damit ihr Schwestern zusammenbleiben könnt … Sabine, glaubst du mir? Was für ein blödes Missverständnis.

Er straffte sich, nahm seine hochmütigste Haltung als Firmenchef an. Frau Schlegel verließ den Ostsektor und winkte ihnen. Beim Nahen seiner Mutter schlug Markus die Augen nieder, als hätte sie die Unterhaltung gehört. Er warf Judith einen schrägen Blick zu: Das wirst du ihr doch nicht sagen? Du würdest sie umbringen. Denk an ihr Herz.

Judith ließ sich auf nichts ein, sie machte den Vopos auf der anderen Mauerseite Zeichen der Freundschaft.

Der Cousin und sein Sohn hatten Frau Schlegels Vorschlag nicht verworfen, doch vorläufig keine Hoffnungen geweckt. Sie wollten Fotos von Marthe sehen. Warum hatten sie daran nicht gedacht? Bestimmt werde ein Jahr vergehen, bis neue Besuche erlaubt würden. Die Sache könnte sich Jahre hinziehen.

Machen Sie sich keine Sorgen, Frau Schlegel, Markus ist nicht einfallslos. Sie haben ihn doch mit ökonomischem Verstand begabt: Er meint, dass ein Ehemann drei Frauen dienen kann.

Was sagt Judith?, fragte Frau Schlegel. Warum übersetzt ihr mir nie, was Judith sagt?

Sabine und Markus hatten die Gewohnheit der getrennten Schlafzimmer beibehalten. Sabine ging in der Morgenfrühe zu ihrem Mann, weniger oft allerdings, seit ihre Schwestern da waren – aus einer Art Scham, dem Wunsch nach Diskretion. Judith hatte beobachtet, dass Sabine, wenn sie ging, gegen halb sieben von ihm herauskam. Eines Morgens, als sie die Türen nicht hatte gehen hören, trat sie um drei Viertel sieben in Markus' Zimmer. Er atmete stark, lag auf dem Rücken, sein Bauch machte eine Beule in die Decke. Judith ging links um das Bett herum. Ein Arm von Markus streckte sich lasch auf der Gegenseite: Sabine kam also von rechts.

Warum sagst du nichts?, fragte Markus. Sprich.

In der Klemme mit ihrem rudimentären Deutsch, probierte sie es mit: *Ja, ja.*

Wieso *Ja, ja*? Normalerweise sprach er deutsch mit Sabine, nur beim Liebemachen französisch. Französisch war für ihn die Sprache des Sex. Judith konnte sich das Lachen nicht verbeißen.

Ich bin gekommen. Sabine schickt mich … Sie denkt, du willst das, du hast es selbst gesagt.

Markus Schlegel setzte sich im Bett auf, er suchte den Lichtschalter, rang nach Atem. Er mochte es nicht glauben.

Welche ist es? Du? Nicht zu fassen. Er löschte das Licht. Diese grauen Augen. Komm näher. Graue Augen. Sprich französisch.

Wie sollte ich anders als französisch sprechen, was willst du denn hören?

Wie immer.

Sie kenne die Wörtchen ihrer Schwester doch nicht. Sexuelle Wörter, er wolle sexuelle französische Wörter hören. Er legte sich wieder auf den Rücken. Machte den Bauch frei, lockerte schon seine Beine, streckte die Arme nach ihr, komm schnell.

Sie streifte an dem Bett entlang, er wollte sie vor sich haben, ihre grauen Augen, sie stellte sich schräg, ehe sie zurückwich.

So also behandelst du meine Schwester? Du würdest mit einer anderen schlafen, nach einem Jahr Ehe? Es wird sie freuen, wenn sie das hört. Du glaubst tatsächlich, dass sie mich schickt? Mir darf man nie glauben.

Er erwischte sie beim Handgelenk, überrascht, wie zart es war. Ihre Hand glitt ihm durch die dicken Finger.

Fang mich, wenn du kannst.

Sie lief zu Marthe ins Zimmer: Er wollte mit mir schlafen, wir müssen es Sabine sagen.

Mach hier keine Geschichten. Du bist doch zu ihm gegangen, es fällt auf dich zurück. Sieh mich an: Hattest du was mit ihm?

Nichts.

Pech für dich, sagte Marthe, aber Glück für alle.

Im Korridor entstand Unruhe. Sabine war herausgekommen, weil sie Judith hatte laufen hören; Markus in seiner Tür zauderte, ob er so tun solle, als komme er aus seinem Zimmer oder als gehe er eben zurück. Er entschied sich fürs Entrüstetsein. Frau Schlegel erschien und verlangte eine Erklärung für das Geschrei. Was für Geschrei? Es sei nur ein Streit unter Liebesleuten. Was für Liebesleute? Das war weniger einfach.

Sabine kam zu ihren Schwestern, in kaltem Zorn zuerst. Judith gab zu, dass sie zu Markus hineingegangen war und weglaufen musste. Sabine verlor ihre Kaltblütigkeit, sie wollte Gewissheit: Das habe die Schwester doch nur getan, um Markus zu ärgern, nicht etwa aus wirklichem Interesse für ihn?

Gut, dass du das sagst, meinte Judith. Du bist selbst

überzeugt, dass man für deinen Mann kein wirkliches Interesse haben kann.

Sie gehe zu weit, all die Jahre habe man sie zu weit gehen lassen, dass sie älter werde, ändere nichts, und immer verzieh man ihr, man half ihr, man liebte sie. Und was hatte man davon?

Du verzeihst mir, du hilfst mir, und du wirst mich immer lieben, das hast du davon.

Sie mache ihre Schwestern verrückt, alle mache sie verrückt, die ihr nahekamen, das war das Entsetzliche. Eingesperrt gehöre sie, die Augen müsse man ihr auskratzen, egal was. Sie hatte Mann und Frau gegeneinander aufbringen wollen? Ihren Bruch erzwingen, weil sie sich mit ihrer Heirat nicht abfinden konnte? Pure Niedertracht sei das, unwürdig einer Schwester.

Keine Niedertracht laut Judith, vielmehr der Beweis ihrer Liebe: Dank ihr sei die Wahrheit ans Licht gekommen. Diese Wahrheit sei, dass Markus sie ihrer Schwester vorziehe, seit er sie kenne. Niemand habe das bemerkt, nur sie. Die andere Wahrheit sei, dass Markus keine Scheu habe, seine Frau ohne Skrupel zu betrügen. Mehr habe sie nicht beweisen wollen.

Wenn du so leben willst, bitte.

Sabine fiel über Markus her, stieß ihn in sein Zimmer. Besänftigt kam sie wieder: Ihr Mann hatte ihr aufrichtig geschworen, er habe Judith für Sabine gehalten, es war noch dunkel, als sie dagestanden habe. Er habe nur ihre Augen erkannt, die grauen Augen der Brelans, woher sollte er wissen, welcher der drei sie gehörten? Auch ihre Stimmen klängen ja ähnlich. Der Betrug sei ihm erst bewusst geworden, als er ihren Arm ergriff, der dünner war als der ihrer Schwester. Da habe er sie hinausgejagt, sie könne ihm glauben.

Er ist mein Mann, sagte Sabine, ich muss ihm vertrauen. Alles andere hast du erfunden, um uns auseinanderzubringen. Aber wen du heute auseinandergebracht hast, sind du und ich, und zwar endgültig.

Marthe wollte, dass Judith sich rechtfertigte, ihren Irrtum eingestand, um Verzeihung bat. Stattdessen ritt sie sich tiefer hinein, schrie, dass Markus nur sie liebe; er nämlich habe sie am Abend vorher gebeten, in sein Zimmer zu kommen. Das sei die Wahrheit.

Lüge, nichts als Lüge.

Lüge vielleicht, aber selbst wenn er sie nicht mit Worten gebeten hatte, zu kommen, habe alles an ihm sie dazu aufgefordert.

Schlegel wollte sie nicht mehr sehen und verschanzte sich in seinem Zimmer. Es gab keine andere Lösung als eine schnelle Abreise. Marthe und Sabine hatten zu tun: zum Bahnhof laufen, die Fahrzeiten des nächstbesten Zuges erfragen, Plätze reservieren, zurückkommen, Koffer packen, Formalitäten erledigen. Frau Schlegel verlangte von den einen und anderen Erklärungen oder eine Übersetzung, ohne Erfolg. Ihr Sohn blieb im Bett hocken, die Frauen waren zu aufgeregt für ein Gespräch, blieb nur die müßige Judith. Die Mutter drang in sie mit unverständlichen Fragen. Judith bekam es endlich satt und machte Frau Schlegel klar, dass sie so schnell fortmüssten, weil die Sowjets und das Ostberliner Militär in Westberlin einmarschierten.

Dieser Nachricht hielt das Herz von Frau Schlegel nicht stand. Nicht dass sie starb, aber sie bekam einen Schwächeanfall, ausgelöst durch die Aufregung am Morgen, dachte man. Der Arzt verordnete Digitalin, sie wurde zur Beobachtung ins Krankenhaus eingewiesen. Das Taxi zum Bahnhof traf gleichzeitig mit dem Krankenwagen ein. Sabine und Markus kümmerten sich um die Mutter, wollten sie nicht allein fahren lassen, worüber sie die Abreise der Schwestern vergaßen. Sie sagten sich nicht einmal auf Wiedersehen.

Die Patientin schlief sehr lange. Als sie zu sich kam, fragte sie, wo die ostdeutschen Soldaten und die Sowjets seien.

Auf der anderen Seite der Mauer, antwortete Markus, warum?

Dann haben wir diesmal gewonnen?

Ja, noch ein Sieg für dich.

Inzwischen fuhren Marthe und Judith im ersten Nachtzug durch die beiden Deutschländer.

Wenn du gehofft hast, dort einen Mann zum Heiraten zu finden, musst du enttäuscht sein. Und alles meinetwegen.

Ich will dir was anderes anvertrauen: Ich habe mir wie du gewünscht, dass Sabine mit uns zurückkommt. Das hast du gründlich vermasselt. Du hast mich enttäuscht. Alles, was du geschafft hast, ist, sie und Markus fester aneinanderzubinden. Jetzt bleibt sie bei ihm für den Rest ihrer Tage. Durch deine Schuld.

9

Die Krisen, wie Marthe sie in einem Brief an Sabine nannte, begannen im Frühling.

Die zwei Schwestern teilten weiterhin dasselbe Bett.

Eines Nachts gegen ein Uhr spürte Marthe an einer kühlen Leere neben sich, dass Judith nicht da war. Sie wartete ein paar Minuten, ob sie wiederkäme, horchte auf Geräusche im Haus, rief, noch verhalten, sah in den anderen Zimmern nach, rannte von einem Ende des Korridors zum anderen, guckte in alle Räume, schrie Judiths Namen. Der Schlüssel der Haustür steckte, es war abgeschlossen, blieb nur der Garten hinten.

Judith kauerte im Pyjama auf der Erde, an einen Baumstamm gelehnt, auf den die Straßenlaterne übers Dach hinweg einen hellen Schein breitete. Sie lehnte den Kopf zurück, als wollte sie das Licht auffangen. Sie reagierte nicht auf die Fragen der Schwester: Was machst du da, willst du dich erkälten, komm schnell ins Haus. Marthe zwang sie aufzustehen, brachte sie zurück ins Zimmer. Kein Protest, auch keine Rechtfertigung.

Kannst du nicht schlafen, ist es das?, fragte Marthe. Wenn du nicht schlafen kannst, zieh dir wenigstens was an, oder geh in die Küche runter, wenn du zu lange wach liegst.

Immer wieder fand sie ihre Schwester nachts mit verlorenem Blick an den Baum gelehnt, in dem hellen Fleck.

Wenn du Angst vor der Dunkelheit hast, mach dir ruhig Licht im Zimmer, das stört mich weniger, als wenn ich dich im Garten suchen muss.

Judith bat die Schwester, sie nicht zu suchen. Marthe konnte es nicht lassen. Judith war an ihrem Platz, auch wenn die Nacht kalt oder regnerisch war. Sie will krank werden, dachte Marthe. Seit ihrer Tuberkulose war sie überzeugt, dass man nur krank wird, wenn man es will.

Du bestrafst dich, machst du das wegen Sabine? Fehlt sie

dir? Fühlst du dich schuldig für das, was du in Berlin angestellt hast? Schämst du dich? Bereust du es?

Judith gab nie eine Antwort. Marthe baute Hypothesen, die sie schnell wieder verwarf. Ihre Schwester war kein Mädchen mit Schuldgefühlen so wie sie, noch viel weniger war sie beschämt über das, was sie gesagt oder getan hatte. Nur, was dann? Marthe entschloss sich, Sabine vorsichtig tastend zu schreiben, sie verstehe sehr gut, wenn die Schwester ihnen immer noch böse sei und nichts von ihren Problemen wissen wolle, schon gar nicht von Judiths Problemen. Doch stehe sie so ratlos vor diesen immer wiederkehrenden Krisen, eine Schwester könne der anderen nun mal nicht gleichgültig sein.

Schwöre mir, antwortete Sabine, dass ihr nicht eine neue Geschichte ausgeheckt habt, um mich zurückzuholen.

So kam der Dialog wieder in Gang: Sabine berichtete, dass sie sich mehr und mehr zur Rolle einer Krankenpflegerin verdammt sehe, Frau Schlegel war seit ihrem Anfall im letzten Winter kränklich, lag oft, um sich zu schonen, und regierte das Haus vom Bett aus mit wachsender Ungeduld. Marthe antwortete, auch sie müsse ständig über eine Kranke wachen; wie gut, sich trotz ihrer Entfernung über die ähnlichen Plagen wenigstens austauschen zu können. Die beiden Großen fanden wieder zueinander. Sabine sorgte sich um Judiths Schlaflosigkeit, ließ ihr ausrichten, sie verübele ihr ihren Versuch bei Markus immer weniger. Ob es nicht ihr Scheitern war, das sie krank machte?

Judith wehrte sich dagegen, als Kranke behandelt zu werden. Sie müsse nachts nachdenken, weiter nichts.

Wieder mal verschwommene Theorien?, fragte Sabine. Sammelt sie noch immer ihre Presseausschnitte? Hat sie neue Gebiete? Ein ganzes Zimmer für ihre Karteikästen? Es wäre doch höchste Zeit, einmal zu handeln. Wir haben eine mütterliche Geduld mit ihr gehabt. Ob sie nun nicht endlich arbeiten wolle? Monsieur Cicéro bringe seit Sabines Fortgehen nichts Rechtes mehr zustande, ihrer Ansicht nach brauche er Lenkung: Ich habe es euch nie gesagt, aber er trinkt im Stillen. Ich habe seine Dosis immer begrenzt. Jetzt lässt er sich vermutlich gehen. Eine neue Brelan-Schwester täte ihm nicht schlecht. Wenn Judith noch an ihren utopischen Urbanismus glaube, wäre das die Gelegenheit. Im Architekturbüro würde sie endlich begreifen, dass man mit Utopien nicht weiterkomme, man müsse zur Wirklichkeit übergehen, nicht sich an Zeitungen festhalten.

Judith blieb dabei, den Namen Cicéro voll Abscheu auszusprechen. Die Krisen wurden immer häufiger. Eines Nachts fühlte Marthe früher als sonst, dass die Stelle zu ihrer Linken leer war, sie warf den Morgenmantel über, fand den Garten leer. Der Baum hinten im umgegrabenen Garten lag im ungeteilten Lichtschein der Straßenlaterne. Zuerst war sie erleichtert, nicht auf die gespenstische Gestalt der nachtwandlerischen kleinen Schwester zu stoßen, dann, als sie in keinem Raum des Hauses zu finden war, stieg ihre Angst. Der Schlüssel steckte in der Haustür, die aber nicht abgeschlossen war. Hatte die Krise sich dermaßen verstärkt, dass die Kranke unbesonnen davongelaufen war und das Haus offen ließ? Die Straße lag verlassen, ebenso an deren Ende der Boulevard. Marthe konnte schlecht im Nachthemd weiter nach ihrer Schwester suchen, ebenso wenig die Beaumonts wecken; um Hilfe zu rufen, war es zu früh. Sie fand in der Küche Judiths Pyjama zusammengelegt, also hatte sie sich angezogen, es war immerhin keine kopflose Flucht.

Aufgekratzt kam Judith gegen drei Uhr nach Hause. Als sie ihre Schwester im Hauseingang stehen sah, wurde sie ungehalten.

Du überwachst mich. Für dich bin ich immer noch das kleine Mädchen. Schreib schnell an Sabine, dass ich lebendig eingetrudelt bin.

Marthe wollte Genaueres wissen, erhielt vage Antworten. Ausgegangen, ja; umhergewandert, ja. Warum? Nur so. Du bist nicht meine Mutter, du bist nicht mein Vater.

Unsere Schwester, schrieb Marthe nach Deutschland, kommt mir immer sonderbarer vor. Den Tag verschläft sie, drei bis vier Nächte in der Woche geht sie aus. Ich kann mich daran nicht gewöhnen. Fast bin ich froh, wenn ich in der Klinik Nachtdienst habe. Dann weiß ich wenigstens nicht, ob sie bis zwei oder drei Uhr irgendwo umherirrt. Ich habe schon daran gedacht, ihr nachzugehen, aber wie soll man in einem so stillen Viertel wie unserem um Mitternacht oder ein Uhr morgens unbemerkt bleiben? Vor allem wird in letzter Zeit von scheußlichen Geschichten in dieser Gegend berichtet. Sie macht mich wahnsinnig mit ihren Zeitungsartikeln: Alleinstehende Frauen wurden zu Hause überfallen und misshandelt. Im Verdacht steht ein freigelassener Straftäter. Und da spaziert sie in den Straßen umher. Was sucht sie bloß? Wenn ich ihr hinterherlaufen müsste, wäre ich, glaube ich, nach zehn Metern außer Atem. Neulich habe ich nachts wieder gehustet.

Marthe schilderte dem Chefarzt, der sie eingestellt hatte, ihren Zustand. Sie befürchtete einen Rückfall. Wenn sie nun die Patienten ansteckte?

Sie sind immer so gewissenhaft, Mademoiselle Brelan, sagte der Arzt. Er hielt eine Wiederkehr der Tuberkulose für unwahrscheinlich. Zu ihrer Beruhigung zeigte eine Röntgenaufnahme, dass die noch immer sichtbaren Krankheitsspuren in der Lunge sich nicht ausgeweitet hatten. Eine gute Nachricht, die ihr neue Kraft gab.

Die haben Sie nötig, sagte der Arzt. Sie wissen, dass ich die Klinik verlasse, um in den Ruhestand zu gehen. Apropos, Ihre Großmutter hatte doch versprochen, auf meiner Station zu sterben. Sie hat nicht Wort gehalten, das dürfen Sie ihr in meinem Namen zum Vorwurf machen. Es war das erste Mal, dass Marthe mit dem Chefarzt lachte. Dann wurde er ernst: Sein Nachfolger werde seinen Platz Ende Juni einnehmen. Er habe sich bereits über das Personal informiert und festgestellt, dass hier einige ohne den heutzutage erforderlichen Status oder Ausbildungsgang arbeiteten; von denen wolle er sich bei seinem Amtsantritt trennen. Sie gehören dazu, Mademoiselle Brelan. Ihre Menschlichkeit reicht einer modernen Einrichtung nicht mehr. Wir verlassen sie gemeinsam. Das soll kein Trost sein, nehmen Sie es als Chance. Ich habe immer gefunden, dass Sie hier unter Ihrem Wert arbeiten.

Marthe fasste es kaum, nicht ihre Entlassung aus der Klinik, sondern dass der Mann sie lobte, während sie immer den Eindruck gehabt hatte, für ihn unsichtbar zu sein. Nie hatte er ein persönliches oder freundliches Wort an sie gerichtet.

Der Arzt hatte seine Mitarbeiter zu einem inoffiziellen Abschiedstrunk geladen, um diejenigen nicht zu verletzen, die durch sein Fortgehen ebenfalls zu gehen genötigt waren. Von ihnen kam auch niemand außer Marthe. Sie war nicht unglücklich, empfand vielmehr Erleichterung wie jedes Mal, wenn sie eine Situation hinter sich ließ. Der Chefarzt überreichte ihr eine lobende Beurteilung, die sie jedem anderen Arbeitgeber empfahl, eine Garantie für die Zukunft.

Am Schluss des Umtrunks mit Schaumwein und Löffelbiskuits wurde sie von einem Sanitäter angesprochen. Sie kannte ihn vom Sehen, näher mit ihm zu tun gehabt hatte sie nie. Er behauptete, sie im Café de la Renaissance gesehen zu haben. Unmöglich, sie gehe nie in Cafés, wisse gerade nur, wo das Renaissance in der Stadt sei. Der Krankenpfleger entschuldigte sich, eine Ähnlichkeit wahrscheinlich, aber die gleichen grauen Augen, die merke man sich halt.

Sie haben recht, die andere Person ist kleiner gewesen als Sie. Inzwischen ist das Café so voll, es treffen sich immer mehr Leute dort … Sind Sie sicher, dass Sie es nicht waren? Ich weiß doch, dass das hier nicht gern gesehen wird. Aber bei mir riskieren Sie nichts. Ich versäume keine Versammlung … Waren Sie es tatsächlich nicht?

Er sprach sie nicht noch einmal an, dafür hatte sie ihn zu kurz abgefertigt. Warum war sie nur so wenig geistesgegenwärtig, warum hatte sie nicht gesagt, sie sei es gewesen, oder sich wenigstens interessiert gezeigt? Wieder einer, der sie mit Judith verwechselt hatte. Dann ging sie in den Nächten also ins Café de la Renaissance? War es denn erlaubt, dass dieses Etablissement so lange offen hatte? Nahm Judith an den Versammlungen teil? Was für Versammlungen? Eine Einzelgängerin wie Judith, bei ihrem Widerspruchsgeist? Versammlungen, die hier schlecht angesehen waren. Wenn sie schlecht angesehen sind, wird es Judith gerade reizen, dabei zu sein.

Sie wusste nicht, wie sie sie danach fragen sollte. An einem Nachmittag ging sie allein ins Renaissance auf ein Gläschen. Die Gaststätte sah ganz normal aus, es gab nur wenige Gäste. Was mochte sich abends hier abspielen?

Am Freitag erwachte sie, weil sie neben sich wieder das kühle Laken fühlte. Nach einer Runde durch Haus und Garten, um sicher zu sein, dass Judith ausgegangen war, machte sie sich in der brütenden Nacht des 26. Juni auf zum Renaissance. Das Café quoll über bis auf die Straße, angeregte Unterhaltungen überall, Enthusiasten standen, saßen, bewegliche Kreise schlossen oder lösten sich, bildeten sich neu, sobald drinnen ein Redner die Aufmerksamkeit fesselte. Marthe blieb nahe am Eingang, die Tür stand offen, es schien Rededuelle zu geben. Ob Judith diese Schlachten gut fand, sich daran zu beteiligen wagte? An den ersten sichtbaren Tischen war sie nicht. Man müsste weiter hineingehen auf die Gefahr hin, für einen Eindringling gehalten zu werden.

Eine Hand glitt unter ihren Arm, sie sah sich gefangen und gestellt: Warum hast du neulich gesagt, du gehst hier nie her? Diesmal irre ich mich aber nicht. Der Krankenpfleger zog sie mit in den Saal, stellte sie einer Gruppe, die er Genossen nannte, als Opfer der Herrschenden vor, missbraucht von der medizinischen Hierarchie, die mehr um ihre Profite besorgt sei als um die Gesundheit des Proletariats. Die Genossen nickten voller Ingrimm, ohne sie länger zu beachten. Sie zitierten Friedenskämpfer und schienen etwas gegen Amerika zu haben.

Marthe war überfordert von den allzu lärmigen Gesprächen. Was sie erstaunte, war deren Ernsthaftigkeit, die unvermutet in schallendes Gelächter umschlug. Diese Leute beglückte es, alles schlechtzumachen. Sie suchte mit den Augen nach Judith, sah sie aber auch hinten nicht an der Bar.

Und was sagst du dazu?, fragte sie der Krankenpfleger.

Sie fiel aus allen Wolken: Wovon war gleich die Rede?

Klar, stimmte ein anderer bei, du kannst uns was über die Ausbeutung des Personals in den Privatkliniken erzählen. Sie stotterte ein paar Worte und verstummte, als sie auf einer Treppe rechts der Bar Judith herunterkommen sah. Ihre Blicke kreuzten sich; es war eine Prüfung für Marthe, sich außerhalb des gewohnten Rahmens zu sehen wie zwei Fremde. Judith zeigte keinerlei Überraschung. Sie ermutigte ihre große Schwester mit einer Kopfbewegung. Marthe schilderte die Arbeitsbedingungen in der Klinik, die überlangen Dienstzeiten, die Einsamkeit der Nächte und wie sie ihre Entlassung erfuhr. Auf einem Fest, wiederholten die Genossen, du erfährst auf einem Fest deine Entlassung, wenn das keine Sauerei ist. Angewidert waren sie, schlugen vor, ein Solidaritätskomitee zu gründen, weil auch mehrere Hilfspfleger davon betroffen waren. Judith war nicht mehr zu sehen.

Das Gespräch kam schnell wieder auf die Interventionspolitik von Präsident Lyndon B. Johnson in Vietnam, auf die Frühlingsoffensive. Marthe entzog sich dem Kreis, sie glitt von Gruppe zu Gruppe und fragte, wo Judith Brelan sei. Die sei eben gegangen, sagte ein gutgekleideter Junge. Marthe verließ das Renaissance, obwohl der Krankenpfleger ihr von der Straße aus nachrief. Auf dem Boulevard, kurz vor der Straße, die gerade auf ihr Haus zuführte, holte sie Judith ein.

Hast du immer noch Angst um mich?, fragte Judith. Ist

gar nicht übel, was ich mache, oder? Man bereitet dort die Zukunft vor. An vielen Orten geschieht das Gleiche. Alles wird anders, daran wirst du dich gewöhnen müssen. Sabine ist in die falsche Richtung gegangen, zu den Ausbeutern, dem Profit, aber du und ich, wir sind hier. Ich fühle, dass das mein Leben ist, verstehst du?

Verstehen, darum geht es nicht, sagte Marthe. Leute treffen, die dasselbe lesen wie du, dieselben Utopien, das ist doch in Ordnung. Was sie so erstaune, sei, dass sie dort mit allem einverstanden zu sein scheine. Sie habe ihre kleine Schwester für individualistischer gehalten, idealistisch gegenüber den Pragmatikern, realistisch gegenüber anderen Utopisten, und immer aus Lust am Widerspruch. Sie wüsste gern, wie Judith in dieses Café geraten war, sie, die nie mit anderen Umgang wollte, die Welt zu fliehen schien; wie sie von den anderen betrachtet werde, von den Männern besonders; ob sie auch das Wort ergreife und was sie sage.

Man durfte nicht zu viel auf einmal verlangen: Judith war von klein an immer hinterhergetrödelt. Sie wollte ein soziales Leben beginnen, Marthe fand, das sei doch ein Grund, sich zu freuen. Dass dieses soziale Leben eine bedenkliche Wendung nahm? Aber mit welchem Recht hätte sie es ihr verbieten können? Schweigend gingen sie schlafen.

10

Marthe berichtete Sabine das Neueste von Judith und, im selben Brief, dass sie selbst aus der Klinik entlassen und ziemlich niedergeschlagen sei. Sabines Antwort kam ihr gezwungen vor: Zu offensichtlich war sie bemüht, ihr Hoffnung zuzusprechen. Für sie war Judith die intelligenteste der drei Schwestern. Und irgendwann einmal werde die Kleine begreifen, dass sie ihre Fähigkeiten falsch nutze. Sie beide hätten ihr in ihren gemeinsamen Jahren immer nur Vorhaltungen gemacht, ohne bei ihr etwas zu erreichen. Aus der Ferne erkannte Sabine, wie es besser sei. Man müsse der kleinen Schwester nur vertrauen, sie ermutigen. Sie sei zu sehr darauf geeicht, ihnen zu widersprechen. Deutschland schien Sabine sehr verändert zu haben. Sie wurde nachgiebiger.

Der zweite Teil des Briefes widerrief diesen Eindruck. Sabine empfahl Marthe, ja befahl ihr regelrecht, sich mit Monsieur Cicéro in Boulogne ins Benehmen zu setzen. Ihr erstes deutsches Projekt war, in modifizierter und gestutzter Form, dank Markus unter Dach und Fach. Sie habe Cicéro ein neues, größeres in Aussicht gestellt. Er könne ihr nichts abschlagen, sie habe ihm schon geschrieben. Er sei verpflichtet, Marthe wieder zu nehmen. Im Übrigen hatte Sabine ihren Schwestern ein Päckchen geschickt. Am nächsten Tag traf es ein, drei verschnürte Schichten Packpapier enthielten vier gleiche Bündel Deutsche Mark in Scheinen. Marthe war verunsichert: Durfte man Devisen denn mit der Post schicken? Wenn sie die in der Bank tauschen wollte, würde man sie über deren Herkunft befragen.

Judiths erste Reaktion war, sich zu empören, dass Sabine so taktlos war, vor ihnen die Reiche zu spielen, und sich wieder einmal benahm, als könnte sie die Schwestern mit ihrem Geld kaufen. Sie wollte es nicht anrühren, drohte, es zu verbrennen. Marthe, die nicht bezweifelte, dass ihre Schwester imstande war, eine so große Summe zu vernichten, presste es an sich. Ein paar Minuten später wechselte Judith die Meinung: Wenn du größere Angst hast, die Scheine zu verbrennen, als sie zu benutzen, wechsele sie in kleinen Beträgen nach und nach in den Banken ein, das geht ohne weiteres. Und dann kaufst du ein Auto, damit du leichter nach Boulogne fahren kannst. Nimm einen Dauphine, das ist auch ein Renault, so wie Papas Monasix.

Meine Schwestern werden mir immer unbegreiflicher, dachte Marthe, nie machen sie, was ich von ihnen erwarte.

Während ihrer letzten Tage in der Klinik bemühte sich der Sanitäter, ihr so oft wie möglich über den Weg zu laufen und sich mit ihr im Renaissance zu verabreden. Als sie das ablehnte, schlug er ein anderes Café vor. Dort könne man besser miteinander reden. Schließlich ging sie darauf ein. Noch einer, von dem sie nicht begriff, was er von ihr erwartete: Er sprach mit ihr, als wäre sie eine Militante, stellte sich als Gewerkschafter vor, der in einer von paternalistischen Chefs geführten Klinik gehindert werde, eine Betriebsgruppe zu gründen; gleichzeitig ließ er die Muskeln seiner Krankenträgerschultern spielen, als wenn er ihr vor allem seine Männlichkeit anpreisen wollte. Sie überraschte sich selbst bei dem Gedanken, dass sie, die einst mit einem abgeklapperten Sterbekandidaten wie Charles Coutelle geschlafen hatte, einiges zu gewinnen hätte mit einem Kraftkerl, der ebenfalls Charles hieß, obwohl es ihm peinlich war, denselben Vornamen zu tragen wie de Gaulle, der Klassenfeind, der durch einen Staatsstreich an die Macht gekommen war. Als sie ein paar Gläschen miteinander getrunken hatten, redete der Gewerkschafter bereits von Heirat. Waren alle Revolutionäre vom Renaissance so konventionell?

Das sind doch keine echten, sagte Charles. Du denkst, du hättest da Militante gesehen, aber die meisten verstehen überhaupt nichts von Politik. Zum Glück gibt es ein paar, die so sind wie ich, bloß passieren die ernsthaften Dinge ganz woanders. Das Renaissance ist gut, um neue Kontakte zu schließen, geeignete Leute aufzuspüren. Du findest da alles, Studenten, Pennäler, Taugenichtse, Postbeamte …

Sogar meine Schwester. Was erzählt sie denn so, wenn sie unter Leuten wie euch ist?

Charles sagte, er sei nie in derselben Gruppe wie Judith gewesen, er habe sie lediglich bemerkt, mehr nicht.

Ihre grauen Augen natürlich?

Charles versprach, sich über Judith zu erkundigen. Es war für ihn das Mittel, Marthe auch nach ihrem Ausscheiden aus der Klinik zu treffen, um ihr die Informationen zu bringen, die ihr so wichtig schienen. Nicht dass er Marthe sehr gefiel, sein Kinn war zu breit, seine Hände doppelt so groß wie ihre; sie fühlte sich ein bisschen mies dabei, ihn auf Erkundigungen anzusetzen, indem sie ihm Hoffnungen machte, die sie selbst nicht klar durchschaute.

Eines Abends teilte er ihr nach einem raschen Kuss mit, dass Judith viel mit einer Gruppe anarchistischer Erzieher diskutiere. Am nächsten Tag durfte er den Arm um Marthe legen, weil er ihr enthüllt hatte, dass diese Erzieher ehemalige Häftlinge betreuten. Das seien keine gefährlichen Leute, nur vom System Ausgestoßene, die durch ein politisches Bewusstsein gerettet werden sollen. Charles drückte die Schwester von Judith Brelan in seinen starken Armen, um sie zu beruhigen, sah er doch, welchen Eindruck die alten Knastbrüder auf Marthe machten. Tagtäglich vergrößerte er deren Untaten, um ihr dann zu versichern, dass sie ihre Energie künftig einer legitimen kollektiven Sache widmen würden, darüber fasste er Marthes Hand, klebte sich an ihren Mund und fragte, wann sie ihn mit zu sich nähme. Er hatte nur eine kleine Bude bei seinen Eltern, als Sanitäter verdiente man nicht viel in der Klinik. Aber bei ihr, die, wie er jetzt wusste, keine Eltern mehr hatte und mit Judith zusammenwohnte, war das doch kein Problem, oder? Er wollte nur noch abwarten, bis die kleine Schwester im Renaissance ihre Zukunftsvisionen bekanntgäbe, danach würde er zu Marthe kommen, dann könnten sie ein paar Stunden miteinander verbringen. Sie schob den Zeitpunkt hinaus, sie müsse erst noch nach Boulogne, um sich eine neue Stelle zu beschaffen. Er hielt es mit ihren Ausflüchten kaum mehr aus.

Dass du bis zur Hochzeit warten willst, verstehe ich ja, aber dann lass uns bald heiraten. Und wenn man was vorwegnimmt, danach kräht doch heutzutage kein Hahn.

Marthe redete sich zu, dass sie seit Charles Coutelle zu viele Jahre ungenutzt habe verstreichen lassen. Es war Zeit für den neuen Charles. Unter den sechs Zimmern des Hauses wählte sie eines, in dem nie einer wohnte.

Sechs Zimmer und sechs Bäder, Charles war fassungslos. Dass er zu einer Bourgeoisen kommen würde, hatte er niemals erwartet. Doch im Nu schob er den Gedanken beiseite. Er reckte die Schultern, als er sein Hemd auszog, und ließ seine Muskeln unter der Haut rollen.

Wir haben nicht viel Zeit, sagte Marthe, Judith kann bald kommen.

Ist doch bloß deine Schwester, mit Eltern ist das was anderes.

Er legte sich auf sie, und sie fühlte sich von seinem Gewicht erdrückt. Immerzu fragte er, ob es ihr gefalle. Er solle nicht so viel reden, sagte sie. Er empfand es als Ermutigung, wurde glühend, rüttelte sie an den Schultern, um sie zu beleben – beruflich gekonnt, dachte sie. Es gelang ihr, sich zu vergessen. Der Sanitäter hatte sein Gutes. Dann öffnete sie die Augen, sie fürchtete, schwanger zu werden, es sei ihre kritische Phase, sie müssten unterbrechen. Sie würden doch heiraten, versicherte Charles, lass mich zum Schluss kommen. Sie klammerte sich an ihn, um sich freizumachen, was nicht leicht war bei solcher Masse. Sie schaffte es, und er benässte das Laken. Um nicht dumm auszusehen, wiederholte er, wie sehr es ihm gefallen habe. Und dir?

Judiths Gesicht erschien in der halbgeöffneten Tür, starrte auf den splitternackten Charles. Der schnappte seine Kleider, zog sich an, entschuldigte sich, als er an ihr vorbeiwischte, und war auch schon fort. Ging das immer so mit den Männern?

Marthe sah Charles in einem Café wieder. Er wisse nicht mehr, was er von ihr und ihrer Schwester denken solle. Judiths Blick lasse ihn noch immer erstarren. Vom Heiraten sprach er weniger überzeugt; mit Marthe schlafen wollte er, aber nicht in ihrem Haus. Sie staunte, welchen Respekt er vor den Konventionen habe, ein Mann wie er, der im Kampf gegen die Mächtigen stehe, regelmäßig im Renaissance verkehre … Manche dort würden es übertreiben, er sei nicht wie die. Er sah sich als verantwortlichen, konstruktiven Gewerkschafter. Marthe gefiel ihm, weil auch sie verantwortlich und konstruktiv war, nicht wie ihre Schwester. Er hatte behauptet, nicht zu wissen, was Judith im Café von sich gebe, um sie nicht zu verraten.

Aber das war gelogen: Es gibt keine größere Hetzerin als deine kleine Schwester. Wenn ein Junge sich als Anarchist bekennt, fragt sie ihn, wann er seine nächste Bombe legt. Gegenüber Studenten wundert sie sich, dass sie ihr Studium noch nicht hingeschmissen haben, um in den Untergrund zu gehen. Den ehemaligen Knastologen zeigt sie Presseartikel, die über ihre Heldentaten oder ihren Prozess berichten. Sie scheint vollständigere Archive zu haben als die Polizei. Manche haben sie schon verdächtigt, eine Geheime zu sein. Denen beweist sie das Gegenteil, indem sie sie auffordert, im Namen der sozialen Gerechtigkeit Banken zu überfallen. Kannst du dir das vorstellen?

Marthe lachte, sie erkannte ihre Judith wieder. So hat sie in der Familie schon immer geredet.

Kann ja sein, aber dort ist sie nicht mehr in der Familie, ihre Worte könnten in offene Ohren fallen. Nicht alle Jungs der Bewegung seien verantwortlich und konstruktiv. Es komme darauf an, ihnen den richtigen Weg zu weisen, nicht sie aufzuhetzen, wie Judith es tue.

Er nervte Marthe, weil sie immerfort ihre gute Gesinnung beteuern sollte. Ja, sie sei rechtlich gesinnt, das ärgere sie manchmal selber. Es kam vor, dass sie Judith um ihren scharfen Blick auf Welt und Menschen beneidete, um ihren schnellen Geist und ihre Sprache. Charles wollte wissen, ob andere Mitglieder der Familie Brelan Judith ähnlich seien.

Unsere Schwester Sabine ist für den Wettbewerb zwischen den Einzelnen, sie will viel Geld verdienen, untergebene Angestellte dirigieren. Sie glaubt so fest an den Kapitalismus, dass sie einen reichen deutschen Unternehmer geheiratet hat. Komischerweise ist sie Judith sehr ähnlich.

Und ich ähnele Sabine und Judith. Das kommt durch unsere grauen Augen.

Was Marthe sagte, klang niederschmetternd. Charles fand, wenn er eine heirate, wolle er nicht die anderen mitheiraten. Irgendetwas war ihm nicht geheuer an diesen drei Schwestern. Und dabei blieb es. Marthe sagte sich, dass sie verdammt sei, jeden Mann zu verlieren, mit dem sie einmal geschlafen habe.

11

Marthe nahm ihre Stelle bei Monsieur Cicéro ohne Probleme wieder ein. Er alterte, trank so viel, wie Sabine es angedeutet hatte. Trotzdem ging es dem Büro nicht übel: Der Baubedarf im Pariser Umfeld wuchs stetig. Es ging um nichts Utopisches mehr bei den laufenden Projekten, nützlich und schnell hieß die Devise. Le Corbusiers *Strahlende Städte* waren in weite Ferne gerückt. Nur die Aussicht auf Projekte in Deutschland reizte Cicéro noch, die ihm endlich die internationale Anerkennung verhießen, die ihm immer versagt geblieben war.

Den beiden Schwestern Marthe und Sabine machte es auch über die Entfernung hinweg Vergnügen zusammenzuarbeiten. Marthe kontrollierte den Whisky-Konsum von Monsieur Cicéro, versteckte die Flasche in einem Schrank, zu dem nur sie den Schlüssel hatte, bevor sie ihm die neuen Vorschläge aus Berlin unterbreitete. Sie genehmigte ihm ein Glas, damit er sich an die Arbeit machte, erhöhte die Dosen oder verringerte sie, je nach seinem Befinden, nahm sich seiner wie eines Kranken an. Mehrere Vorhaben führten Marthe und Monsieur Cicéro nach Berlin.

Die Schwestern kamen wieder zusammen, das war das Wichtigste für sie. Das Projekt von Monsieur Cicéro war, wie üblich, auch in der durch die Firma Schlegel & Schlegel modifizierten Form kein Geniestreich. Sie scherzten darüber.

Ein Glück, dass Judith das nicht sieht.

Hat sie ihr ungewöhnliches Wesen noch immer nicht gefunden?

Sie ist auf der Suche. Im Mai und Juni war sie in Paris. An der Sorbonne, in Nanterre, überall, wo man den Aufstand probt, hat sie sich mit allen Arten von Studenten getroffen, aber selbst die extremistischsten erwiesen sich stets als zu vernünftig und konstruktiv für sie.

Sie lachten weniger, wenn Sabine von ihrem Leben in Berlin erzählte. Frau Schlegel wurde immer grantiger und warf ihr täglich vor, dass sie ihrem Sohn kein Kind schenke. Was denn aus dem Haus Schlegel & Schlegel werden solle, wenn ein neuer Schlegel, den die Mutter im Voraus schon Markus taufte, nun nicht bald auf die Welt komme? Warum habe gerade ihr Sohn eine unfruchtbare Französin heiraten müssen? Wenn schon Französin, dann hätte er sich wenigstens für Marthe entscheiden sollen, predigte sie auch abends noch vor dem Teller Schweinegulasch mit brauner Soße. Marthe habe ihr ganz den Eindruck einer fruchtbaren Frau, eines mütterlichen Wesens gemacht, während Sabine ihre Zeit damit vertue, sich in die Geschäfte ihres Mannes einzumischen.

Am 21. August 1968 lag Frau Schlegel im Bett vor dem Fernseher. Bilder von sowjetischen Panzern, die in Prag einfuhren, rissen sie aus ihrem Dämmer. Sie rief nach der Schwiegertochter, sie bekomme keine Luft, was da geschehe, wollte sie wissen.

Das sieht mir ganz nach russischen Panzern aus, sagte Sabine. Aber, wachen Sie doch auf, Mama, was haben Sie denn, Mama?

Was habe ich euch gesagt?, wiederholte Großmama Madeleine am folgenden Sonntag. Die Frau war zu alt. Nichts von guter Gesundheit.

Großmama besuchte die Enkelinnen nicht mehr jeden Sonntag. Mal einen Sonntag von Zeit zu Zeit, wenn sie sich gut fühlte, und im Taxi. Der Dauphine der Mädchen war zu klein und eng für Parisausflüge. Obwohl weiter geschrumpft, wollte Großmama sich noch immer unverwüstlich zeigen. Ihre Vergesslichkeiten mehrten sich, sie klammerte sich an das bisschen Leben, das ihr blieb.

Mit Sabines Fehlen hatte sie sich nie abgefunden, bei jedem Besuch erwartete sie, ihre drei Enkelinnen wieder beisammen zu finden, fragte immer wieder, wo die dritte sei. In Deutschland, ach, in Deutschland, und seit wann? Mitten in ihrem Entrücktsein gab es dann plötzlich klare Momente. Marthe bei Monsieur Cicéro? Weißt du noch, wie ich ihn beschwatzt habe, damit er dich nimmt? Na ja, bei allem, was er uns verdankt, Louis und mir.

An dem Sonntag, als die Mädchen ihr den Tod von Frau Schlegel mitteilten, erinnerte sie sich deutlich an ihren Besuch in Berlin, lachte darüber und wiederholte: Hab ich euch nicht gesagt, die Frau Schlegel ist zu alt? Da habt ihr's.

Sie behielt ihr Lachen, die Tonleiter abwärts, bei, es musste mehr und mehr die fehlenden Worte ersetzen. Die Schwestern kannten ihr genaues Alter nicht und erwarteten auch nicht mehr, es von ihr zu erfahren; sie konnte nicht weit von ihrem Hundertsten sein – bei dem Wort musste sie immer lachen.

Markus Schlegel änderte sich stark. Er warf sich vor, dass er seiner Mutter gegenüber immer viel zu gehorsam war, sein Leben lang sei er zu gesitteten Zeiten nach Hause gekommen, um ihr Freude zu machen. Er ließ seine guten Manieren fahren, hielt sich an keinen Tagesplan mehr und kam immer später, nicht weil er so viel arbeitete, sondern weil er sich mit Jugendfreunden traf. Sie gingen zusammen trinken. Nie hatte Sabine ihn nachts so wohlgelaunt heimkommen sehen und neuerdings sogar erst in der Frühe. Ein Bekannter nahm ihn in einen Spielzirkel mit, er begeisterte sich fürs Pokern, gewann auch meistens. Als Sabine Dollars aus seiner Hosentasche quellen sah, erzählte er stolz, dass er einen amerikanischen Offizier gerupft habe. Sie ließ sich herbei, seine gute deutsche Erziehung zu vermissen, er warf ihr vor, sie führe sich auf wie seine Mutter. Im Übrigen sei es nicht mehr die Zeit des Gehorsams. Sollte man es den Langhaarigen, den Revoluzzern überlassen, sich anstelle der Reichen im Leben breitzumachen? Die lebten jetzt in Kommunen, nichts wurde mehr respektiert. Doch nicht lange, und die Reichen würden ihnen zeigen, dass sie imstande waren, sie auch auf diesem Feld zu schlagen. Man eignete sich an, was ihr Leben Interessantes hatte, ohne sich das seine und sein Geld rauben zu lassen. Markus war bereit, in einer Kommune zu leben. Wenn er zu viel getrunken hatte und Sabine sich entrüstete, verlor er alle Hemmungen.

Du solltest deine Schwestern einladen. Das hätten wir

von Anfang an machen sollen. Deine kleine Schwester war eine echte Linke vor der Zeit, mit ihr zu leben wäre viel lustiger gewesen als mit dir. Bestimmt nützt sie es aus, in Paris zu sein. Und Mama bevorzugte sie sowieso. Alle außer dir. Lass sie kommen, für mich.

Er ließ seine Locken wachsen, wurde dicker, trug weite Anzüge. Der Zeitgeist hinderte ihn nicht, viel Geld zu verdienen, im Gegenteil, und noch mehr auszugeben.

Sabine gab nicht auf, zeigte auch keine Enttäuschung. Sie war in Deutschland, und hier blieb sie. Sie hatte sich durchgesetzt und sich einen wichtigen Posten bei Schlegel & Schlegel geschaffen, in dem sie alle Auslandsverbindungen betreute, darauf zu verzichten, hatte sie nicht die Absicht. Ihre Ehe verfiel, sie weigerte sich, es zur Kenntnis zu nehmen. Die Zeit war der Ehe nicht günstig, davon durfte man sich nicht unterkriegen lassen. Sie fragte sich nicht, ob sie Markus noch liebe, sondern nur, was sie an ihm geliebt hatte: seine gesellschaftliche Stellung, die Möglichkeit zum Erfolg? Alles andere war vorbei, nur das nicht. Sie liebte ihn also noch immer oder liebte noch immer, was sie an ihm geliebt hatte.

In den Briefen an die Schwestern ließ sie bisweilen ihr Unbefriedigtsein erkennen, wenn sie es auch kleinredete.

Wenn sie es kleinredet, sagte Judith, muss es sehr groß sein. Sabine ist die Unglücklichste von uns dreien, wir müssen sie retten.

Du übertreibst, sagte Marthe, sie schreibt, dass sie nichts bereut.

Eben, weil sie alles bereut. Seinen Mann kann man täuschen, seine Schwestern nicht.

Marthe las Großmama die Briefe vor.

Wer war doch gleich dieser Markus, von dem Sabine sagte, dass er im Spiel immer gewinnt, ein Mann, zum Gewinnen geboren, egal, was er anfasst? Ach, dieser dicke Junge, den wir mal besucht haben? Das Bild stieg an die Oberfläche. Und er denkt nur noch ans Spielen? Natürlich, ich entsinne mich: Er war zu jung für Sabine. Wie schade, ich wollte euch so gern alle drei glücklich wissen.

Seltsam, am nächsten Sonntag kam sie wieder, lauschte einer neuen Brieflesung, bat Marthe, noch mal von vorn anzufangen, dann Judith. Es gelang ihr nicht, sich zu konzentrieren. Wieder sagte sie: Ich hätte euch so gern alle drei glücklich gewusst. Sie zögerte, ihr Lachen stieg höher als sonst, kollerte ein wenig und sank dann tief nach unten.

Großmamas Tod führte Sabine zurück nach Frankreich. Die alte Frau hatte die Gabe, die Schwestern zu vereinen, sie aber auch zu trennen: Vor dem Sarg, der in dem Zimmer aufgestellt war, das Louis Brelan damals in seinem neuen Haus für sie bestimmt hatte, stritten die drei über die Auslegung des letzten Wortes von Großmama Madeleine. Für Sabine war es eine Ermutigung für jede von ihnen, an ihrem Ort und auf ihre Weise glücklich zu sein. Im Moment glaubte sie, das als Einzige erreicht zu haben. Nun sei es an Marthe und Judith, ihrerseits den Rat der Großmutter zu befolgen.

Das ganz sicher nicht, sagte Judith, Großmama Madeleine meinte, dass wir nur glücklich sein können, wenn wir alle drei zusammen sind.

Auf alle Fälle, schloss Marthe, sollte dieser Satz uns nicht hindern, glücklich zu sein. Diesmal gaben die beiden anderen ihr recht. Und sie hielten sich an der Bahre lange umschlungen, ohne auf das immer ungeduldigere Klingeln von Tante Rosie zu hören, die mit Pierre Ledru zur Beerdigungsfeier kam.

Schweigend maßen sie einander. Tante Rosie erinnerte sich an die jungen Mädchen mit fünfzehn, zwanzig Jahren. Diese Frauen von dreißig, fast vierzig Jahren waren nicht weniger feindselig: Sie hatten verhindert, dass die Leiche von Großmama Madeleine zu ihrer Tochter überführt wurde, angeblich um großen Aufwand zu vermeiden.

Die drei Schwestern hatten das ohne Rachegedanken getan und waren bereit, unter den gegebenen Umständen die Bilder der Ledrus vor dem Friedensrichter oder an Großmamas Klinikbett zu vergessen. Das bloße Erscheinen von Tante Rosie, die, ihren Mann im Schlepptau, auftrumpfend wie je hereinschritt, so als hätten sich beide in zwanzig Jahren nicht verändert, machte die Schwestern im Nu zu Eis. Mit ihnen den Tod von Großmama Madeleine zu begehen war etwas kaum Erträgliches. Alle mussten sich die ganze Zeremonie über sehr zusammenreißen. Danach konnte Tante Rosie sich nicht enthalten, ziemlich laut zu sagen, die drei Schwestern hätten ihre Großmutter umgebracht. Sie hätten die Hochbetagte gezwungen, an den Sonntagen zu ihnen zu kommen, weil sie sich weigerten, die Wohnung ihrer Tante zu betreten, das musste ja böse enden. Die Trauergemeinde hielt inne. Die drei Schwestern wahrten Schweigen. Sabines Blick kreuzte den von Marthe, Marthe suchte die Augen von Judith, und gleichzeitig setzten sie zum Sprechen an.

Gebt euch keine Mühe, mich alle drei zu überschreien, sagte Tante Rosie, ich weiß, was ich weiß.

Triumphierend kehrte sie ihnen den Rücken. Sie hat recht, murmelte Pierre Ledru.

Die Schwestern hielten es nicht mehr aus, die beiden älteren ermutigten die jüngste mit ihrem Blick: Rette uns, nur du weißt, was jetzt zu sagen ist.

Judith überlegte nicht lange, mit klarer Stimme sagte sie: Natürlich haben wir sie umgebracht. Und warum? Ganz einfach, Großmama Madeleine wollte lieber bei uns sterben als bei dir leben.

Die Trauerversammlung atmete auf, umarmte die drei Schwestern. Und die fühlten sich unzertrennlich, wie früher.

Sie kehrten zurück in das große Haus, nun verlassen von dem letzten Menschen, der sie alle drei geliebt hatte, aber ohne Traurigkeit. Sabine konnte nicht länger bleiben, ihre häuslichen Pflichten riefen sie nach Deutschland. Ein letztes Mal ermunterte sie die kleine Schwester, aus ihrem Leben etwas zu machen, um endlich aus sich selbst heraus glücklich zu werden. Das wäre eine Ehrung für Großmama Madeleine.

Mach dir um mich keine Sorgen, ich habe immer gesagt, dass ich nur eine Tätigkeit außerhalb des Normalen ausüben werde, das tue ich, und dass ich nur einen ungewöhnlichen Mann lieben kann. Ich werde Wort halten.

DRITTER TEIL

1

Marthe Brelan glaubte, ihre kleine Schwester sei ruhiger geworden seit dem Tod von Großmama Madeleine. Das nächtliche Herumziehen hat aufgehört, schrieb sie an Sabine. Judiths Schlafstörungen schienen seltener geworden, zwar trieb es sie noch dann und wann unter ihren Baum, aber nicht mehr außer Haus. Das Renaissance hatte seine Anziehungskraft verloren, seit der Pächter gewechselt hatte. Der vorige war Bauer in der Auvergne geworden, der neue bemühte sich, den revolutionären Ruf der Gaststätte zu löschen. Schwer fiel das nicht, die Grüppchen hatten sich von selbst zerstreut, überall kehrte wieder Ordnung ein, die Übriggebliebenen ertrugen sich untereinander nicht mehr. Wenn man sich noch traf, dann unregelmäßig und unauffällig. Judith hielt freundschaftliche Verbindung zu einer Gruppe von Sonderpädagogen und Sozialhelferinnen. Ihre Buden standen jedermann offen, keiner wusste genau, wer dort lebte, wer nur eine Zeitlang blieb. Man bekam etwas zu essen, eine Schlafstelle, verschwand, kehrte wieder. Noch immer wurde viel diskutiert.

Alle dort meinten, dass Judith ihre Nutzlosigkeit eingesehen hatte und etwas Sinnvolles tun wollte, auch unentgeltlich. Die Freunde ermutigten sie, wenn auch einige ihren ernstlichen Willen bezweifelten und Vorbehalte hatten. Bekanntlich ging sie wegen ihrer Ablehnung der

Lohnabhängigkeit und des Systems keiner Arbeit nach, was eine Weile durchaus Eindruck gemacht hatte. Während andere in der gleichen Lage dem Geld hinterherrannten, die Freunde anhauten, bis die es sattbekamen, forderte Judith nie etwas, dafür war man ihr dankbar. Aber verhehlte sie ihnen nicht ihren privilegierten Stand, eine Bourgeoise mit reichlich Schotter, die sich bei ihnen nur amüsieren wollte? Man zweifelte an ihrer Aufrichtigkeit, zumal sie nichts über ihr persönliches Leben preisgab. Einige hielten sie für eine ausgehaltene Frau, nur dass keiner je den Mann dazu gesehen hatte. Man wusste von ihren Schwestern, konnte sich aber nicht vorstellen, dass die sie unterhielten. Nie lud sie jemanden zu sich ein, was aber kaum Staunen erregte. Ganz wenige kannten ihre Adresse, dieses zu große, trübe aussehende geometrische Haus galt als Mietschuppen, in dem sie eine winzige Wohnung hatte.

Man schätzte ihre Anwesenheit, ihren Elan in Diskussionen, doch durch ihre sexuelle Enthaltsamkeit blieb sie am Rand der Gruppe. Seit man sie kannte, wurde sie weder mit einem Mann noch mit einer Frau enger zusammen gesehen. In einer Zeit, in der die Körper einander freimütig erprobten, einmal, mehrmals, hielt sie sich immer abseits. Ließ sie zuweilen jemanden mit Küssen und Zärtlichkeiten näher an sich heran, verweigerte sie sich jedem weiteren, indem sie ihre zu starke Regel vorschützte. Über ihre dauernden Blutungen wurde viel gewitzelt. Man gab ihr zu trinken, zu rauchen, um sie zu enthemmen. Sie blieb dabei, sich dem körperlichen Akt zu entziehen. Keiner verstand es, wo das doch so natürlich war. Ob sie Frauen bevorzuge? Da sei sie nicht die Einzige hier. Man brachte sie mit einer feministischen Gruppe zusammen, zum Reden, zur körperlichen Fühlungnahme. Auch da wich sie aus. Was aber dann? Wozu warf eine mit den revolutionärsten Theorien der Welt um sich, wenn sie eine solche Angst vor allem Fleischlichen hatte? Ihr jüdisch-christliches Erbe? Dieser moralische Rigorismus, der bei einer Frau unerklärlich schien, die alle Konventionen samt der anerkannten Ordnung stürzen wollte, bewog einige, die sie am meisten schätzten, sie mit befreundeten Psychiatern bekanntzumachen, Adepten der Anti-Psychiatrie, um ihr aus irgendeiner aus der Kindheit herrührenden Verklemmung herauszuhelfen.

Nicht nötig, gab sie zur Antwort, ich weiß schon, wann das passiert ist und warum, und ich will es nicht ändern. Das gehört zu mir.

Diese Sicherheit gegenüber den Dunkelheiten ihrer Psyche verblüffte die einen, erregte die Bewunderung der anderen, die ihr eine absolute Selbstbeherrschung zuerkannten.

Keiner wird dich mehr mit Anti-Psychiatern nerven, sagte ein Erzieher, was dir aber helfen könnte, wäre, anderen zu helfen. Du könntest erst einmal mit Häftlingen korrespondieren, dann würdest du sie besuchen, es wäre dein Beitrag zum Kampf gegen den Strafvollzug. Uns fehlen Frauen, die das machen.

Judith war sofort begeistert, was für eine Entdeckung, warum hatte man ihr das nicht eher vorgeschlagen? Wieso vor allem war sie in all den Jahren, die sie sich – zum Gespött ihrer Schwestern über ihre menschen- und lebensferne Sammelei von Zeitungsschnipseln – mit den verschiedensten Meldungen von Unfällen und Überfällen beschäftigte, nicht längst von selber auf die Idee gekommen, denen leibhaftig zu begegnen, deren Werdegang in ihrem Haus ein ganzes Zimmer füllte? Schließlich hatte sie alle aus der Fassung gebracht, als sie ihr Spezialgebiet mit ihrer ältesten Passion, der utopistischen Architektur, verband. Hingerissen hatte sie Ende der sechziger Jahre den Bau der Strafvollzugsanstalt von Fleury-Mérogis als vorbildliches futuristisches Projekt verfolgt.

Was willst du eigentlich?, fragte eine Sozialhelferin, die sie nicht mochte, den Opfern des Schweinesystems beistehen oder ein zeitgenössisches Bauwerk besichtigen? Vergiss nicht, dass wir auch die Existenz von Gefängnissen bekämpfen.

Sie sagte, dass sie beides aufrichtig meine, den Urbanismus lieben heiße die Menschen lieben, ihnen ein ideales Leben an einem idealen Ort ermöglichen wollen.

Glaubst du wirklich, ein Gefängnis kann ein idealer Ort sein, wo man ein ideales Leben führen kann? Mir scheint es in deinem Fall keine so gute Idee, Gefangenenbesucherin zu werden.

Im Gegenteil, versetzte ein anderer, sie wird sehen, was das heißt, und es wird ihr guttun.

Judith wollte auf der Stelle anfangen. Aber so schnell ging es nicht, in ein Gefängnis kam man nicht ohne weiteres. Man musste die Genehmigung der Strafbehörde beantragen, Garantien seiner Ehrenhaftigkeit, Selbstlosigkeit und Ausgeglichenheit vorlegen, seine Motivation begründen. Mit ihrem architektonischen Ideal war es nicht getan. Sie stellte mit Hilfe ihrer Freunde aus dem Haftbetreuerkreis ein Dossier zusammen, zwang sich über ein Jahr zur Geduld, ohne ihren Schwestern ein Wort davon zu sagen. Das System prüfte ihre Standhaftigkeit, sie gab nicht auf.

Jene, die sie für sprunghaft, übereifrig, unkontrolliert hielten, konnten es kaum glauben. Sie schickte die geforderten Dokumente an den Direktor der Anstalt, bereitete sich sorgfältig auf die Gespräche vor, brachte ihre Waisenvergangenheit ins Spiel, berief sich auf den Status und den ernsthaften Leumund ihrer Schwestern. Am schwierigsten zu rechtfertigen war, dass sie kein Studium, keinen Beruf, kein eigenständiges Familienleben vorzuweisen hatte. Sie überwand die Schwelle, indem sie versicherte, dass sie seit ihrem vierzehnten Lebensjahr dem Erfolg ihrer älteren Schwestern gedient habe, was ihre Ergebenheit und Selbstverleugnung zusätzlich bewies. Sie würde hierin nur fortfahren, wenn sie weniger Begünstigten zu neuem Gelingen und zu ihrer Resozialisierung verhelfe.

Sie überzeugte ihre Gesprächspartner, erhielt die notwendige Erlaubnis, machte den ersten Besuch in Fleury-Mérogis. Sie saß so gut wie Stummen gegenüber. Ein Satz, den sie einem beim zweiten Besuch entreißen konnte, bereitete ihr Triumphgefühle. Andere Gefangene schwatzten drauflos, verlangten, dass sie ihnen unerlaubte Medikamente beschaffe. Wozu sollten sie eine Unbekannte empfangen, wenn sie ihnen nicht die höheren Dosen von Beruhigungsmitteln einschmuggeln wollte, die ihnen die Krankenabteilung verweigerte? Sie bot sich selbst als ihr Beruhigungsmittel an. Mehrere wollten sie nicht wiedersehen. Mit anderen funktionierte es gut, manchmal, eine große ungeahnte Freude.

Bevor Judith ihre neue Tätigkeit begann, unterrichtete sie Marthe, die überrascht und erleichtert war. Sie glaubte, der Tod von Großmama habe diese erlösende Wirkung gehabt. Einzig durch ihre Großmutter waren die drei mit der

Vergangenheit noch verbunden, was den beiden älteren nichts ausmachte, für die Jüngste aber anders aussah: Marthe und Sabine waren seit langem überzeugt, dass Judiths Leben an dem Tag stehengeblieben war, als ihr Vater starb. Der Tod von Großmama Madeleine, schrieben sie einander voller Hoffnung, habe das in ihr steckengebliebene kleine Mädchen befreit, ein letzter Segen der großmütterlichen Liebe. Zum ersten Mal ließ ihre Schwester die Möglichkeit zu, einem Beruf nachzugehen wie eine Erwachsene und, wie es ihrem ältesten Wunsch entsprach, einem Beruf außerhalb des Gewöhnlichen. Alles Übrige werde sich auch noch ergeben.

Vorsicht, sagte Judith, als Marthe sie beglückwünschte und auf dem Postweg dann auch Sabine, ich habe keinen Beruf im eigentlichen Sinn. Ich verdiene kein Geld damit, Gefangene zu besuchen. Mir geht es nicht darum, zu arbeiten, sondern Elend zu erleichtern. Ihr beide seid zu den Reichen gegangen, Sabine noch mehr als du, ich gehe zu den Armen.

Sie hatte die Ideale ihres Vaters nicht vergessen, im Gegenteil. Marthe war genötigt, Sabine zu schreiben, sie müssten ihre Hoffnungen mäßigen, zwar sei die kleine Schwester eine tätige Frau geworden, aber nichts bei ihr sei einfach. Man müsse auf alles gefasst sein.

2

Judith verausgabte sich mehrere Nachmittage im Monat, um Häftlingen Mut zuzusprechen, die selbst keine großen Anstrengungen machten. Ihr Blick war medikamentengetrübt. Sie bot alle Energie auf, um sie ihrer Lethargie zu entreißen, die Leute reagierten flau. Sie wollte ihnen Hoffnung geben, zeichnete eine bessere Welt dort draußen. Die einen warfen ihr vor, sie predige wie der Anstaltspfarrer, die anderen, dass sie nicht wie er von Gott zu sprechen wage. Zwei philosophierten gerne mit ihr, verloren sich aber bald in verschwiemelten Phantastereien. Einem weiteren suchte sie mühevoll seine kindische Anbetung der materiellen Welt auszureden: Ihn ängstigte, dass er im Gefängnis alle technologischen Neuheiten verpasste. Auch wenn sie wusste, dass Leiden sich auf sehr widersprüchliche Weise ausdrückten, kostete sie deren Besänftigung doch immer mehr. Und zum ersten Mal zweifelte sie an dem, was ihre Berufung hatte sein sollen.

Ich habe die ungewöhnliche Aufgabe gefunden, die ich suchte, aber was ich nicht bedacht habe, sind die gewöhnlichen kleinen Mühseligkeiten einer ungewöhnlichen Aufgabe. Kein Grund, sich einer solchen Entdeckung zu rühmen, man würde nur als naive Idealistin verhöhnt. Die hohlen, ausdruckslosen Gesichter zeigten ihr jedes Mal ihre Ohnmacht, den Häftlingen Mut und Hoffnung einzuflößen.

Es ist eben ein langer und undankbarer Weg, sagte eine Sozialarbeiterin. Ergebnisse zeigen sich erst nach Jahren, du wirst mit Sicherheit nie etwas davon sehen, es ist die Größe der Aufgabe, die sie so schwer macht. Judith vergaß ihren Überdruss, brachte am Montag einen Häftling zum Lachen, ermutigte am Dienstag einen, der sich vor der Entlassung fürchtete. Ein vorzeitig verfallener Wuschelkopf, der sie am Freitag zitternd um eine Spritze anflehte und über ihr Nein in Wut geriet, sorgte für ihre Niedergeschlagenheit ein ganzes Wochenende lang.

Marthe hatte einen Fernseher angeschafft, der seit kurzem in der Küche stand. Judith, die auf ihre Schwester wartete, sah die Abendnachrichten. Mit bekümmerter Miene kam der Sprecher zur juristischen Rubrik: Prozesseröffnung in Versailles, ein Fall von Vergewaltigung und Mord. Die Reportage zeigte die Ankunft des Angeklagten, der in Handschellen, von Gendarmen umringt, aus der grünen Minna stieg. Die Ordnungskräfte, die sich beeilten, die Menge zu spalten, um möglichen Beschimpfungen ebenso wie den Journalisten und Fotografen zu entgehen, bildeten einen Wall um den Mann, um sein Gesicht zu verbergen, ihm die Schultern niederzudrücken, ihn schleunigst zum Eingang des Gerichtsgebäudes zu bugsieren.

Der Angeklagte widersetzte sich, verlangsamte den Schritt, bremste die überraschten Gendarmen. Bevor sie ihn an der Kette der Handfesseln weiterziehen konnten, richtete er die Schultern auf, machte den Kopf frei, überragte seine Begleiter um zehn Zentimeter. Er wandte das Gesicht nach links, nach hinten. Sein Blick kreuzte die Achse der Kamera, er lächelte. Er lächelte Judith zu.

Die Gendarmen hatten sich gerafft, umschlossen, schubsten, zerrten ihn, er verschwand durch eine Seitentür. Der Kommentator deutete dieses Lächeln als Herausforderung des ehrenhaften Frankreichs und des Gerichts.

Judith stürzte zu dem Apparat, der Sprecher kam zur nächsten Rubrik. Nichts zu machen, die Bilder aus dem Apparat ließen sich nicht zurückspulen. Sie wollte diesen Gang zum Gerichtsgebäude noch einmal sehen und wie der Beschuldigte darum kämpfte, sich zu zeigen. Nein, nicht, um sich zu zeigen, das war keine Herausforderung; je mehr Minuten verstrichen, desto deutlicher sah sie die Szene in ihrem Kopf, desto fester war sie überzeugt, dass der Mann sich widersetzt hatte, um sie, Judith Brelan, anzusehen, um ihr, nur ihr, zuzulächeln. War das idiotisch? Am Nachmittag aufgenommene Bilder? Es war idiotisch, ja, aber dies war der Augenblick ihres Lebens, noch nie hatte ein Mann Judith ein solches Lächeln geschenkt. Ihr Gedächtnis hatte jede Einzelheit gespeichert: Die gereckten Schultern, die Vierteldrehung; das längliche Gesicht, die breite Stirn, die halblangen Haare, eine langsame Bewegung, der Mund verzog sich kaum, das Lächeln und der Blick treffen Judith, berühren sie wie ein Schlag – nie hatte sie so etwas erlebt, nie so etwas empfunden. Sie erlosch vor diesem Lächeln, ihr stockte der Atem.

Sie versuchte sich zu sagen, dass sie sich etwas vormachte, es nützte nichts, es war stärker als sie, sie spürte, wie sich ihr Bauch heiß zusammenzog. Sie zwang sich, an anderes zu denken, dass Marthe gleich kommen würde, wie Sabine mit ihrem Markus Schlegel lebte, damit ihre Aufwallung sich legte. Doch nichts legte sich, das Lächeln kehrte immer wieder, suchte in der Menge nach ihr, traf sie an diesem Abend zum zehnten Mal. Sie wusste, sie würde nach Versailles fahren und den Prozess im Gerichtssaal verfolgen. Wie war der Name des Angeklagten? Sie hatte ihn sich nicht gemerkt. Der Kommentator hatte ihn wiederholt, mit dem Wort Fall davor, der Fall ... der Fall ... Sie war sich sicher, die Berichte in ihrem Archiv zu haben. Sie suchte. Die Sache hatte wegen der Gewaltsamkeit des Verbrechens vor ein, zwei Jahren Aufsehen erregt, der Fall ...

Ein Inselname, daran erinnerte sie sich noch und dass sie damals dachte, ein Mörder mit einem Inselnamen – doch die Zeitungsausschnitte blieben unauffindbar. Nur mehr dieses unerhörte Lächeln, das sie zu seinem Prozess einlud.

Marthe kam von Boulogne nach Hause, sie musste erst unter die Dusche, diese Arbeitstage nahmen kein Ende, Monsieur Cicéro war einfach nicht in der Lage, die Projekte im Einzelnen zu überblicken. Alles hing an ihr. Und zu Hause war auch nichts geschehen. Von einer Schwester, die nicht arbeitete, nur ihre zwei, drei freiwilligen Stunden absolvierte, konnte man doch wohl verlangen, dass sie Essen gemacht, die Küche aufgeräumt hatte, und womit kam sie einem um neun Uhr abends? Mit Inselnamen.

Nenn mir Namen von Inseln.

L'Île de Ré, Korsika, Oléron … Exotischere? Tahiti, Java, Kanaren …

Nein, das ist er nicht …

Willst du auf eine Ferieninsel? Du erstaunst mich immer wieder. Aber ich habe im Moment zu viel Arbeit.

Judith war nicht wie sonst, ging nicht auf das Gespräch der Schwester ein, fragte nur von Zeit zu Zeit nach anderen Inselnamen. Seychellen, Martinique, Kaiman. In der Nacht fuhr sie aus dem Bett, sie hatte ihn gefunden: Balearen, der Fall Baléares, Martin Baléares.

Was willst du denn auf den Balearen?, fragte Marthe im Halbschlaf.

Schlaf weiter. Judith hatte schon zu viel verraten. Sie kannte Marthe, kannte ihre beiden Schwestern. Wenn sie denen erzählte, was ihr begegnet war, dieses Lächeln von Martin Baléares, dieses Gefühl, etwas Ungeheures erlebt zu haben, wusste sie im Voraus, was sie dann zu hören bekam: unreif, weltfremd, übergeschnappt, nie wie ein normaler Mensch, aus Prinzip nicht ... Man liebte sie, wie sie war, aber sie konnte einen fertigmachen ... Der Fall Baléares war nichts für die beiden.

Marthe fand Judith auf allen vieren im Archivzimmer. Sie hatte Kästen umgestülpt, Blatt für Blatt durchforstet. Als sie die Anwesenheit der Schwester spürte, versteckte sie ihr Papierzeug wie ein ertapptes Kind.

Sie bat Marthe, sie in Ruhe zu lassen. Du siehst doch, ich bin im Haus. Nicht mal am Baum im Garten, ich erkälte mich nicht.

Marthe war zu müde, um einem neuen Spleen von Judith nachzuspüren. Sie wunderte sich nur, dass sie so strahlend aussah. Judith wartete ab, dass sie ging, um die Artikel über den Mörder von Chevreuse wieder hervorzuziehen, über seine früheren Händel mit der Justiz, aus denen er sich fast immer mangels Beweisen herauswinden konnte, nur für kleine Delikte verurteilt wurde, niemals für die Verbrechen, deren er in derselben Gegend trotzdem verdächtigt wurde. Diesmal würde es schwerer für ihn, schrieb der Autor eines Artikels. Darüber ein Foto von Martin Baléares, jünger noch, aber dasselbe Lächeln, derselbe auf sie gerichtete Blick. Also kannte sie ihn schon über zwei Jahre.

3

Zu Beginn des dritten Verhandlungstages stritt sich Judith mit anderen um einen Platz in der ersten Reihe. Ein Polizist forderte sie auf, sich zu beruhigen, und schob sie weiter nach hinten: dreckiger Bulle. Sie blieb stehen, um über die Köpfe hinweg zu erspähen, wie der Angeklagte hereingeführt wurde. Sie wollte die Erste sein, die ihn erblickte. Ein Raunen ging durch die Zuschauermenge, ihr Bauch zog sich zusammen, sie stellte sich auf die Zehenspitzen. Martin Baléares kam, von Uniformen umrahmt. Sie hoffte, seinen Blick auf sich zu ziehen, er ging mit gesenkten Augen an seinen Platz, setzte sich, stand, vom Vorsitzenden Richter aufgefordert, auf, nannte seinen Namen und Vornamen.

Judith wurde ungeduldig, wozu all diese Feststellungen seines Zivilstandes? Wer sollte er denn sonst sein? Und diese endlosen Präliminarien, dieser gleichförmige Ton des Richters, in den die Vergangenheit und die familiäre Herkunft des Angeklagten dargelegt wurden, um die Geschworenen über seine Person aufzuklären ... Die haben's nötig, aufgeklärt zu werden, mit ihren dumpfen Mienen. Rübengesichter, wie sollte so was urteilen können?

Judith hing am äußersten Bankrand, kurz vorm Fall, als der Richter eine zahlreiche, bescheidene Familie voller Bedauern als eine vielen Kriminellen gemeinsame persönliche Situation bezeichnete, wie es die Kriminalitätsstatistiken bewiesen.

Der mit seinen vielen Statistiken – für wen hielt er sich? Ein Mensch ist keine Statistik, er ist einmalig, vor allem ein Mörder.

Dennoch, betonte die Nebenpartei, wäre es zu einfach, eine Entschuldigung in dieser bescheidenen Herkunft zu suchen. Martin Baléares war der Einzige seiner Geschwister mit einem Strafregister. Man kann eine arme und schmerzliche Kindheit haben und trotzdem ehrenhaft bleiben, wie es seine drei Brüder und drei Schwestern bewiesen, die alle arbeiteten und verheiratet waren. Warum Martin?

Die Banknachbarin maß Judith mit einem vorwurfsvollen Blick.

Ich war der Letzte der sieben, erklärte Martin Baléares. Keiner hatte Zeit, sich um mich zu kümmern.

Zum ersten Mal belebte er sich und wandte den Kopf zum Saal. Er deutete ein Lächeln an, als er mit sichtlichem Vergnügen wiederholte: der kleine Nachzügler, und Judith erkannte sich in diesem Wort und diesem Lächeln. Sie lächelte ihrerseits der Nachbarin zu, die sich abwandte.

Das letzte Kind einer Familie wird besonders beschützt, sagte der Vorsitzende, es wird mehr verwöhnt als die anderen.

Martin Baléares versicherte, dass man mit ihm nicht mehr gerechnet hatte, er sei zu spät gekommen, ein Unfall, als die Eltern über vierzig waren und kein Kleinkind mehr gebrauchen konnten. Sein Vater starb, als er acht Jahre alt war. Die Ältesten waren über zwanzig, der Familienverband war längst zerfallen.

Das ist das gemeinsame Los von Familien, seufzte der Vorsitzende, eine Erklärung, keine Begründung.

Wann war der mal still mit seinem gemeinsamen Los und seiner richterlichen Routine? Und der Anwalt der Verteidigung blieb stumm? Warum sagte keiner, dass es alles andere als gewöhnlich war, das letzte Kind einer vaterlosen Familie zu sein? Judith fühlte sich als die kleine Schwester dieses Mannes dort. Sie hatte sich schon am Abend zuvor vor dem Bildschirm in ihm erkannt, ohne irgendetwas von seinem Leben zu wissen; seine ganze Geschichte rückte ihn ihr nahe, sie war erschüttert. Wenn Martin Baléares seinen Blick auf die Zuschauer richtete, dann auf sie; wenn er sprach, hatte sie das Gefühl, er sprach von ihr, wandte sich nur an sie.

Und die Schule? So früh wie möglich verlassen, dort war nichts zu lernen, was er nicht schon wusste. Er sei lieber allein geblieben.

Wie ich, sagte Judith zu ihrer rechten Nachbarin.

Psst, mahnte man um sie herum.

Die Schule ohne Abschluss verlassen und was dann? Nichts Ordentliches, kleine Diebereien, der übliche Weg eines künftigen Delinquenten, klagte der Vorsitzende, aber zum Glück wird nicht aus jedem kleinen Dieb ein großer Verbrecher. Also? Schlechte Einflüsse? Martin Baléares war nie Mitglied einer Bande, immer Einzelgänger, eben da liegt das Rätsel.

Wenn niemand Sie auf die schiefe Bahn getrieben hat, gab es dann etwas in Ihnen? Können Sie uns sagen, was es ist?

Martin Baléares' Blick ging ins Leere, als suchte er eine Antwort, die nicht kam, er schüttelte den Kopf und lächelte.

Judith Brelan erhob sich halb; das Lächeln von Martin Baléares streifte sie, verharrte eine Sekunde, bevor es zurückkehrte zum Gericht.

Aufgewühlt verließ sie Versailles. Sie war zornig auf die unzulängliche Gerichtsbarkeit, aber voller Enthusiasmus: Sie hatte Martin Baléares leibhaftig gesehen; und er hatte sie ebenfalls bemerkt. Sie war davon überzeugt, dass sich ihre Züge, ihre grauen Augen seinem Hirn eingeprägt hatten. Wenn er sie morgen wieder zur Verhandlung sah, würde er sie erkennen. Sie würde ihm schreiben, was auf der Hand lag: Die Frau, die Sie an Ihrem zweiten Prozesstag angesehen haben … Seit dem Tod ihres Vaters war kein Mann für sie wichtig gewesen; keinem Menschen außer ihren Schwestern hatte sie sich jemals so nahe, durch so viele Charakterzüge verbunden gefühlt. Nie vorher hatte sie sich vorstellen können, so tief mit einem Menschen übereinzustimmen, es musste erst ein Krimineller kommen.

Tag für Tag war sie im Gerichtssaal anzutreffen, schlug sich um einen Sitz auf der ersten Bank. Der dreckige Bulle führte sie schon von selbst an den besten Platz, um Ruhe zu haben. Eine neue gerichtliche Spezies trat auf, die Sachverständigen. Der Erste hielt den Angeklagten für geistig zurückgeblieben. Das könnte denen so passen, Judith schüttelte den Kopf, als sei das völlig abwegig. Nicht zu laut, aber auch nicht zu leise rief sie: Lügner. Der Vorsitzende Richter blickte auf, erinnerte daran, dass er jegliche Bekundung des Publikums bereits untersagt habe, drohte mit dem Rauswurf der Zuwiderhandelnden. Judith stammelte eine Entschuldigung, dann hörte sie mit einem Triumphgefühl, wie die anderen Sachverständigen Martin eine überdurchschnittliche Intelligenz zuerkannten, insbesondere ein ungewöhnliches Gedächtnis.

Was habe ich gesagt?, forderte sie ihren Zufallsnachbarn etwas zu laut zum Beifall heraus.

Nun reicht es aber, sagte der Vorsitzende. Judith fühlte die Blicke des Saals und des Tribunals auf sich, nahm jedoch nur wahr, wie Martin, die Augen zusammengekniffen, nach ihr suchte. Sie schickte ihm ein inniges Lächeln, vertrauensvoll, dehnte es aufs ganze Publikum aus, gab ihm ein reuiges Aussehen, als sie dem Blick des Richters begegnete. Sie würde nicht mehr dazwischenreden, versprochen.

Mit aller Kraft musste sie an sich halten, als ein Sachverständiger staunte, eine so entwickelte Intelligenz in solchem familiären Milieu anzutreffen. Judith schlug die Hände vor den Mund, wie sie das alles ankotzte. Wenn das die Rechtsprechung war … Man benutzte die Vorzüge eines Menschen, um ihn herabzuwürdigen … Sein überragender Verstand befähigte ihn, mit kalter Berechnung vorzugehen; er wusste seine Opfer durch Sanftheit in Sicherheit zu wiegen, ehe er mit äußerster Brutalität über sie herfiel; er war imstande, Eindeutigkeiten auf nahezu überzeugende Weise abzustreiten.

Hatte denn niemand in dem Gericht den Mut, all diesem Schwachsinn zu widersprechen? Ein wahrer Wettbewerb der Bosheit, diese Justiz, unglaublich. Alles taugte dazu, den Angeklagten niederzumachen, die kleinste Kleinigkeit richtete sich gegen ihn, belastend, immer nur belastend, ekelhaft. Judith wollte sich das nicht weiter zumuten, sie wollte aufstehen, Martin beschützen, auf die Gefahr hin, gepackt und hinausgeführt zu werden. Ihre Erregung zog die Aufmerksamkeit im Saal auf sich. Das konnte nicht gutgehen.

Martin Baléares rettete sie, indem er um das Wort bat. Er wies zurück, was man ihm vorwarf, lieferte einleuchtende Erklärungen für alle aufgeführten Details. Judith schöpfte neue Hoffnung. Endlich eine glückliche Wendung in diesem Prozess. Der Angeklagte kämpfte, sie stand hinter ihm.

Oft gelang es ihm, die wenigen Zeugen zu verunsichern.

Er sollte gesehen worden sein, wie er mit seinem zukünftigen Opfer beim Verlassen des Cafés in Chevreuse gescherzt hatte? Ein schweigsamer Einzelgänger und mit einer Frau scherzen, also bitte … Die Beschreibungen schwankten zwischen dunkler und heller Kleidung, mittelgroß und groß. Deutlich beleibt.

Irrtum, jubilierte Martin Baléares, zu der Zeit war ich total mager. Ich bin erst im Gefängnis aufgedunsen, und der Zeuge will sich erinnern, dass ich eher dick war. Das war ich nicht.

Judith musste sich beherrschen, um nicht zu applaudieren. Nichts wussten sie von diesem Mann, die Sachverständigen, die Zeugen, die Richter. Um einen Menschen zu kennen, brauchte man etwas anderes, Liebe vielleicht. Und wie sollten diese Zeugen fähig sein zu lieben, der Fettsack da, der behauptete, er habe einen auffälligen roten Renault 12 in der Straße des Opfers gesehen, das in seiner Wohnung vergewaltigt und ermordet wurde. Die Aussage führte zu sämtlichen Besitzern eines identischen Wagens in der Gegend, unter denen allein Martin Baléares bereits ein Strafregister hatte.

Dass Sie einen roten Renault 12 besaßen, leugnen Sie aber nicht?

Verdirb jetzt nichts, Martin, halte durch.

Baléares fragte, ob der Zeuge sich an die Wagennummer erinnerte. Nein, in dem Moment hatte er noch keinen Verdacht. Und der rechte hintere Kotflügel war eingedellt? Auch nicht oder vielleicht doch. Es war der vordere, sagte Martin.

Jetzt fällt's mir wieder ein, sagte der Zeuge, mit dem vorderen war was.

Ja, aber es war der linke.

Stimmt, ja, ich wohne auf der linken Straßenseite, bestätigte der Zeuge.

Nur dass ich mir die Delle erst zwei Tage später geholt habe.

Aber hören Sie, erboste sich der Richter, der Zeuge hat zu Anfang gesagt, dass er Ihren Wagen unverbeult gesehen hat. Sie versuchen ihn zu beeinflussen.

Martin Baléares lächelte ins Publikum. Judith fing dieses neue Lächeln mit unvermindertem Entzücken auf. Mit der Gewissheit, einen ungewöhnlichen Menschen vor sich zu haben, der sich gescheit und geschickt verteidigte.

Während einer Verhandlungspause wandte sie sich an ihre Nachbarn, wiederholte deutlich hörbar für alle, dass Martin Baléares unschuldig war.

Haben Sie gesehen, wie er die widerlegt hat? Fabelhaft, was?

Unfreundliche Bemerkungen fielen. Wie kann man einen Mörder verteidigen, überlassen Sie das den Anwälten, dafür sind sie da ... Die Geschworenen werden sich von seinen Finten nicht beirren lassen ... Eine Übergeschnappte ist das ... Der Vorsitzende hätte sie sofort ausschließen sollen.

Judith wurde bewusst, dass sie ein Ärgernis darstellte. Und letztlich hatten all die vereinten Dumpfbacken ja recht: Es war besser, wenn Martin schuldig wäre. Denn der gerissene Kriminelle, das wusste sie, erregte größeres Interesse in ihr als das mögliche Opfer eines Justizirrtums.

Welch ein Glück, als sie im Fortgang der Verhandlung hörte, wie Martin Baléares sein fehlendes Alibi am Abend des Verbrechens auf Anfrage bestätigte und es sogar ausweitete, er hatte überhaupt kein Alibi an diesem Tag, aber auch keins davor, keins danach, Alibilöcher überall und immer. Er pochte auf seine Einsamkeit, es gab keine Zeugen seines Lebens, das fehlende Alibi dieses Tages bewies so wenig wie die anderen.

Wenn Einsamkeit an sich ein Verbrechen ist, muss man alle Einsamen wegsperren.

Judith hätte es nicht besser sagen können. So war es. So dachte auch sie.

Beruhigen Sie sich, murmelte ihr Nachbar.

Aber ich bin ruhig, Sie mosern doch hier rum.

Der Vorsitzende ließ den leeren Blick über die erste Reihe gleiten, keiner gab mehr einen Mucks, er fuhr mit seiner Samtstimme fort: Diese Sachlage beweist zumindest ein gestörtes Verhältnis zu Ihren Mitmenschen, insbesondere zu Frauen.

Judith war empört. Konnte man einen Mann verurteilen, weil er mit einunddreißig Jahren keine verflossene oder gegenwärtige Freundin hatte, auch keinen Freund? Weil seine Brüder und Schwestern seit zehn Jahren nichts mehr mit ihm zu tun haben wollten?

Wir stellen fest, schloss der Vorsitzende Richter, dass Sie unfähig sind, Beziehungen zu einem Nächsten einzugehen. Um eine Frau zu bekommen, greifen Sie zur Gewalt und verwischen jede Spur der Begegnung durch den Mord.

Ich könnte eine Beziehung zu ihm herstellen, sagte sich Judith, ich verstehe wie keiner sonst, was er denkt und empfindet, ich, ich allein. Er braucht diesen Anwurf nicht zu beantworten, denn diesmal ist er korrekt. Sag nichts, sag jetzt bloß nichts, Martin.

Was haben Sie darauf zu sagen?, fragte der Oberste Richter.

Martin Baléares öffnete den Mund, überflog mit einem Blick das Tribunal, schloss den Mund.

Judith hatte es satt, sich die psychologischen Erörterungen all dieser Geistesriesen anzuhören. Mitten in der Verhandlung stand sie auf, womit sie alle störte, doch konnte niemand sie mit dem Rauswurf bedrohen, weil sie von selber ging. Und Martin Baléares war gezwungen, ihr mit den Augen zu folgen, bis sie die Reihe verlassen hatte.

Sie kehrte in dem Moment in den Saal zurück, als das Gericht sich dem Ablauf des Verbrechens zuwandte. Leise ging sie an ihren Platz, während man das Opfer beschrieb, eine alleinstehende Frau, zart, in den Dreißigern.

Judith drängte ihre Nachbarn beiseite, um ihren Platz einzunehmen, der Präsident legte eine Pause ein, seufzte.

Kann ich fortfahrten, ja? Diese junge Frau wurde angesprochen, wo, weiß man nicht, da der Angeklagte die Tatsache bestreitet. Man kann davon ausgehen, dass der Mann es verstand, sie derart zu gewinnen, zu verführen, dass sie ihn in ihre Wohnung in Chevreuse mitnahm. Laut den Zeugenaussagen der Nachbarschaft befand sie sich in einer verzweifelten Lebensphase, war also eine leichte Beute wenn nicht für einen Verführer, so doch für einen, der ihren Zustand auszunutzen wusste.

Im Weiteren war man auf Vermutungen angewiesen. Wich die Frau vor dem eigenen Wagemut zurück? Machte ein beunruhigendes Verhalten von Martin Baléares ihr Angst? Jedenfalls erhielt sie laut anderen Sachverständigen zwei heftige Schläge, einen auf das linke Jochbein, einen auf den Hinterkopf, bevor sie geknebelt, mit Hilfe verschiedener stumpfer Gegenstände vergewaltigt und dann erwürgt wurde, wie die Rechtsmedizin feststellte. Die Szene belegt eine planmäßige Brutalität.

Judith musste schlucken. Sie stellte es sich vor, sie war das Opfer, kein Schrei konnte aus ihrer Kehle dringen, sie wurde ohnmächtig mit der Frau, litt mit ihr, ohne irgendetwas zu begreifen angesichts dieser blanken Gewalt. Da war keine Angst mehr, nur ein ungewisses Dunkel, worin sie schweigend eins wurde mit dem Mann. Die Augen geschlossen, mitten im Gerichtssaal, vergaß sie sich einen langen Moment.

Sie schreckte auf, fragte sich, was mit ihr geschehen war. Ihre Schwestern würden sie zur Besinnung rufen: Dass du immer alles idealisieren musst, Judith. Du darfst ein Verbrechen nicht idealisieren und auch nicht einen Verbrecher. Die Banknachbarn bekundeten ihren Abscheu. Niemand reagierte wie sie, sie konnte nur falschliegen. Doch das regungslose Gesicht von Martin Baléares zog sie an, ob er diese Gewalttaten begangen hatte oder nicht, sie konnte nichts dafür. Du bist nicht normal, Judith, nein, nicht normal, alle sagen das, seit du geboren bist. Behalte deine Mörderträume für dich, niemand wird davon erfahren, du wirst schön den Mund halten.

Wie die Untersuchungen belegten, hatte der Beschuldigte seine Spuren in der Wohnung des Opfers mit äußerster Sorgfalt getilgt, hatte alles desinfiziert und beseitigt, ein großer Aufwand, der die Kaltblütigkeit des Mannes nach der mutmaßlichen Entfesselung bewies. Erschwerende Umstände, die nahelegten, dass es sich nicht um einen unberechenbaren Triebtäter handelte, sondern um einen berechnenden, dessen Taten mit dem Porträt übereinstimmten, das ein Sachverständigenkollegium von Martin Baléares erstellt hatte. Von den Besitzern eines Renault 12, die man überprüft hatte, war er der einzige, der kein glaubwürdiges Alibi vorweisen konnte, der einzige, der bereits mit der Justiz zu tun hatte. Obwohl Martin Baléares nicht geständig war, keine Waffen, keine materiellen Beweise vorlagen, musste er für schuldig erklärt werden.

Judith brach in entrüstetes Lachen aus. Ohne Beweise, ohne Geständnis! Phantastisch.

Damit war die Grenze erreicht. Der dreckige Bulle erhielt Anweisung, sie hinauszugeleiten, ihr wurde untersagt, wieder zu erscheinen. Sehr aufrecht verließ sie den Saal.

Aus dem Fernsehen erfuhr sie am Abend das Urteil. Aufgrund letzter Zweifel, eines Ineinandergreifens von mildernden und erschwerenden Umständen, gaben ihm die Geschworenen achtzehn Jahre. Judith war zuerst außer sich, bald aber glücklich, Martin Baléares für lange Zeit im Gefängnis zu wissen, sie würde alles tun, um ihn zu besuchen.

Ausgewogen kommentierte der Berichterstatter das Urteil, er zeigte nicht, wie der Verurteilte aus dem Saal geführt wurde. Zum Beleg der These, dass es sich um einen kalt berechnenden und sich seiner Überlegenheit gewissen Täter handelte, brachte er noch einmal die Bilder vom ersten Prozesstag, als der Beschuldigte vor dem Gerichtsgebäude eintraf: Martin Baléares reckt die Schultern, hebt den Kopf, dreht sich zur Kamera und lächelt Judith zu. Ihr stockte der Atem.

4

Marthe fielen Veränderungen im Verhalten der Schwester auf, doch sie hielt sich nicht allzu lang damit auf: Sie nahm den Zug, dann die Metro nach Boulogne-Billancourt, verbrachte den Tag damit, die Schnitzer von Monsieur Cicéro auszuwetzen, seine Lügen bei den Klienten abzumildern, seinen Whisky-Konsum zu begrenzen. Um sich abends nicht mit ähnlichen Dingen herumzuschlagen, wollte sie lieber nicht wissen, warum Judith verspätet heimkam, was hinter ihrer Erregung, ihren Ausflüchten steckte. Es störte sie nur, dass neuerdings das Haus vernachlässigt war.

Ich bin tagsüber unterwegs, sagte Judith lediglich, ich habe keine Zeit, sauberzumachen. Und ich bin nicht deine Putzfrau.

Schließlich überprüfte Marthe den Kilometerzähler des Dauphine. Während der Prozessperiode war die Kilometerzahl jeden Tag morgens und abends dieselbe. Dem unbestimmten »unterwegs« entsprach also ein reales Ziel, die Anzahl der Kilometer aber nicht der Entfernung zwischen zu Hause und Fleury-Mérogis: Es lag näher, obwohl sie später heimkam.

Willst du mir nicht sagen, dass du dich mit einem Mann getroffen hast? Das kannst du, alt genug bist du doch. Schämst du dich, es zuzugeben, weil er nicht so ungewöhnlich ist, wie du es dir erträumt hast? Du bist zu stolz, Judith.

Judith konnte es gut abstreiten, sie verschwieg ihrer Schwester keine Beziehung zu einem gewöhnlichen Mann.

Die Erleuchtung brachte ein Zeitungskiosk in Boulogne. Marthe, die nie Zeit für die Nachrichten hatte, überflog im Vorübereilen die Schlagzeilen. Eines Morgens las sie: Baléares verurteilt zu achtzehn Jahren. Baléares, wie die Inseln. Bis zum Büro in der Nungesser et Coli fragte sie sich, warum die Balearen-Inseln verurteilt sein sollten? Balearen, Kanaren, Kaiman, sie entsann sich der Ferieninseln, die sie Judith neulich aufgezählt hatte. Wo war der Zusammenhang? Sie fragte Monsieur Cicéro, ob er wisse, warum die Balearen zu achtzehn Jahren verurteilt seien.

Baléares, der Mörder von Chevreuse? Das Versailler Gericht war viel zu gnädig. Achtzehn Jahre sind das Minimum.

Und mit einem Mal begriff Marthe, dass dieser Baléares ein Klient der Gefängnisbesucherin Judith war. Die Kilometer des Dauphine entsprachen exakt dem Hin und Zurück zwischen Haus und Versailles. Warum verheimlichte sie das? Weil das der Mann war. Nicht möglich. Sie verließ das Büro, jagte zurück nach Hause, um Judith zur Rede zu stellen, zu hören, dass das nicht wahr sei. Ich bin deine älteste Schwester … Nein, das verfing bei ihr nicht.

Judith hatte so früh nicht mit Marthe gerechnet, sie schrieb an ihrem ersten Brief an den Verurteilten, es war der fünfte oder sechste Entwurf: Ihre Eindrücke von dem Prozess, ihre persönliche Überzeugung; nein, so ging es nicht, einem Mann, der seine Unschuld beteuert, kann man nicht sagen, dass man ihn für schuldig hält. Dann also kühl, professionell, eine Frau, die es sich zur Aufgabe gemacht hat, Gefangene zu besuchen, ihnen beizustehen, ihre unentgeltliche Hilfe anzubieten; sie pfiff darauf,

Gefangene zu besuchen, sie pfiff auf alle Gefangenen, nur dieser eine interessierte sie noch. Besser ganz ehrlich sein, schreiben, wie groß ihre Freude wäre, ihn zu sehen. Dass sie sich ihm zu Füßen legen könnte, wenn er lächelte, dass sie ihn in seiner Haftzeit begleiten, in der Phantasie in seiner Zelle schlafen wolle, falls sie sich nicht wirklich hineinstehle, trotz der Bewacher. Seine Antwort werde ihr neues Leben schenken, und sie fühle sich fähig, auch ihm ein neues Leben zu schenken. Er werde sie für total ausgeflippt halten, sie akzeptiere es im Voraus.

Mitten in einem Satz, der sie beglückte, tauchte Marthe auf, sie verlangte Erklärungen.

Erzähl mir bloß nicht, dass dieser Baléares das ungewöhnliche Wesen ist, auf das du immer gewartet hast. Ich las es gerade in der Zeitung. Ein armer Hund, zum Vergewaltiger und Mörder geworden … Ich weiß, dass du nie etwas machen kannst wie alle anderen, und ich habe dich nie als Hausmütterchen mit Kindern und Elektroküche gesehen … Aber ein Mörder … der Mörder von Chevreuse … Ganz in unserer Nähe … Kennst du ihn schon? Bist du ihm damals im Renaissance begegnet? Du machst uns wahnsinnig, deine Schwester und mich … Und da dachte ich, diese Häftlingsbesuche tun ihr gut, endlich macht sie sich nützlich, sieht Menschen, sieht das Leben, und nun kommt raus, wohin dich das gebracht hat. Du hast dein Anliegen verraten. Ich kenne dich, nichts machst du nur halb. Und jetzt wirst du nur noch an diesen Dreckskerl denken.

Judith lächelte, nie war sie so ruhig, so ohne jeden Drang zu widersprechen. All das Scharfe, Heftige gehörte der Vergangenheit an, als sie unglücklich war. Sie wusste, was

sie wollte, und sie war glücklich, wahrhaft glücklich, erfüllt von Glück, sie wollte mit Marthe nicht streiten. Eines Tages würde die Schwester ihr nachgeben, weil sie ihre Schwester war, weil sie ihr letzten Endes immer nachgegeben hatte. Zur Beruhigung schlug sie ihr vor, den Brief zu lesen, den sie an Martin Baléares schicken wollte. Sie suchte unter den Entwürfen die professionelle Version von der gewissenhaften Gefangenenbesucherin, die sich der Hafterleichterung widmete. Marthe ließ sich jedoch nicht für dumm verkaufen, sie hatte die anderen Blätter bemerkt, sie wollte alles lesen.

Judith wehrte sich: Du behandelst mich immer noch wie eine Minderjährige. Mit meinen dreiunddreißig Jahren komme ich ohne deine und Sabines Ratschläge aus.

Ohne unsere Ratschläge, ja, aber nicht ohne unser Geld.

Das große Wort ist gefallen, samt allem, was dahintersteht: dass sie auf Kosten der anderen beiden lebt, dass Marthe ihretwegen auf ein eigenes Leben verzichtet hat, um sie mit durchzubringen und nicht ihrer Randexistenz allein zu überlassen. Nie war das offen ausgesprochen worden, aber gemeint ist es, wenn es auch nicht stimmte, wie Judith fand. Wie sollte man bei solcher Attacke friedlich bleiben?

Ich brauche euer Geld nicht. Sie lächelte, so freundlich sie konnte, aber die Worte sprudelten unkontrolliert aus ihr heraus: Heirate schnell, bevor es zu spät ist. Ich gebe eine Annonce für dich auf. Junggesellin von vierzig Jahren, gut aussehend, aktiv und verantwortungsvoll, sucht ruhiges Heim mit einem einzigen Sohn zu gründen. Zum Jahresende bist du unter der Haube.

Das sagst du, weil du glaubst, du bist nicht mehr allein.

Ein Mann in deinem Leben, und du bist bereit, mich loszulassen. Aber weiß dieser Baléares überhaupt, dass es dich gibt? Und selbst wenn er auf deine Briefe antwortet, froh, eine Irre gefunden zu haben, die mit ihm reden will, gibt das noch längst keine gesunde und befriedigende Beziehung. Wie stellst du dir das vor? Achtzehn Jahre weggeschlossen. Aber vielleicht ist das ja genau, was du gesucht hast, einen Mann, der dich nie berühren kann … Wie bequem, du bildest dir ein, eine Beziehung zu haben, ohne eine zu haben. Du bringst dich für achtzehn Jahre in Sicherheit. Und in achtzehn Jahren … Du siehst, ich beginne zu verstehen, unter diesem Blickwinkel hatte ich die Frage noch nicht betrachtet. Hast du eine solche Angst vor Männern?

Marthe fühlte sich stark, sie sah, dass Judith getroffen war. Schon andere hatten ihr ihre Angst vor dem Körperlichen vorgeworfen, ihre ehemaligen Freunde vom Renaissance, die Propagandisten der freien Liebe, die splitternackt um sie herumtanzten, um sie zum Sex zu ermuntern, ihr ihre Frigidität auszutreiben, wie sie sagten. Sie hatte sich widersetzt, sie wollte deren freie Liebe nicht. Sie hatte sich für ihren Gefangenen aufgespart, für Martin Baléares. Marthe irrte genauso wie die anderen, sie hatte keine Angst vor Männern, auch nicht vor Sex, im Gegenteil, sie erwartete mehr als die anderen, Stärkeres, Schrecklicheres, Außergewöhnliches. Martin Baléares war der Einzige, der ihr geben konnte, was sie erhoffte. Es war besser, sie behielt das für sich, niemand würde sie verstehen, nicht einmal Marthe, sie würde nur wieder sagen, dass die kleine Schwester in Sachen Idealismus unschlagbar sei.

Sagen wir, es ist ein neues Hirngespinst, und du hast ja

recht, Marthe, ein Hirngespinst ohne Gefahr. Zuerst einmal, weil ich mit Martin noch gar nicht in Kontakt getreten bin, und dann, weil er auf der anderen Seite der Mauer sitzt. Nichts hat sich geändert. Du kannst dich wieder deinen Geschäften im Büro Cicéro zuwenden.

Judith verstand das vernünftige Mädchen zu spielen, wenn sie die Schwester beschwichtigen wollte, Marthe war indes nur halb überzeugt. Aber es beruhigte sie dennoch. Womöglich antwortete dieser Baléares ja nicht einmal auf den Brief, und sie hatte sich umsonst aufgeregt.

5

Es war gar nicht so einfach, an einen frisch Verurteilten heranzukommen, Martin Baléares machte erst mal die Runde. Judith glaubte, er sei in Fresnes. Als ihr Brief dort eintraf, war Baléares gerade ins Zentralgefängnis von Poissy verlegt worden. Sie ließ sich nicht schrecken, schickte ihm zehn Seiten Ermutigungen. Die Antwort ließ auf sich warten, sie kam, aber schüchtern. Baléares wollte keine Umstände machen. Er dankte und bekundete aufs Neue seinen Geschmack am Alleinsein. Judith antwortete umgehend, sie teile denselben Geschmack; für zwei Einsame sei es das größte Glück, sich zu finden. Er war verwirrt, der Briefwechsel ging mehrmals wöchentlich über zwei Monate. Sie wagte sich immer weiter vor, sprach von Zuneigung, gebrauchte schließlich das Wort Leidenschaft.

Er gab sich bescheiden, staunte, dass er so starke Gefühle hervorrief. Er bedauerte, so sachlich zu bleiben: Wie soll man jemandem mehr sagen, von dem man nur die

Handschrift auf einem Blatt Papier kennt? Sie antwortete, aus seinem Schriftbild erkenne man einen Menschen am besten. Er bekam Angst: Was hat sie aus seinen Briefen über ihn herausgelesen? Sie antwortete: seine Gewaltsamkeit und seine Zärtlichkeit. Er wurde übellaunig, leugnete jede Gewaltsamkeit in sich. Er würde ihr nicht mehr schreiben, wenn das alles war, was sie aus seiner Schrift erkannte. Er fühlte sich in seinen Prozess zurückversetzt. Sie flehte ihn an, weiter zu schreiben, und versprach, nicht mehr wie ein Richter zu sprechen. Sie wiederholte, er kenne sie, ihre Blicke hätten sich im Gerichtssaal gekreuzt, er habe ihr zugelächelt. Sie sei es, die am Ende aus dem Saal ausgewiesen wurde. Sie war überzeugt, dass er ihr Gesicht in einem Winkel seines Gedächtnisses bewahrt habe.

Sie haben geschrieben, dass Sie nicht mehr von diesem Prozess reden wollen.

Es gehe nicht um den Prozess, sondern um einen Blick. Sie bat ihn, diesen gemeinsamen Moment in sich aufzuspüren. Er nahm die Mühe auf sich und teilte mit, er habe die Szene an die Oberfläche geholt: Er sehe sie.

Sind Sie sicher, dass Sie das nicht nur schreiben, um mir Freude zu machen oder Ihren Frieden zu haben?

Sie wechselten Worte wie Verliebte. Er riskierte, sie nach seiner Erinnerung zu beschreiben. Das spitze Gesicht, die übers linke Ohr fallende Haarsträhne.

Falsch, es ist das rechte.

Ich saß Ihnen gegenüber. Von mir aus gesehen, fiel Ihre Strähne nach links.

Sie hörten einander aus ihren Briefen lachen. Sie hielt es nicht mehr aus, sie mussten sich im Besuchsraum sehen.

Sie war Besucherin im Gefängnis von Fleury-Mérogis, sie musste es auch in Poissy sein dürfen.

Die Nachricht enttäuschte ihn: Schreibt sie allen Gefangenen in dieser Weise? Eine dieser Wohltätigkeitsdamen, die sich einbilden, die Leiden der Haft erleichtern zu können?

Er täusche sich: Würde sie zu ihm sprechen, wie sie es tut, wenn sie nur eine Wohltätigkeitsdame wäre? Das ganze Gegenteil einer Wohltätigkeitsdame sei sie, ihre Schwestern würden es ihm bestätigen, wenn das möglich wäre. Sie habe jede Tätigkeit in Gefängnissen aufgegeben, seit sie Martins Geschichte verfolge.

Einige Schreiben an den Anstaltsleiter von Poissy mit Hilfe der befreundeten Sozialhelfer folgten, und schließlich erhielt Judith die Erlaubnis, Baléares zu besuchen. Seine Familie ließ ihn im Stich, seit der Inhaftierung hatte er nur seinen Anwalt gesehen. Regelmäßige Besuche könnten ihn stabilisieren. Judith Brelan hatte auf ihre Erfahrungen in Fleury-Mérogis verwiesen. Sie wurde gewarnt: In Fleury und Poissy sind die Strafen verschieden, nicht einmal die Häftlinge sind von der gleichen Art.

Sie blieb auf ihrem Stuhl im Besuchsraum sitzen, der für Gefangenenbesucherinnen reserviert war, als er hereintrat: Er war beinahe nicht wiederzuerkennen, die Wangen hohl, durch die längeren Haare sah das Gesicht noch länger aus, widerwillig wirkte er. Sie gaben sich die Hand. Judith war auf eine Enttäuschung gefasst gewesen, aber nicht auf eine so große. Sie gaben Laute von sich, Bruchstücke von Sätzen. Judith erschrak über die Banalität ihrer Fragen: Ob er gut isst, gut schläft, Sport treibt. Martin Baléares senkte die Augen, antwortete mit Ja oder Nein. Sie gingen auseinander mit dem Eindruck, sich nichts gesagt zu haben.

Die Überraschung kam von Martin: Am nächsten Morgen schrieb er Judith einen enthusiastischen Brief. Er hatte die Nacht nicht geschlafen, ihr Gesicht hatte ihn begleitet, ihr Mund zu ihm gesprochen, stundenlang, nie habe er sich mit einem Menschen so wohl gefühlt. Er bat sie, so bald wie möglich wiederzukommen. Die Strafbehörde bewilligte keine ungeregelten Besuche, sie mussten sich gedulden. Inzwischen wechselten sie tagtäglich Briefe.

Der zweite Besuch war Seligkeit. Martin Baléares hatte sich die Haare schneiden lassen, die Wangen hatten sich gerundet. Die Jochbeine sprangen noch hervor, aber der Teint war frischer. Ihre Hände berührten sich, ohne Druck. Martin zeigte eine Sekunde sein Lächeln, das genügte. Es ließ Judith verstummen. Sie schwiegen gemeinsam, und es tat gut, gemeinsam so lange schweigen zu können, ohne dass es peinlich wurde. Sie begannen gleichzeitig zu sprechen, stockten, begannen von vorn. Was hast du gesagt? Ich weiß nicht, es kommt sicher wieder, wenn du sprichst. Einer fiel dem anderen ins Wort, ihre Stimmen galoppierten, als flögen sie. Die Bewacher wurden aufmerksam, wie laut die waren, wie erregt. Sie hatten nicht Zeit genug, sich alles zu sagen.

Sich was zu sagen? Beim Abendessen mit Marthe wusste Judith davon nichts mehr. Nur dass sie geredet hatten wie im Fieber, dass sie gesehen hatte, wie die Poren an ihren Armen sich zusammenzogen, wie ihre Hände sich rosa marmorierten; diese Hitze, sie musste ganz rot gewesen sein, was mochte Martin gedacht haben?

Nähe stellte sich zwischen ihnen ein, vertrauliche Gespräche Monat für Monat, in denen sie, ohne das Schamgefühl zu verletzen, sich in intime Bereiche wagten. Sie sprachen von ihren Körpern, ihren Träumen, worin sie einander nackt gesehen und berührt hatten. Dann hielten sie inne, sie schauten sich eine Zeitlang an. Sie sagten sich, dass sie für kommende Nächte speicherten. Ihre Gespräche griffen weiter aus, Judith bemühte sich, die Außenwelt in Martins Leben zu holen, erzählte ihm von ihren Schwestern, von ihrer Jugend. Sie würde ihm so gerne die Gemeinsamkeiten ihrer beider Leben zeigen. Das musste sie bald aufgeben. Jedes Mal verschloss er sich in unzugängliches Schweigen. Er wollte nicht an seine Vergangenheit denken.

Es hat keinen Zweck, unsere Ursprünge zu vergleichen, um uns einander näher zu fühlen. Wenn man die Vergleiche zu weit treibt, entdeckt man wahrscheinlich mehr Unterschiede als Übereinstimmungen, fühlt sich vielleicht gar nicht mehr so wohl miteinander?

Judith war vor Verunsicherungen nicht gefeit. Die Zeit verging, und die Begegnungen stellten neue Bande zwischen ihnen her. Eins aber, das allererste, blieb in ihr unverändert und im Verborgenen. Nur manchmal gestand sie es sich ein: Was sie zu Anfang erregt, was sie zu Martin Baléares hingezogen hatte, war das Wissen, dass er ein Krimineller war. Doch nichts von dem, was sie einmal in das Gefängnis geführt hatte, drang in ihre Gespräche. Wie wünschte sie sich, ein deutliches Zeichen dafür an ihm zu erkennen: Diese Hände da haben eine Frau misshandelt, erwürgt, und Martin legte sie übereinander auf den Tisch, ganz harmlos. Man saß vor einem Vergewaltiger und Mörder, aber der nette Junge da könnte ein Kind sein. Wenn sie, selten einmal, auf sein Verbrechen zu kommen versuchte, wich er aus, stürzte sich begeistert auf eine Nebensache oder brach, sobald sie beharrte, das Gespräch ab. Sie verstand ihn, wollte sich aber nicht damit abfinden, einen gewöhnlichen, sogar in Haft sitzenden Mann zu lieben. Sie möchte, dass er eines Tages ihr, ihr ganz allein gestand, was er vor Gericht geleugnet hatte. Wenn er ihr sein Verbrechen in allen Einzelheiten schilderte, wäre das ein Moment von Gemeinschaft, wie ihn sonst niemand erlebte. Sie spürte, dass Martin Baléares nicht dazu bereit war. Er ließ sich auf juristische Fragen ein, wenn es um die Beratungen mit seinem Anwalt ging. Er blieb dabei, dass er unschuldig war, ging aber nicht so weit zu verlangen, dass sein Prozess noch einmal aufgerollt wurde, sosehr der Verteidiger, der nach immer neuen Beweismitteln suchte, ihn dazu auch drängte.

Du hilfst ihm nicht gerade, sagte Judith.

Um dich länger zu sehen.

Sie lächelten sich an. Martin bestritt alle ihm vorgeworfenen Taten, womit er sich zumindest als so verschlagen und berechnend erwies, wie von der Justiz beklagt. Bislang begnügte sich Judith damit. Einmal schien ihr, er wolle sich weiter vorwagen. Er hörte Judith nicht zu, suchte nach Worten, sprach leise. Er brauche es, dass sie ihn für unschuldig halte: dass wenigstens du es glaubst. Sie jubelte. Dass es ihm so ernst damit war, begriff sie als einen ersten Schritt zu einem Geständnis. Sie antwortete, er möge ganz ruhig sein, sie glaube ebenso sehr an seine Unschuld wie an seine Schuld, auf diese Weise könne sie ihn doppelt lieben. Und schon befiel sie Angst vor den eigenen Worten:

Sicherlich würde er sie, wie ihre Schwestern, nun als zu kompliziert, zu lyrisch verurteilen. Das Gegenteil geschah, in dieser gewundenen und träumerischen Denkweise erkannte er sich selbst; dadurch rette er sich aus der Haftroutine, sagte er, wie durch die Bücher, die sie ihm zukommen ließ. Ohne eine höhere Schule besucht zu haben, begeisterte er sich für Dichtung, bat jedes Mal um neue Lyriksammlungen, bevorzugt die dunkelsten. Er verstehe sie besser als irgendeinen Abzählreim, sagte er. Er suche nach spiritueller Erhebung, und Judith nähre ihn. Gemeinsam ließen sie in der halben Besuchsstunde die gewöhnliche Welt hinter sich. Wenn sie sich trennten, sagten sie, dass sie einander Bruder und Schwester seien wie niemand sonst.

6

Sabine und Marthe tauschten in ihren Briefen weiterhin ihre Besorgnisse über Judiths regelmäßige Gefängnisbesuche aus. Bei allen Zugeständnissen an den unvernünftigen Charakter der Schwester und ihre sozialen Betätigungen – das grenzte an Monomanie. Sie hatten sich über Martin Baléares erkundigt: Ein ungehobelter Brutalo, ohne jede Bildung, sie konnten einfach nicht fassen, dass ein so kluges Mädchen wie Judith sich mit solchem Kerl verständigen konnte.

Marthe spielte von Zeit zu Zeit darauf an: Findest du überhaupt noch was, mit ihm zu reden?

Judith wurde nicht einmal böse. Kein anderer könne sich vorstellen, welche Feinsinnigkeit ein zum Eingeschlossensein verurteilter Mensch entwickle. Sie antwortete mit größter Sanftmut. Nie hatte ihre Schwester sie derart ausgeglichen erlebt. In ihren Briefen an Sabine staunte sie, dass erst ein großer Verbrecher kommen musste, um Judith von ihrer Spottlust und kritischen Maßlosigkeit zu heilen und ihr einen Sinn zu geben für Mitleid und Anteilnahme.

Sabine wollte wissen, ob sie in diesen Baléares verliebt sei. Ausnahmsweise, um ihr die Frage nicht selbst stellen zu müssen, gab ihr Marthe den Brief zu lesen.

Antworte ihr, ich bin nicht verliebt. Was mich mit Martin verbindet, lässt sich nicht auf so ein Allerweltsgefühl wie Liebe reduzieren.

Schwierig, mit Judith auf gleicher Höhe zu sein; zwar war sie nicht mehr so bissig wie früher, stellte aber noch immer höchste Anforderungen an die übrige Menschheit. Marthe hätte ihr trotzdem gerne ein kürzliches Erlebnis mitgeteilt, keine dumme Allerweltsgeschichte in ihren Augen. Sie wagte es auf die Gefahr hin, den alten Spott zu wecken. Sie hatte in einer Brasserie der Champs-Élysées an einem Geschäftsessen teilgenommen. Ein Gesicht an einem der Nachbartische erinnerte sie an jemanden, und die Stimme, vor allem die Stimme führte sie fünfzehn Jahre zurück. Sie vergaß ihren Teller, zwang sich, nicht hinzusehen, nein, das war doch unmöglich. Als der Kaffee gereicht wurde, stand sie auf, streifte den Mann, ohne sich aufzuhalten, kam ein paar Minuten danach stärker geschminkt zurück, so wie früher, blieb vor ihm stehen. Auch er erkannte sie, umarmte sie. Es war der totgeglaubte Charles Coutelle, fast so mager wie damals im Sanatorium zu Dreux.

Und ihr wusstet nicht, was ihr sagen sollt?, fragte Judith. Klar, das kenne ich.

Marthe war der Schwester dankbar, dass sie über ihre Begegnung nicht lachte.

Und dann? Dann hattet ihr euch viel zu viel zu sagen? Auch das kenne ich.

Marthe hatte es nicht fassen können, am meisten verwirrt von beiden war aber Charles Coutelle gewesen. Er entschuldigte sich, noch zu leben. Sie wiederholte, dass sie ihn seit ihrer Rückkehr von Dreux für tot gehalten hatte. Fräulein Devaux, die Direktorin, hatte so fest behauptet, dass er in Kürze unvermeidlich sterben werde; wohl hatte sie Marthe nicht für seinen Tod verantwortlich gemacht, aber dafür, ihn beschleunigt zu haben. Wie seltsam, ihn nun bei guter Gesundheit zu sehen. Hatte das Fräulein Doktor sich getäuscht, oder hatte er sie getäuscht?

Er war beschämt, der einzig Verantwortliche dafür war er. Er hatte mit seiner außerordentlichen Magerkeit gespielt und sich als Sterbenden ausgegeben, um den Mädchen Mitleid einzuflößen und mit ihnen zu schlafen, wenigstens mit denen, die er nicht verabscheute, also den für menschliches Elend empfindsamsten. Was ihn bedrückte, wenn er daran zurückdachte, war, dass er das Vertrauen der Besten und Feinsten ausgenutzt hatte.

Nicht, dass ich jeden Tag daran denke, keine Bange, aber trotzdem …

Er hatte Fräulein Devaux seinen Tod ankündigen lassen, die schlimmste Lüge seines Lebens. Er ahnte, dass Marthe Brelan die Konsequenzen zu spüren bekäme. Stolz auf seine Jugend könne er wahrlich nicht sein. Dass er einmal auf Marthe treffen könnte, hatte er in den ersten Jahren befürchtet. Dann hoffte er, nach so langer Zeit sei Gras darüber gewachsen.

Marthe versicherte, vielmehr glücklich zu sein, einen Menschen am Leben zu wissen, den sie umgebracht zu haben glaubte. Ihr sei mit einem Schlag leichter zumute, und sie lachten beide.

Schade, dass du gelacht hast, sagte Judith. Ihr hättet den Ernst zwischen euch bewahren müssen. Wenn ihr eure Geschichte zum lustigen Jugendstreich macht ... Man sagt sich lachend auf Wiedersehen und damit Schluss.

Sie hatten sich, nachdem ihre Visitenkarten getauscht waren, die Hand gedrückt: Wie hätte man in einer solchen Situation anders als formell sein können? Allerdings, hatte Charles Coutelle gescherzt, habe er schon lange nicht mehr mit seinem baldigen vorgetäuschten Tod gespielt, er sei ein gutgestellter Mann, Handelsvertreter eines großen amerikanischen Unternehmens, verheiratet, drei Kinder, lauter Mädchen.

Wie du vermutlich?, hatte er hinzugesetzt.

Ja, ja, hatte Marthe gesagt, verheiratet, aber ohne Kinder.

Sie fragte sich, warum ihr diese Lüge über die Lippen kam. Ob sie sich schämte zuzugeben, dass sie in ihrem Alter noch mit ihrer Schwester zusammenlebte?

Es war doch gut, dass du das gesagt hast. Er hat dich in Dreux belogen, heute belügst du ihn. Ihr seid quitt. Da brauchst du nichts zu bereuen, der ist jemand viel zu Normales für uns geworden. Vorher fand ich ihn besser.

Offenbar musste ein Mann bei Judith ein Verbrecher sein. Marthe ärgerte sich, dass sie sich ihr anvertraut hatte, denn Charles Coutelle rief sie danach im Büro an, um ihr vorzuschlagen, in Boulogne ein Glas miteinander zu trinken, er habe dort Kunden zu besuchen. Sie sprachen über ihre Arbeit, er meinte, ein Architekturbüro, das müsse etwas Künstlerisches sein und erscheine ihm reizvoller, als amerikanische Geräte zu verkaufen, Fotokopierer, Wiederholung statt Kreation. Er beneidete Marthe. Sie widerlegte ihn nicht, betonte nur, dass sie bei Cicéro nicht mit dem eigentlich kreativen Teil befasst sei. Als die Familienfrage angeschnitten wurde, wusste Marthe nicht, wie sie sich herausreden sollte. Ihr Ehemann? Sie beschrieb Markus Schlegel. Sein Beruf? Bauingenieur. Sehr praktisch, wenn du in der Architektur bist. Sie begann sich zu verheddern, Deutschland, Auslandsverträge, Reisen. Er ist Deutscher, oder? Nicht ganz.

Ich will dich nicht in Verlegenheit bringen, sagte Charles Coutelle. Ich verstehe doch, wenn du über dein persönliches Leben nicht sprechen willst. Lass uns freundschaftlich und sogar mal professionell reden. Was habt ihr bei Cicéro für Reproduktionsmittel? Ich könnte dir einen guten Vertrag machen.

Dann hat er also Kontakt zu ihr nur aufgenommen, um seine Geräte anzubringen? Enttäuschend, aber auch beruhigend: Was hatte sie anderes erwartet? Machen wir unser Geschäft mit den Fotokopierern und Schwamm drüber.

Nach der Vertragsunterschrift lud Charles sie zu weiteren Gläschen und sogar zum Essen ein.

In eurem Haus pflegt man den nachvertraglichen Service, wie?, sagte sie.

Das sehe sie falsch. Ob sie denn nicht verstanden habe? Habe sie ihn nicht mehrfach sagen hören, dass seine Frau ihm seit Jahren gleichgültig begegne? Sie spreche kaum mehr mit ihm, stachele seine Töchter gegen ihn auf, rebellische und nicht sehr arbeitsame Jugendliche, die einen

Vater verachteten, den sie als kleinbürgerlichen Angestellten im Dienst des amerikanischen Imperialismus ansahen.

Ich höre im Übrigen auch darauf, was du sagst: Du willst über deinen Mann nicht sprechen. Er scheint viel auf Reisen zu sein. Man könnte sich sehen. Ich glaube, ich habe allerhand gutzumachen.

Wir sehen uns doch, sagte Marthe.

Ja, aber sich sehen und sich sehen ist nicht das Gleiche. Ein junger Kollege habe ein Zimmer im 15. Arrondissement, sie brauchten nur gemeinsame Stunden zu finden, wenn Marthes Ehemann nicht da sei. So kam es, dass sie sich immer öfter trafen, sich erinnerten, dass sie in Dreux zwanzig, fünfundfzwanzig Jahre alt waren. Das Leben ging weiter, wo es aufgehört hatte, ein Wunder für Marthe. Charles Coutelle mit seinem spitzen Glied sorgte dafür, dass sie seine Finten und Lügen vergaß. Ihre Körper verschlangen sich, eine Illusion von gegenseitiger Anhänglichkeit, von Verstehen: Wie lange hatte sie darauf gewartet. Zu Hause dann quälte sie sich, wie konnte sie zugeben, dass sie den Ehemann nur erfunden hatte, ohne sich vor Charles herabzuwürdigen; ihre Beziehung war von Anfang an auf Sand gebaut, nichts mit Zukunft. Besser, sie gab nichts zu, besser auch, Judith die Einzelheiten zu verschweigen. Wie banal, würde sie schreien, wie kläglich banal, mit einem verheirateten Mann zu schlafen, wie kannst du bloß?

Einzig in ihren Briefen an Sabine durfte sie ehrlich sein. Die Schwester in Deutschland tat ihr die größte Liebe, indem sie ihr Mut zusprach: Wenigstens du bist glücklich, hast einen Mann, der sich um dich kümmert. Keinen so reichen wie Markus vielleicht, aber was hatte man schon von einem reichen Mann. Zum ersten Mal bekannte sie offen, wie unbefriedigend ihre Ehe war. Markus zockte mehr und mehr. Gewisse Beziehungen, die er beim Poker geknüpft hatte und die ihm für seine Projekte dienlich gewesen waren, schadeten ihm seit einiger Zeit. Mehrere Bauunternehmen, für die das Haus Schlegel & Schlegel arbeitete, waren in einen großen Schmiergeldskandal verwickelt. Man hatte die Preise abgesprochen, hatte sich reihum Aufträge zugeschanzt, und waren die Summen nicht ausgewogen, wurden Schmiergelder gezahlt. Die Untersuchungsbeamten sprachen von Filz.

Im Verdacht standen Bautechnikfirmen wie Architekturbüros. Bei Schlegel & Schlegel war nichts gefunden worden, und Sabine blieb überzeugt, dass Markus mit der Skandalgeschichte nichts zu tun hatte, aber sein Name ging durch die Presse, schnell war man an den Pranger gestellt zum Schaden für den Ruf des Hauses und seine Geschäfte. Da war es ein Trost, Marthe in bestem Einvernehmen mit einem Mann zu wissen, ohne dass sie den Unannehmlichkeiten des Ehelebens ausgesetzt war. Wenigstens eine Brelan-Schwester, die glücklich war. Großmama Madeleine hatte es allen dreien gewünscht, das war zu hoch gegriffen. Marthe mühte sich, um jeden Preis hoffnungsvoll zu bleiben: Sabine hatte ihren Ehrgeiz über alles gestellt, sogar über den Mann, und sie war erfolgreich; Judith hielt an ihrer merkwürdigen Bindung fest, die zugleich leidenschaftlich und unwirklich war, wie es ihrem Wesen entsprach, was schließlich nicht störte, weil der Mann gefangen saß; sie selbst fand regelmäßige Befriedigung bei Charles Coutelle, eine in ihrem Alter und ihrer

Situation unerwartete Freude. Was konnten die drei Schwestern sich Besseres erhoffen? Wir haben das Glück, das wir verdienen. Großmama Madeleine könnte zufrieden sein.

Sabine war davon weniger überzeugt und beklagte wiederum in einem Brief ihr Los, auch konnte sie es weder glücklich noch würdig finden, dass sich ihre kleine Schwester im Besuchsraum von Poissy mit einem Kriminellen traf.

Judith wunderte sich, dass Marthe ihr seit Monaten keinen von Sabines Briefen mehr vorlas, nicht einmal in Auszügen wie gewohnt. Daraus folgerte sie, dass sich ihre Schwestern die ganze Zeit in ihren Briefen unerfreulich über sie ausließen. Oder womöglich aus Gleichgültigkeit überhaupt nicht mehr über sie sprachen, was ihr ebenso sehr missfiel. Sie wollte Klarheit, kramte in Marthes Papieren und bekam die letzten Briefe in die Hand, aus denen sie auf einmal das Leben der einen wie der anderen erfuhr. Die beiden Älteren sagten sich auf dem Postweg mehr als Marthe und Judith, wenn sie sich fast jeden Abend beim Essen gegenübersaßen, wie traurig.

Sie wartete, bis Marthe sie nach dem Neuesten von ihrem Zelleninsassen fragte, sich wieder einmal über ihren schlimmen Umgang erhob und ihr als große Schwester Ratschläge erteilte.

Du bist noch jung, du könntest das schönste Leben von uns dreien haben. Wenn du nur wolltest. Fragst du dich denn nie, ob du deine Zeit nicht wegwirfst mit diesem, du weißt schon?

Einem Verbrecher, sprich es ruhig aus, einem Ehrlosen, dem Vergewaltiger von Chevreuse. Ich behaupte nicht das

Gegenteil. Ich sage nur, wir sitzen alle drei im selben Boot. Ich weiß, dass du mit Charles Coutelle vögelst. Schockiert? Daran müsstest du dich langsam gewöhnt haben. Nennst du einen Mann ehrenhaft, der seine Frau betrügt? Und bestimmt bist du nicht die Erste. Frag ihn, wo er die anderen hingeführt hat. Vermutlich zu derselben Adresse. Ein Wiederholungstäter, da bin ich mir sicher. Und Sabine mit ihrem Markus – sie glaubt immer noch, er sei nicht in diesen Filzskandal verstrickt. Du kannst mir nicht erzählen, dass du genauso naiv bist wie sie. Der steckt dadrin bis zum Hals. Ein Schlitzohr, gegen das man noch keine Beweise hat, aber das kommt noch. Unehrenhaft auch er, das könnte ihn mir fast sympathisch machen. Und bestimmt auch Wiederholungstäter. Denn wie hätte das Haus Schlegel & Schlegel von 1918 an, unter Hitler, unter allen Regimen, dermaßen florieren können, ohne von Zeit zu Zeit ein paar Aufträge zu kaufen? Ehebruch, Filz, Mord, alles Nuancen von Vergehen oder Verbrechen, aber Delikte und Verbrechen nach dem Gesetz. Ihr seid tatsächlich meine Schwestern, künftig könnt ihr nicht mehr sagen, dass ich die schlimme Ausnahme der Familie bin.

Judith lachte, und es war, als lache Großmama Madeleine, ein unschuldiges Jubilieren, während sie die scheußlichsten Sachen sagte, die es nur gibt, dachte Marthe. Und in ihren Papieren nach Briefen zu wühlen, die sie gut versteckt glaubte, wie gemein, noch gemeiner, als sich dieser Briefe gegen die Schwestern zu bedienen.

Ich gebe es zu, antwortete Judith, wenn auch du anerkennst, was ich gesagt habe, und ihr aufhört, mich in euren Briefen fortwährend schlechtzumachen. Ihr tätet besser daran, mir beizustehen, weil wir alle drei gleich sind. Das würde mir helfen, weil es nun mal nicht leicht ist, was ich versuche, einen zu Unrecht verurteilten Mann zu unterstützen, einen überragenden Menschen. Ihr bezeichnet ihn in euren Briefen als ausgemachtes Vieh. Die kleine Judith, so winzig, so verkopft, und mit einem solchen verstockten Schwein. Ihr kapiert eben nichts. Wenn ihr einsehen würdet, dass ihr nicht besser seid als ich, täte mir das gut. Ich würde euch jetzt so sehr brauchen, denn bald hat Martin die Hälfte seiner Zeit rum. Mittlerweile gibt es für ihn wieder eine Zukunft. Ich muss mich darum kümmern, und ich weiß nicht, wie ich das ohne euch hinkriegen soll.

Mit einem Schlag war Marthe umgestimmt. Judith wusste nicht weiter, und schon vergaß Marthe, auf welche Weise die Jüngste ihre Kenntnisse erlangt und welch böswilligen Gebrauch sie davon gemacht hatte. Sie sah nur mehr das kleine Mädchen, das seine Schwestern zu Hilfe rief. Wohl war es wieder so ein Erpressungsversuch von Judith; sie kämpfte gegen ihre Schwestern, aber doch um ihre notwendige Einigkeit. Bloß zu welchem Zweck? Ein neuer Grund, sich Sorgen zu machen. Trotzdem, sie brachte es nicht fertig, Judith fallenzulassen. Bei ruhiger Überlegung hatte sie ja vielleicht nicht so unrecht mit Charles Coutelle und noch weniger mit Markus Schlegel. Dass es immer Judith war, die, obwohl dem wahren Leben so fremd, wieder mal klarer als andere die Wahrheiten des Lebens erkannte, könnte einen schon zornig machen. Marthe gelang es nicht mehr, zornig zu sein.

7

Für Martin Baléares begann das zehnte Haftjahr, laut seinem Anwalt der Zeitpunkt, einen Antrag auf bedingte Freilassung zu stellen. Er hatte sich gut geführt in Poissy, ein ruhiger Häftling, höflich, allerdings nicht eben gesellig. Das Gute daran: Er machte sich nicht mit den Hartgesottenen gemein. Die Kehrseite, die Wärter waren sich nie sicher, ob er sie nicht genauso wie die anderen verachtete. Ohne ein Wort ließ dieser Leser von esoterischer Lyrik seinen überheblichen Blick über die Männer gleiten, bedauerlich, doch wenigstens machte er keinen Zoff.

Er hatte sich dem Tagesablauf, den Riten, der Arbeit in der Werkstatt gefügt, wäre also zur Arbeit in einem Unternehmen tauglich. Noch wusste man keins, das bereit wäre, den Mörder von Chevreuse einzustellen, auch wenn er der friedfertigste Mensch geworden war.

Ein Plan nahm in Judiths Kopf Gestalt an. Sie hatte Martin im Lauf der neun Jahre für ihre Lektüre, ihren Geschmack an utopischer Architektur gewonnen, ihrer Ansicht nach eine andere Form der von ihm bevorzugten dunklen Dichtung. Sie hatte ihn ermuntert, zu zeichnen, imaginäre Bauten zu entwerfen. Er inspirierte sich an Piranesi und seinen Kerkern, an Claude Nicolas Ledoux, Étienne Louis Boullée. Wenn das Büro Cicéro nun zusagen würde, Martin Baléares als Zeichner zu nehmen? Nichts würde einen Antrag auf bedingte Freilassung besser stützen. Nur brauchte sie Marthes Hilfe, um das bei Monsieur Cicéro durchzusetzen.

Mir scheint, du hast dort alles in der Hand, Cicéro kommt doch allein nicht zurecht. Du machst, was du willst. Also nimm diese Zeichnungen mit, sprich überzeugend. Martin ist ein überragender Geist, ein Talent, guck dir das doch an.

Marthe versprach zu tun, was sie könne. Aber mit diesen überkandidelten Zeichnungen war nichts anzufangen. Heutzutage musste die Architektur nutzenorientiert sein, für diese verschachtelten Kurven bestand kein Bedarf. Ein Visionär? Im Büro Cicéro brauchte man keine Visionäre, sondern rigorose Praktiker, die kostengünstige Projekte entwarfen. Marthe legte die Mappe nicht vor, fühlte sich deshalb einen Moment schäbig, ehe sie Judith belog: Ich habe alles versucht, habe Monsieur Cicéro sogar die doppelte Ration genehmigt. Er sagt, wir haben schon zu viele Zeichner.

Soll er die schlechtesten rauswerfen, sagte Judith, Martin kann sie ohne weiteres ersetzen.

Judith zeige damit nur, dass sie von der Arbeitswelt nichts verstehe. Immer hast du es abgelehnt, sie kennenzulernen, heute willst du gegen jede Regel dort deinen Bekannten unterbringen. Versuch doch nur ein Mal, gewissenhaft und realistisch zu sein.

Gewissenhaft und realistisch, schreckliche Wörter für Judith. Dann willst du mir nicht helfen? Bist du meine Schwester oder nicht?

Marthe schwor, sie würde alles irgend Mögliche für sie tun, außer einen wenn auch freigelassenen Straftäter in ihre Firma einzuführen. Abermals betonte sie, was für ein Widerspruch es sei, dass Judith, die so sehr gegen die Lohnabhängigkeit war, dass sie selbst nie einen Lohn bezog, nun erbittert versuche, ihren Freund von Poissy in Arbeit zu bringen.

Es ist eine Notwendigkeit, um die bedingte Freilassung zu erreichen. Vergiss die Zeichnungen, die utopischen Projekte, er wird machen, was man von ihm verlangt, um erst einmal seinen guten Willen zu beweisen.

Dann war das gar nicht ernst gemeint? Nur ein Schachzug, um dem Ministerium ein gutes Dossier vorzulegen, und nachher? Im Prozess wurde immer wieder der berechnende und verschlagene Charakter von Martin Baléares hervorgehoben, dies ist ein neuer Beleg dafür. Du lässt dich vor seinen Karren spannen, Judith.

Bleibst du dabei, dass du alles andere für mich tun würdest?

Marthe wiederholte ihr Versprechen, sie fühle sich dazu verpflichtet, alles, nur nicht das.

Der Antrag kam nicht voran. Keine Arbeit, keine Unterkunft nach der Entlassung, kein familiärer Anschluss. Die Brüder und Schwestern wollten vom Schandfleck der Familie nichts wissen. Das gute Betragen in der Haft reichte nicht aus. Man musste neue Wege suchen. Judith war verletzt, als sie begriff, dass der Anwalt andere Personen einzuschalten gedachte. Was für andere Personen? Andere Briefpartnerinnen, ja. Was für Briefpartnerinnen? Martin Baléares hatte zu viel gesagt. Judith war nicht die einzige Frau, mit der er Beziehungen unterhielt. Von Anfang an hatte er Liebesbriefe erhalten. Gewisse Frauen fühlten sich von einem brutalen Vergewaltiger, der ihnen etwas antun könnte, so stark angezogen, dass es sie in der Tiefe bewegte. Martins verschwiegene Persönlichkeit hatte diese Anziehungskraft erhöht. Mit der Zeit aber hatte sich die vielfältige Korrespondenz verringert. Die einen waren einem

Trieb gefolgt, dessen sie sich dann schämten. Andere, die aus großer Einsamkeit etwas in ihn hineinphantasiert hatten, besuchten und vergaßen ihn. Ein paar waren ihm treu geblieben, Frauen aus allen sozialen Milieus, sogar eine Bankerin. Der Anwalt hoffte sehr, dass die Bankerin eine Stelle für Baléares beschaffen werde.

Judith wurde krank, Zittern und Schüttelfrost überfielen sie. Martin hatte geschworen, er habe mit den anderen nur korrespondiert, einige seien verheiratete Frauen oder Mütter mit Familie, die nicht mehr wollten, als Briefe zu wechseln. Ihn vor sich zu haben, hätten sie nicht ertragen. Nur Judith habe ihn im Besuchsraum sehen und wirklich etwas mit ihm erleben wollen. Da hatte sie sich nun einzig gewähnt, mit Gefühlen jenseits alles Gewöhnlichen, wie keine zweite Frau sie zulassen könne. Dabei glich sie den anderen und war eifersüchtig auf sie. Sie wollte diese Briefe lesen, um sich weh zu tun. Sie glaubte nicht mehr, die Einzige gewesen zu sein, die Martin Baléares besucht hatte. Sie stellte sich vor, wie die Frauen im Besuchsraum Schlange standen, ihn berührten, wie sie es sich niemals erlaubt hatte, ihn mit Liebeserklärungen bestürmten. Und zu so etwas hatte er sich hergegeben, hatte sie ermutigt, hatte sich darin gesonnt, der Weiberheld im Knast. Er brauchte nur eine zu töten, und alle anderen kamen gelaufen. Sie blieb im Bett, ohne zu essen, sie ging daran zugrunde. Sie wollte Martin Baléares nicht mehr sehen, nichts mehr wissen von ihm.

Marthe musste mit ansehen, wie die kleine Schwester abmagerte, sich Tag um Tag verzehrte. Aus Angst, sie könnte sich etwas antun, versäumte sie oft ihre Arbeit. Wie damals in der Klinik legte sie der Kranken ihre besänftigende

Hand auf den Rücken, wachte über ihre Ruhe in der Dunkelheit. Leise sprach sie auf sie ein, lange. Sie hatte Mühe, ihre Befriedigung zu verhehlen, dieser Bruch mit Baléares konnte nur heilsam sein. Trotz allem, was Judith von der Liebe hielt, hatte sie diesen inhaftierten Mann geliebt. Vor seiner baldigen Freilassung war ihre Konstruktion zusammengebrochen, sie hatte es mit der Angst bekommen. Diese nun entdeckten Briefrivalinnen dienten ihr zum Vorwand, sich von ihm zu lösen, sie freute sich darüber. Dass das für sie schmerzhaft war, konnte man verstehen.

Wir müssen sie nur an unsere schwesterliche Liebe erinnern, schrieb sie Sabine, uns einige Zeit gedulden, und sie wird sich beruhigen, wird begreifen, dass sie sich ausweglos verirrt hatte. Aber beharren wir nicht darauf, sie würde nur widersprechen.

Nach zwei Wochen wirkte Judith tatsächlich stabiler, Appetit und Schlaf kehrten zurück. Sie stand für längere Zeiten auf, hatte klarere Augen, nahm wieder Bücher zur Hand. Marthe schrieb ihre Auferstehung der Brelan'schen Vitalität zu, für die Großmama Madeleine lange das Beispiel war. Beruhigt fuhr sie wieder nach Boulogne.

Manchmal fragte sie Judith, ob sie an Baléares gedacht habe.

Ich brauche nicht an ihn zu denken, antwortete Judith. Sie hatte nicht nur die Energie ihrer Großmutter, sie hatte auch deren Sinn für mehrdeutige Sätze. Sie brauchte an Baléares nicht zu denken, weil sie ihn wiedergesehen hatte. Nur darum hatte sie sich aufgerappelt, um sich ihm erneut im Besuchsraum gegenüberzusetzen und aufzufordern, er möge eine finden, die sich besser als sie für ihn einsetze. Er müsse zwischen seinen Korrespondentinnen wählen. Wenn er auf die Bankerin oder auf eine andere setze, solle er es sagen, dann komme sie nicht wieder.

Er lächelte wie das erste Mal auf dem Fernsehschirm, indem er den Kopf seitlich wandte. Und hätte er sonst was gesagt – es hätte sie gewonnen. Seine Wahl war getroffen. Es war ganz einfach. Noch einmal lächelte er: Er habe nicht mal eine Wahl gehabt. Von einem Tag auf den anderen waren sie alle verschwunden, als es darum ging, ihm zu helfen, ihm eine Arbeitsstelle zu beschaffen. Er war fest überzeugt, dass Judith sich genauso entschieden hatte, und staunte, sie nun wiederzusehen: Er hatte keine Wahl.

Mangels anderer also?

Wenn du dich verletzt fühlst, brauchst du nicht mehr zu kommen. Die restlichen neun Jahre in der Zelle halte ich auch noch durch. Vielleicht ist das sogar besser für mich und für dich.

Und das mit einem Blick, als wolle er sie erwürgen … Jede x-beliebige Frau würde Angst bekommen, dachte sie, würde nichts mehr wissen wollen von einem Mann, der so dreist, so verächtlich, so bedrohlich sprach. Doch sie war nicht jede x-beliebige Frau: Diese Bedrohung, diese Verachtung und Dreistigkeit schreckten sie nicht. Im Gegenteil, so gefiel er ihr. Wenn nicht, hätte sie Martin Baléares nicht neun Jahres ihres Lebens geschenkt. Sie sagte sich, dass sie die Letzte war, die ihm blieb. Wie konnte sie dessen sicher sein?

Sicher sein kannst du nie, sagte Martin mit seinem Lächeln.

Deshalb glaube ich dir.

Bloß dass du mir nichts anzubieten hast. Du hattest mir was von einer Stelle bei deiner Schwester erzählt. Alles in den Wind gesprochen. Wenn du nichts anderes hast, bist du nicht besser als die Bankerin oder die ängstlichen Familienmütter.

Je mehr er sie entmutigte, desto entschlossener wurde sie. Ein letztes Bedenken im Dauphine: Sie war nach Poissy gefahren, um ihn herauszufordern, doch hatte er sie herausgefordert. Sie wollte die Oberhand behalten. Mitten in der Fahrt schloss sie die Augen, um das Steuer so lange wie möglich blind zu führen. Wenn sie dabei heil bliebe, würde sie gewinnen.

Das Fahrgeräusch änderte sich, sie befand sich offenbar nicht mehr auf Asphalt, sie hörte Hupen, ein dumpfes Schweigen folgte, so als ob der Wagen schwimme, bevor er in einem Teich versank. Sie öffnete die Augen, sie hatte eine Kurve geschnitten und steckte in einer Wiese mit hohem Gras.

Geht's Ihnen gut?, brüllten anhaltende Fahrer zu ihr herüber.

Warum nicht? Eine Wiese, Land, Gras, was braucht man mehr. Darauf hätte ich eher kommen sollen.

Sind Sie sicher, dass Sie keinen Krankenwagen benötigen?

Sie bat nur, dass man ihr half, den Dauphine von der Wiese zu bugsieren.

8

Beim Abendessen fragte sie Marthe, seit wann das Haus der Beaumonts zum Verkauf stehe. Über ein Jahr. Monsieur Beaumont war voriges Jahr gestorben. Madame Beaumont konnte sich seit einiger Zeit nicht mehr auf den

Beinen halten und musste ins Altersheim. Weil sie keine Kinder, keine direkten Erben hatte, musste das Grundstück verkauft werden, um die monatlichen Heimkosten zu decken. Das Haus war baufällig, zu klein, eine Wohnküche, zwei Stuben, nicht mal eine Dusche. Eine solche Baracke wollte niemand, viel zu viel Arbeit. Aber der Garten war groß, übergroß sogar. Nur dass Monsieur Beaumonts Nutzgarten zugewuchert war, so dass die seltenen Interessenten entmutigt abwinkten.

Wir sollten das Haus der Beaumonts kaufen, sagte Judith.

Was willst du damit? Wir haben so schon zu viele Zimmer, zu viele Bäder für uns zwei.

Nicht, um drin zu wohnen.

Zum Vermieten also? Widerruft unsere Schwester Judith ihre Abwehr gegen Geld und Geschäfte? Will sie etwa in ein Haus investieren, um von der Miete zu leben? Ihre Krankheit hat sie sehr verändert. Zweifellos bekäme man das Ganze für wenig Geld. Aber daraus etwas Bewohnbares zu machen, käme sie teuer zu stehen.

Ich habe eine Idee, sagte Judith.

Ein Bauprojekt? Oder willst du dich womöglich in die Immobilienspekulation stürzen, du, Judith?

Wenn du so willst.

Aber gib Acht, dass das keine Totgeburt wird, so ein architektonisches Monster, in dem kein Mensch wohnen will. Ich kenne dich, Judith.

Nur keine Bange, alles ganz nüchtern, ganz pur.

Sabine gab ihr Einverständnis unter der Bedingung, den Plan zu sehen. Sie würde ihn beim Ingenieurbau Schlegel & Schlegel vorlegen, das wäre eine Garantie.

Es gebe keinen Plan vorzulegen, höchstens einen Abrissplan. Man würde das Haus der Beaumonts abreißen samt der Trennmauer zwischen den beiden Gärten. Die würden zusammengelegt und fertig.

Das kann doch nicht dein Ernst sein, sagte Marthe. Seit fünfundzwanzig Jahren dreht sich dein Denken um neue Bauformen. Und jetzt, wo du es in die Tat umsetzen könntest, weißt du nichts Besseres, als das Nachbarhaus abzureißen.

Judith lächelte, sie habe endlich begriffen, dass das Ziel der utopischen Architektur ein Zurück zur ursprünglichen Steppe sei. Noch kein Architekt habe so weit gedacht: Der Verzicht der Architektur als Vollendung der Architektur. Wie in der zeitgenössischen Malerei die weißen Vierecke auf weißem Grund oder in der konkreten Musik die Aufnahme von Alltagsgeräuschen. Der Geist unserer Zeit.

Ich frage mich, schrieb Sabine an Marthe, ob Judith uns mit ihren Geschichten von Kunst und Zeitgeist nicht verschaukelt. Du bist näher dran, finde heraus, was dahintersteckt.

Marthe ließ nicht mehr locker, unverhohlen bezweifelte sie das künstlerische Anliegen der Schwester. Endlich gab Judith zu, dass sie keinerlei Absicht weder auf Immobilien noch auf Kunst hege. Mehr sagte sie nicht. Lediglich erinnerte sie Marthe an ihr Versprechen, alles andere für sie zu tun, nachdem sie sich geweigert hatte, Martin Baléares ins Büro Cicéro aufzunehmen. Es sei so weit: Sie verlange nichts als den Kauf und Abriss des Beaumont'schen Hauses, um einen großen Garten zu schaffen.

Danach lasse ich dich in Ruhe.

Marthe sah, dass sie gegen Judith nicht ankam. Ein Brelan-Wort galt. Sie begriff, dass der Kauf mit Martin Baléares zusammenhing. Dabei hatte sie den schon versunken geglaubt.

Warst du wieder in Poissy? Hängst du noch an ihm? Kannst du nicht ohne ihn sein? Ist das der Grund, weshalb es dir bessergeht?

Du verstehst mich immer am besten, Marthe, besser als jeder andere. Wenn ich ihn nicht hätte, wäre ich schon tot. Wenn ich dich nicht hätte, wäre ich auch tot.

Sie lächelte, das gleiche Lächeln wie Martin im Besuchsraum.

Marthe schrieb an Sabine: Wir kaufen das Haus der Beaumonts. Ich weiß nicht, warum. Vielleicht ist es ein Fehler, aber lieber diesen Fehler als einen anderen.

Sabine war derzeit zu stark mit den Entwicklungen in dem Berliner Baufilzskandal beschäftigt, um über ihre Antwort groß nachzudenken. Sie hatte täglich Prüfer im Haus, denen sie die Archive von Schlegel & Schlegel öffnen musste. Sie schrieb knapp an Marthe: Tu, was du für richtig hältst.

Die Kaufurkunde wurde so schnell wie möglich unterzeichnet, die Abrissgenehmigung dank Monsieur Cicéro eingeholt. Während der Bagger die Mauern niederlegte, trug Judith dem Anwalt von Martin Baléares ihr Angebot vor. Als Gefangenenbesucherin, der es mit der Wiedereingliederung des Verurteilten ernst war, schlug sie diesem eine Anstellung samt Unterkunft vor. Das wüste Gelände um ihr Haus verlange einen in Vollzeit tätigen Gärtner: Umgraben, anlegen, die Erde düngen, neu bepflanzen, pflegen, ernten, pflücken, ihm würde die Arbeit nicht ausgehen. Was die Unterkunft betraf, so hatte das Haus fünf unbewohnte Zimmer, man brauchte nur eins auszuwählen. Miete und Unterhalt würden vom Lohn abgezogen.

Da nehme sie eine große Verpflichtung auf sich, sagte der Anwalt, und eine sehr gewagte. Um einen Straftäter, den man über die Jahre besucht hat, in persönliche Obhut zu nehmen, müsse man seiner wirklich sicher sein. Ob Martin einverstanden sei? Sie habe ihm noch nichts gesagt, aber wie sollte er das erste Angebot nach Monaten der vergeblichen Suche ausschlagen? Und wie wolle sie diesen wenngleich bescheidenen Lohn garantieren, da sie selbst keine bezahlte Tätigkeit ausübe?

Meine Schwestern verdienen gut und verweigern mir nichts.

Haben sie formell ihr Einverständnis gegeben? Die Justizbehörde verlangt Sicherheiten.

Wir sind seit langem als die drei Brelan-Schwestern bekannt. Eine tut nichts ohne die andere. Wir wohnen zusammen. Und wenn Sabine auch in Deutschland lebt, hat sie doch nie aufgehört, eine von uns zu sein.

Den Anwalt überzeugte das nicht, doch bot sich auf diese Weise die einzige Möglichkeit, einen akzeptablen Antrag zu stellen. Unter zwei Bedingungen: Er forderte das Einverständnis von Martin Baléares und eine schriftliche Verpflichtung von Marthe Brelan und Sabine Schlegel.

Die Besuchszeit kam, Martin überlegte lange. Er kannte nur kleine Wohnungen in der Banlieue. Die Vorstellung von einem Garten überstieg seine Phantasie. Blumen? Wozu? Gemüse, Früchte? Die Geschäfte quollen davon über. Aber wenn er dafür bezahlt würde, sollte es an seinem guten Willen nicht fehlen; Löcher ausheben, Erde umgraben, na gut. Es war ja nicht fürs Leben.

Judith dankte ihm.

Normalerweise, sagte Martin, müsste ich mich bei dir bedanken.

Wir sind nicht wie andere. Sonst säße ich nicht an diesem Ende des Tisches und du an dem anderen.

Martin Baléares bat Judith, sich zu ihm herüberzubeugen. Er sprach leiser. Das Gespräch mit einer Gefangenenbesucherin durfte von der Verwaltung nicht abgehört werden: Meinst du, dass uns jetzt wirklich keiner hört? Also, dann sage ich dir was. Weil du mich in deinem großen Haus einquartieren willst. Weil du mich in deiner Nähe arbeiten lassen willst. Du musst wissen, woran du bist. Ich habe es keinem gestanden. Nicht mal meinem Anwalt. Das Mädchen von Chevreuse. Das war ich.

Dafür bist du ja verurteilt worden, ohne gestanden zu haben. Schlimmeres kann dir nicht mehr passieren.

Das ist nicht alles. Zwei andere Frauen. Als ich zweiundzwanzig und fünfundzwanzig war. Die sind nie gefunden worden. Nie vermisst. Drei Frauen hab ich umgebracht. So, und nun kannst du mich hochgehen lassen. Einen größeren Vertrauensbeweis kann ich dir nicht bieten. Jetzt weißt du es, ist das Zimmer bei dir immer noch frei?

Ihr war, als tue sich ein Abgrund vor ihr auf. Immer hatten die Schwestern ihre Sucht nach dem Absoluten verurteilt, ihre Verweigerung der Wirklichkeit, des gewöhnlichen Lebens, der gewöhnlichen Architektur, der gewöhnlichen Menschen, ihren unausrottbaren Lyrismus, der sie angesichts einer vorgeblich idealen, aber unbewohnbaren Stadtplanung ebenso blind machte, wie sie einen Mörder zu einem anziehenden und vollkommenen Mann verklärte. Nie hatte sie die Vorwürfe ernst genommen: Sie verstand sie zum ersten Mal. Es war eine Entdeckung: Ja, so bin ich. Und meinen vollkommenen Mann, den gibt es gar nicht. Wohin bin ich geraten? Binnen Sekunden wirbelte alles durch ihren Kopf, vom Tod ihres Vaters bis zu diesem Erschrecken heute, als der seit neun Jahren erträumte Mann auf der anderen Tischseite sie einließ in seine Wirklichkeit: drei Frauen, drei Morde. Das Geständnis, das sie sich bei ihren ersten Begegnungen mit Martin Baléares so sehr gewünscht hatte, heute entsetzte es sie. Sofort alles abblasen, aufstehen, ich zähle bis drei, Augen zu und Schluss.

Sie zählte bis drei, dann vier, dann fünf. Sie konnte nicht mehr zurück, das hieße ihr ganzes Leben verneinen. Sie musste ihre Zweifel überwinden, sich wieder auf ihre besten Gründe besinnen: Ich habe mich der Rehabilitierung von Menschen verschrieben, die zu früh vom Leben ausgestoßen wurden. Louis Brelan war mit dreiundvierzig Jahren nicht die Zeit vergönnt, seine Ideale zu verwirklichen. Einer muss sie in die Tat umsetzen, sein kleines Mädchen, sein Lieblingskind Judith. Dass Martin Baléares ein ungewöhnlicher Mensch war, hatte sie doch nicht erfunden, alle hatten es anerkannt, die Sachverständigen, die Richter. Es muss jemanden geben, der ihn rettet, Judith. Sie schwieg. Lange.

Du willst mich nicht mehr, wie?

Sie kam auf den Boden zurück: Was bringt das Grübeln, sich edle Rechtfertigungen auszudenken, die Menschen bessern wollen, die sozialen Ungerechtigkeiten beseitigen. Lächle, Martin, nur das allein brauche ich.

Er war verblüfft, auf Anordnung konnte er nicht lächeln. Er zog eine Grimasse. Sogar eine Grimasse von Martin Baléares hatte die Macht, Judiths Bauch zu verknoten, es gab keine andere Erklärung.

Sie dachte, das Schwierigste wäre, Marthes Einverständnis zu erhalten und mehr noch das von Sabine. Aber Marthe hatte ihr Wort gegeben, der Form halber erhob sie Einwände, rechnete jedoch fest mit Sabines Ablehnung, hoffte auf sie: Stets war sie gegenüber der jüngsten Schwester strenger, kühler gewesen, hatte Judiths humanitäres Projekt als Blödsinn abgetan.

Sie irrte: Das Ehepaar Schlegel war in eine furchtbare Lage geraten. Markus war soeben in der Baufilzaffäre vorgeladen worden. Die deutsche Justiz verdächtigte ihn, keine geringe Rolle bei der Freistellung von Bauauflagen und der Auftragsbeschaffung für Komplizen gespielt zu haben, die wiederum ihm genügend Aufträge zuschoben, damit er seine Spielschulden bezahlen konnte. Sabines Beziehung zu ihrem Mann war in den letzten Jahren immer brüchiger geworden, trotzdem wollte sie nicht zulassen, dass ihre gemeinsame Existenz auf einmal vollständig zusammenbrach. Ihn retten hieß sich selbst retten. Sie unternahm alles, um ihn freizukriegen, arbeitete mit Anwälten, um die Beschuldigungen eine nach der anderen abzuschmettern. Seine Spielschulden belasteten ihn, im Grunde aber war ihm nichts nachzuweisen.

Judith hatte Glück: Plötzlich verstand Sabine sie besser als jeder andere. Dass die kleine Schwester einem Inhaftierten ins Leben zurückhelfen wollte, erschien ihr begreiflich. Sie schrieb es ihr selbst: Mach, was du für das Beste hältst, ohne Angst, ich stehe zu dir. Marthe erkannte Sabine nicht wieder. Der Antrag von Martin Baléares konnte der Kanzlei eingereicht werden.

9

Das Heikelste war, sich der psychiatrischen Expertise zu unterziehen. Von einem kaltblütigen Sexualstraftäter hatte der Experte seine genauen Vorstellungen.

Ich kann Ihnen sagen, was ich will, Sie würden mir nicht glauben, begann Martin Baléares. Vielleicht glauben Sie mir, wenn ich nichts sage?

Sie werden ja wissen, was Ihr Interesse ist.

Vage beantwortete Martin die vagen Fragen. Das Gespräch war mehrmals von Schweigen unterbrochen. Der Fachmann schrieb ein günstiges Gutachten mit den üblichen Vorbehalten. Er setzte hinzu, der Mann scheine es nicht eilig zu haben, wieder in Freiheit zu kommen.

Bei seiner Ankunft hatte Marthe unbedingt anwesend sein wollen, und zwar zusammen mit Charles Coutelle. Sie hatte sich zuletzt doch verpflichtet gefühlt, ihm zu gestehen, dass sie nicht verheiratet war. Er war über ihre Lüge entrüstet, bevor er sie als eine Ehrung begriff: Dann hast du die ganze Zeit auf mich gewartet? Danach bekam er es mit der Angst. Bald könnte sie von ihm verlangen, Frau und Kinder ihretwegen zu verlassen. Sie beruhigte ihn. Ihre Schwester sei anstrengender als jede Familie. Ein zeitweiliger Mann wie Charles tue ihr besser. Sie lud ihn zum ersten Mal zu sich ein, um dem freigelassenen Häftling, Martin Baléares, zu zeigen, dass die

Schwestern Brelan noch einen anderen Mann zur Seite hätten.

Judith spottete über die misstrauische List. Ein so magerer Mann wie Charles Coutelle würde Martin Baléares schwerlich beeindrucken. Marthe hatte trotzdem darauf bestanden, dass Martin bei seinem Einzug nicht mit Judith allein war. Sie hatte mit ihrer Unterschrift für den Unterhalt des Neuankömmlings gebürgt, sie hatte folglich ihr Wort dazu zu sagen. Sie übernahm die Führung durch das Haus, zeigte den gemeinsamen Bereich, wo man miteinander essen werde, dann die wie in einem Hotel aufgereihten Zimmer. Ausdrücklich betonte sie vor dem ersten: In diesem Zimmer schlafen wir, Judith und ich. Beide Männer sahen sich verdattert an. Charles bekundete seine Überraschung noch offener. Marthe bemerkte ihren Missgriff. Coutelle war schon verwundert genug über Judiths Verhältnis zu einem Knastbruder und die Ehe der anderen Schwester mit einem soeben inhaftierten Betrüger gewesen, und nun gestand sie noch, dass sie mit ihrer Schwester schlief. Lesbierinnen oder was? Doch sosehr ihr klar wurde, dass sie sich schadete, durfte sie trotzdem nicht nachgeben. Martin Baléares sollte wissen, dass Judith keine in ihrem Zimmer isolierte Beute sein würde. Sie durchmaßen den Korridor bis zum letzten Raum, dem künftigen Zimmer des Angestellten, wie Marthe ihn mehrmals bezeichnete.

Als sie den Garten zeigen wollte, schützte der immer nervöser werdende Charles Coutelle einen Termin in Paris vor. Das könne er ihnen doch nicht antun? Aber gewiss doch. Den sehen wir hier nicht wieder, raunte Judith. Ein Fliegengewicht gegen Martin. Marthe leugnete es nicht. Sie war von der Stattlichkeit des Besuchers überrascht. Nie wäre sie darauf gekommen, dass er neun Jahre eingesperrt gewesen war. Schon füllte er das Haus mit seiner hohen Gestalt, seinem sicheren Gang. Den Zutritt zum Garten hatte er von allein gefunden und erwog schon den Umfang der Aufgabe: den restlichen Bauschutt beseitigen, das meterhohe Unkraut, die Bäume stutzen, deren Geäst mit anderen verwachsen war. Er schlug vor, sofort mit der Arbeit anzufangen, um seinen guten Willen zu beweisen. Draußen, sagte er, würde er weniger stören. Er wolle den Schwestern Zeit lassen, sich an seine Anwesenheit zu gewöhnen. Auch sei er nicht geübt, mit Leuten umzugehen, viel weniger mit Frauen. Der Wechsel habe ihn mitgenommen.

Hab ich dir nicht gesagt, dass er ein feinsinniger Mensch ist, sagte Judith.

Er arbeitete bis zum Abend, aß kurz, ohne viel zu reden, erschöpft. Um neun Uhr ging er zu Bett, schlief zwölf Stunden, wusste beim Aufwachen nicht, wo er war. Und sofort lief er wieder in den Garten.

Marthe konnte nicht Tag und Nacht bei ihrer Schwester Wache halten. Der Mann wirkte ruhig und fleißig. Sie nahm ihre Arbeit in Boulogne wieder auf. Viermal am Tag telefonierte sie, um zu fragen, wie Martin Baléares sich anstellte.

Meinst du nicht, dass das reicht?, klagte Judith. Keiner glaubt dir, dass die Umwandlung des Gartens dich derart begeistert. Du willst dich vergewissern, dass ich noch am Leben bin. Du siehst ja, nie war ich lebendiger.

Sie ging Martin im Garten besuchen, gab ihm Anweisungen für den Tag, wo er einen neuen Weg ziehen, ein Beet anlegen solle. Er führte seine Aufgaben gewissenhaft aus, bevor er sich zurückzog in seine Zelle, wie er selbst es nannte.

Judith wusste nicht recht, ob in ihr Befriedigung oder Enttäuschung überwog. Martin Baléares verhielt sich wie erwünscht, wie sie es in dem Antrag auf seine bedingte Freilassung vorhergesehen hatte. Er benahm sich untadelig als Angestellter wie als Mieter. Aber Gespräche wie früher im Besuchsraum? Die zitternde Unruhe vor jedem Wiedersehen? Die Vertrautheit, die sie verband; keine Gefühlsduseleien, nein, eine untergründige Komplizenschaft. All das fehlte jetzt. Und immer wurde ihr Sinnen durch Marthes Anrufe unterbrochen. Nie blieb ihr Zeit, dieses Erwartungsvolle wieder in sich aufsteigen zu lassen.

Er ging wenig aus, nur um seine Präsenzpflicht zu erfüllen, zu beweisen, dass er stets pünktlich und ehrerbietig zur Stelle war. Am Abend spazierte er eine halbe Stunde durchs Viertel, wenn das Wetter es erlaubte. Danach las er noch, die gleichen Gedichtbände wie im Gefängnis und Bücher über Gartenbau. Er wollte sich Kenntnisse aneignen, seine neue Tätigkeit begeisterte ihn. Judith hatte ihm einen Lehrgang verschafft, von dem er ganz aufgelebt zurückkam. Sie fühlte sich bedrückt.

Ich trieze ihn, ich langweile ihn, er ist nur glücklich, wo ich nicht bin. Eines Abends stellte sie ihn zur Rede. Er bekundete ihr seine Dankbarkeit; ihre Hilfe all die Jahre im Gefängnis; ihre Hilfe seit der Entlassung. Ob er auch weniger Formelles sagen könne? Er würde ja gerne, aber sie erinnere ihn an seine Haft, wie wenn er Dauerbesuch haben dürfte. Sie solle es nicht übelnehmen. Sie sei der einzige Mensch, für den er jemals Zuneigung empfunden habe. Und den größten Respekt.

Das traf es, sie fand ihn zu respektvoll seit seiner Freilassung. Wo war der Provokateur geblieben, der in die Kamera lächelte?

Ich habe nie in eine Kamera gelächelt, antwortete Martin. Und versetz dich an meine Stelle: bedingte Freilassung, auf das Beiwort kommt es an. Ich habe Jahre der Prüfung vor mir. Wenn ich es dir gegenüber an Respekt fehlen lasse, wenn du erklärst, dass ich meine Verpflichtungen nicht einhalte, bin ich es, der zurück muss ins Loch.

Sie lachte: Dann könntest du mir nach Jahren was antun?

Sie verdrehe seine Worte, aber er nehme es nicht krumm: Du hättest wohl gern, dass einer dir was antut? Ein sonderbares Mädchen bist du.

Zum ersten Mal gab es zwischen ihnen wieder die Wirrnis ihrer frühen Gespräche in Poissy, dieses kalte Schauern auf der Haut, die jähe Hitze. Sie konnte gerade noch an sich halten, sich ihm nicht weiter zu nähern, seine Hand zu berühren oder ihm eine neue peinliche Frage zu stellen: Diese zwei anderen Frauen, er hatte doch gesagt, dass er denen was angetan habe. Was meinte er damit genau? … Von ihren jahrelangen Gefangenenbesuchen wusste sie allerdings, dass Kriminelle nicht über ihre Taten sprechen wollten, dass sie die rundheraus abstritten, alle waren sie unschuldig und aufrichtig. Also ihn nur ja nicht direkt darauf ansprechen. Vielmehr müsste sie über Martins Geständnis vor seiner Freilassung staunen. Eines späten Nachmittags, kurz bevor Marthe nach Hause kam, wagte sie es, um sich zu schützen. Wovor zu schützen? Ziemlich schwer, es sich einzugestehen.

Ich will nichts wissen, es ist deine Angelegenheit, aber warum hast du mir das von den drei Frauen gesagt?

Er machte eine Bewegung wie ein überraschtes Tier. Ich habe dir nie was von einer Frau gesagt, schon gar nicht von dreien.

Sie entschuldigte sich. Ich wollte dir nicht zu nahe treten. Ich glaubte mich an so etwas zu erinnern.

Das einzig Blöde an dir ist, dass dich immer das an mir interessiert, was ich nicht liebe.

Er stürmte los, um sich auszulaufen. Marthe hatte soeben angerufen, dass sie noch zu arbeiten habe und später komme. Judith fühlte sich im Haus verloren. Wieder hatte sie gesagt, was sie nicht hätte sagen dürfen. Sie ging in das letzte Zimmer und legte sich auf das akkurat gemachte Bett. Sie wusste nicht, ob sie mehr wünschte, dass Martin heimkäme oder Marthe.

Sie kamen beide zusammen. Marthe war ihm auf der Avenue begegnet, die zum Vorortbahnhof führte. Wollte er um diese Zeit einen Zug nehmen?

Nein, nein, ich habe eine kleine Runde gedreht, ich wollte Sie vom Bahnhof abholen.

Woher wusste er, wann sie ankommen würde? Aber sie forschte nicht weiter, sie war an diesem Abend mit viel Aufregenderem beschäftigt. Sie hatte Judith viel zu erzählen. Er begleitete sie in seinem schleppenden Schritt, sie drängte vorwärts, befragte ihn lebhaft, um nicht schweigend neben ihrem Angestellten herzugehen. Ob ihm auch nichts fehle? Wie ihm die Arbeit gefalle? Den ganzen Tag an der frischen Luft, Besseres gebe es doch nicht. Sie hörte seine Antworten kaum, war ganz bei ihrer Sache. Schließlich hielt sie es nicht mehr aus, erzählte ihm von ihrem Anliegen, als wäre er Judith selbst, während sie das Haus betraten. Judith hörte Bruchstücke einer lebhaften Unterhaltung, entsetzt von dem Gedanken, auf dem Bett von Martin Baléares entdeckt zu werden. Schritte durchmaßen den Korridor, auf einmal stockten sie.

Wenn Ihr Chef sein Unternehmen aufgibt, kriegen Sie kein Gehalt mehr. Was wird dann aus mir?

Warten Sie ab, sagte die Stimme von Marthe, so einfach ist das nicht.

Endlich stellte sie fest, dass Judith verschwunden war, doch unversehens erschien sie im Korridor.

Wo kommst du denn her? Judith, statt zu antworten, fragte, was mit Monsieur Cicéro los sei.

Nie habe er bisher von Aufhören gesprochen. Das sei plötzlich über ihn gekommen, mit seinen vollendeten neunundsechzig Jahren. Müde geworden, das Hirn durch den Whisky erlahmt, habe er sich am Ende seines Lebens gesehen. Er wollte alles hinwerfen. Aber wenn das Büro Cicéro schließen würde und womöglich noch Schlegel & Schlegel wegen Unterschlagung kaputtginge, wäre man schön aufgeschmissen.

Wer bezahlte dann Martin Baléares? Könnte seine bedingte Freilassung damit fraglich werden?

Das dürfte dich nicht beunruhigen, Judith, du bist doch gegen bezahlte Arbeit. Dann ständen wir endlich da wie du.

Die Situation schien Marthe Brelan nicht zu ängstigen, im Gegenteil, sie blühte regelrecht auf: Dass Monsieur Cicéro aufhören wollte, war ihre Chance. Sie hatte sich im Zug schon alles überlegt, es war die größte Idee ihres Lebens, sie müsse sofort Sabine in Berlin anrufen, sie überreden, für ein paar Tage zu kommen. Sie würde Martin kennenlernen, das würde sie von ihrem Kummer mit Markus ablenken. Sogar Judith könne dem Plan nur zustimmen. Nach dem Tod von Louis Brelan hatte Monsieur Cicéro seinen Töchtern dessen Anteile abkaufen wollen. Sie hatten daran festgehalten, entgegen dem Rat, dass diese Anteile ihnen nichts einbrächten, weshalb man ihren mäßigen Wert am besten gleich kassierte. Monsieur Cicéro hatte sich all die Jahre ihrer Entscheidung gefügt, hatte von ihrer Arbeit profitiert und konnte sich nicht beklagen. Sie hatten ihm in seine Projekte nicht hineingeredet. Er konnte weiterhin Chef sein, als wäre er es ungeteilt. Heute müsse man lediglich verhindern, dass er seine Anteile an andere verkaufe, und sie ihm abkaufen. Das Büro Cicéro würde endlich die Agentur Brelan werden, eine Revanche für Louis.

Agentur Brelan, schön und gut, sagte Judith, aber wir sind weder Architekten noch Stadtplaner.

Wessen Schuld ist das? Wenn du mit deinen Talenten studiert und gearbeitet hättest, gäbe es längst die Agentur Brelan.

Judith wollte den Vorwurf nicht bestreiten, dadurch würde Marthes Konstruktion aber nicht aussichtsreicher. Offenbar denke sie nicht mehr so schnell wie früher: Wem verdankte das Architekturbüro seit Jahren, dass es gut lief? Den Mitarbeitern und Marthe. Monsieur Cicéro beaufsichtigte die Pläne und Zeichnungen von der Höhe seiner zehn Gläser Whisky. Um seine Autorität zu beweisen, brachte er es fertig, einen Plan abzulehnen und denselben Plan zwei Tage später gutzuheißen. Das Büro funktioniere genauso ohne ihn. Sie müssten nur junge Architekten einstellen, die brillantesten der Schulen, die sich noch nicht auf eigene Füße stellen konnten, Modernisten vielleicht, arme Modernisten, um Judith Freude zu machen. Und das Büro Cicéro würde seinen anfänglichen Ehrgeiz wiedergewinnen.

Judith hatte Marthe nie so strahlend und ihrer Sache sicher erlebt, es war eine unerwartete Explosion in ihrem Leben. Und zum ersten Mal sah sich die kleine Schwester in der Position der Realistin, die Hindernisse aufzählte und zur Mäßigung rief: Hatte Monsieur Cicéro denn sein Einverständnis gegeben? Darüber hast du noch nicht mit ihm gesprochen? Und wenn er ablehnt, so wie wir nach Papas Tod? Um sich zu rächen? Haben wir denn die Mittel, ihm seine Anteile abzukaufen? Und was wird aus dem Lohn für Martin? Und wenn Sabine lieber Markus retten will?

Sabine, ja, ohne sie und ihre Erfahrung ginge nichts, sie müsse morgen das Flugzeug nehmen. Die Anteile von Monsieur Cicéro bekommen wir nur, wenn sie uns hilft.

10

Die Geschwister Brelan erhielten einen Termin am Freitag Mittag im Büro von Monsieur Cicéro. Marthe bat die Mitarbeiter, pünktlich essen zu gehen und sich dabei Zeit zu lassen.

Warum alle drei?

Wir möchten Ihnen adieu sagen, Ihnen danken für alles, was Sie für uns getan haben, für unsere Großmutter, unseren Vater.

Monsieur Cicéro gab sich bescheiden, so viel habe er ja nun nicht getan und weg sei er auch noch nicht … Dass er neulich von Aufhören gesprochen habe, sei ein Stimmungstief gewesen, weil sein Siebzigster bevorstand, noch sei aber nichts entschieden.

Wie bitte? Das war nicht ernst gemeint?

Doch, mit dem Gedanken aufzuhören sei es ihm völlig ernst, es bleibe nur der Zeitpunkt festzusetzen. Der könne bald sein oder in zwei, drei Jahren. Das hänge von seiner Gesundheit ab.

Die Schwestern schwiegen. Aus Sabines Blick sprach der Zorn, dass man sie für einen so miserabel eingefädelten Plan dringlich von Berlin hergerufen hatte. Nie sei Marthe im Verhandeln so gut gewesen wie sie. Judith war bekümmert, zu früh recht gehabt zu haben, dann tröstete sie sich: Wenn sich nichts änderte, stand das Schicksal von Martin Baléares, das Wichtigste für sie, nicht in Frage. Marthe war ratlos, sie ahnte die Vorwürfe der jüngeren Schwestern. Monsieur Cicéro demütigte sie vor ihnen.

Ist das alles, was ich für Sie tun kann?, fragte Monsieur Cicéro.

Sie ließen das Schweigen andauern, bis es drückend wurde, vermieden es, einander mit Blicken zu befragen, was neu war unter ihnen. Wie immer hielten sie es aber doch nicht aus, wechselten die Blicke, erkannten wie immer, was eine jede fühlte und wie man sich jetzt rettete, ganz wie früher. Wer sollte anfangen? Marthe nickte Sabine zu, die sich Judith zuwandte, die an Marthe zurückgab: Denk an den schwachen Punkt von Cicéro.

Alle drei öffneten gleichzeitig den Mund: Was würden Sie sagen … Zu dieser Stunde … Das zu feiern …

Was feiern? Ich verstehe nicht, wenn Sie alle auf einmal reden.

Nein, sagte Marthe, wir trinken jetzt nicht, das gehört sich nicht ... Mit drei Frauen ... Was würde Ihre Frau dazu sagen?

Du hast recht, stimmte Sabine zu, man feiert nicht, bevor etwas geschehen ist.

Außer wenn es eben geschieht, schloss Judith.

Befassen wir uns also mit der Zukunft. Ihrer Nachfolge, Monsieur Cicéro ... Da wir Anteile an Ihrem Unternehmen haben ... Seit Jahren war davon nicht mehr die Rede, als gäbe es sie nicht. Dabei haben Sie uns mit unseren Anteilen in Bedrängnis gebracht. Wir waren jung, halbe Kinder noch, heute sind wir in dem Alter, in dem Sie damals waren. Kurios ... Dem Alter Ihres Freundes Louis Brelan, als er starb ... Aber wir sind am Leben.

Die drei Schwestern konnten ihre Freude, wieder Seite an Seite zu stehen, kaum verhehlen. In diesen langen Jahren in Deutschland hatte Sabine vergessen, wie schnell man sich unter Schwestern verständigen konnte, als ob sie eine Geheimsprache hätten. Sosehr sich Monsieur Cicéro bemühte, dem Gespräch zu folgen, ließen ihm die drei Frauen doch keine Lücke, ihre Fragen zu beantworten. Von Zeit zu Zeit hörte er die eine anregen, ein Glas zu trinken, was die andere auf später verschob, was die Dritte guthieß. Ihm fiel ein, dass Marthe ihm heute Morgen nicht erlaubt hatte, etwas zu trinken, weil ein Projekt zu beraten sei. Sie bekommen Ihre Belohnung später, hatte sie mehrmals gesagt. Wenn sie ihm seine Belohnung zu Mittag genehmigen wollte, sollte sie jetzt Wort halten. Er stand auf, die Tür zum Whisky-Schrank war verschlossen. Wie üblich. Warum wollte Marthe den Schlüssel nicht endlich aus ihrer Tasche ziehen?

Monsieur Cicéro war in Schweiß gebadet, sein Mund ausgetrocknet, er fühlte sich ziemlich elend, schließlich räumte er ein, dass sein Gesundheitszustand ihm nicht mehr erlaube, Architekturprojekte zu entwerfen, die den Namen verdienten. Sich zurückzuziehen, wenn es Zeit ist, sei nicht entehrend, er sei bereit, es allen seinen Mitarbeitern zu verkünden, wenn sie vom Mittagessen kämen.

Wie spät ist es? Zwei Uhr durch, und die sind noch bei Tisch? Er gab zu, dass es riskant wäre, die Anteile an Unbekannte zu verkaufen, die versprechen, das Werk weiterzuführen, und es umgehend entstellen. Allein die Mitarbeiterinnen, die seit fünfundzwanzig Jahren zu ihm gestanden hätten, Töchter eines Freundes obendrein, Nahestehende, Familie sozusagen …

Marthe kramte in ihrer Handtasche, ließ den Druckverschluss klacken. Ihre Schwestern diskutierten derweil die Preise. Wer hätte das gedacht? Judith erwies sich als die Hartnäckigste: Sie habe keine persönlichen Einkünfte. Das könne Monsieur Cicéro ihr nicht antun. Sie gab zu bedenken, dass sie ihn in fünfundzwanzig Jahren nie um etwas gebeten hatte, um kein Vorrecht, keine Stelle wie ihre Schwestern. Ob er sich klar sei, was ihm damit erspart worden war? Er hatte nicht mehr die Kraft, sich etwas klarzumachen, er war mit allem einverstanden, wenn Marthe nur den Schrank öffnete. Sabine nannte einen angemessenen Preis: Man durfte sich nicht die Blöße geben, den Wert des Büros Cicéro zu niedrig anzusetzen.

Denken Sie daran, Monsieur Cicéro, sagte Marthe, wie Sie uns für unsere Anteile das Minimum boten, als wir zwanzig waren. Für Ihre siebzig Jahre bieten wir Ihnen einen ehrenhaften Preis. Sie sind der Gewinner.

Sie öffnete den Schrank, nahm eine besonders dunkle Flasche Scotch heraus, stellte sie jedoch wieder an ihren Platz.

Erst müssen wir unsere Einigung schriftlich festhalten und dann auch dabei bleiben. Damit Sie nicht in einer Woche sagen, wir hätten Sie zu Ihrer Unterschrift gedrängt. Geben Sie Ihr volles Einverständnis? Wir üben keinerlei Zwang aus. Sie sind ein freier Mann, der Firmenchef. Wir sind Frauen ohne Macht, wie alle Frauen seit Jahrhunderten. Wenn unser Angebot Ihnen nicht angemessen erscheint, sagen Sie es bitte gleich. Dann sprechen wir ein andermal darüber, wenn Sie dazu bereit sind, in einem halben Jahr, in zwei Jahren.

Sie nahm die Flasche noch einmal aus dem Fach, prüfte das Etikett.

Monsieur Cicéro ließ die Unterlippe hängen. Er beschrieb mit seinem Füllfederhalter einen Kopfbogen des Büros.

Strengen Sie sich an, sagte Judith, eine so zittrige Handschrift wird nicht anerkannt.

Monsieur Cicéro konnte schon Jahre nicht mehr anders als zittrig schreiben. Er unterzeichnete, stempelte und verpflichtete sich in einem Postskriptum, seine Unterschrift vor einem Notar zu wiederholen. Ohne Genuss kippte er vier Gläser Scotch.

Beim fünften ermahnte ihn Marthe: Sie wissen doch, dass Ihnen das schadet.

Auf der Heimfahrt bekam Marthe Skrupel. Sie verteidigte ihren Plan, aber die Methode, ihn umzusetzen, erschien ihr, bei Lichte besehen, unredlich. Sie habe die Wendung der Dinge nicht übersehen: Wir haben es, glaube ich, ein bisschen toll getrieben.

Sabine warf ihr vor, dass sie immer zurücksehen müsse. Die Sache sei abgemacht, daran gebe es nichts mehr zu rütteln.

Ich hatte eigentlich nicht vor, Monsieur Cicéro so weit zu treiben.

Willst du jetzt alles uns aufbürden?, sagte Judith. Bestimmt bin ich es mit meinem bösen Dämon, die dich dazu verleitet hat.

Marthe wollte niemanden bezichtigen, ihr gehe es nur darum, festzustellen, dass die Schwestern, wenn sie zu dritt waren, sich immer weiter fortreißen ließen, als sie allein gegangen wären.

Mir scheint, den Schlüssel zum Whisky-Schrank hattest du; ebenso hast du vorgesorgt, um Monsieur Cicéro auszutrocknen, und ohne unser Zutun die Angestellten dem Büro ferngehalten. Das waren nicht wir drei, das warst du.

Was würde aus ihnen, wenn er zur Besinnung käme und sie verklagte, ihm seine Anteile, seine Unterschrift abgepresst zu haben?

Lächelnd lauschte Martin Baléares dem Gespräch. An mich haben Sie wohl nicht gedacht? Sie werden sehen, dass die Klage Ihres Cicéro auf mich zurückfallen wird: Wenn man erfährt, dass ich bei Ihnen arbeite, bei Ihnen wohne, wird es heißen, Sie stehen unter dem Einfluss eines ehemaligen Knastologen, der Ihnen Tricks verraten hat, wie man die Schwäche eines alten Säufers ausnutzt. Ich hoffe, Sie werden meine Unschuld bezeugen. Ich kann für Ihre Schliche nichts.

Was müsste man tun, um Ärger zu vermeiden?

Ich an Ihrer Stelle, sagte Martin, würde ihn am Montag darauf ansprechen, würde das unterschriebene Papier vor seinen Augen zerreißen, mich entschuldigen und sagen, wenn er das Geschäft später mit mir machen wolle, stehe ihm das frei.

Ein weiser Rat, sagte Marthe später im Schlafzimmer der Schwestern.

Weise?, sagte Sabine. Einer mit achtzehn Jahren Knast, ohne dass er gestanden noch um Vergebung gebeten hat, erteilt uns eine Lehre in Ehrbarkeit, da hört ja wohl alles auf.

Er weiß besser als wir, was uns das kosten kann, sagte Judith. Schade nur, dass nun alles umsonst war, aber ich vertraue Martin.

Am besten ist, schloss Marthe, ich mache alles allein.

Marthe war die Erste im Büro. Sie legte den Schlüssel zum Whisky-Schrank offen auf Monsieur Cicéros Schreibtisch, daneben das bekritzelte Blatt. Sie wartete den ganzen Morgen. Sie fürchtete, an seiner statt Inspektoren in Zivil erscheinen zu sehen. Jeder unbekannte Besucher erschreckte sie. Gegen Mittag betrat Monsieur Cicéro zögernden Schrittes sein Büro. Marthe beobachtete ihn durch die Glaswand. Eine ganze Weile kramte er auf seinem Tisch, ehe er den Schlüssel und das Blatt entdeckte. Als Erstes nahm er den Schlüssel und öffnete den Schrank, er schloss ihn wieder, ohne etwas zu trinken. Er legte das Blatt auf den Stoß der erledigten Akten zu seiner Rechten. Dann ließ er Marthe rufen und fragte, was diesen Morgen anstehe.

Inwiefern?

Wie, inwiefern? Wie alle Montage, solange ich hier bin.

Wissen Sie, das am Freitag, das war eine Vorverhandlung, weiter nichts.

Ich hoffe doch, sie hat Folgen. Das läuft auch schon.

Marthe schlug die Augen nieder, die vorbereiteten Entschuldigungen wollten nicht heraus. Monsieur Cicéro schien fest entschlossen. Bestimmt hatte er die Morgenstunden auf dem Kommissariat verbracht. Gleich würde er ihr den Prozessbeginn samt ihrer Entlassung verkünden.

Wirklich, meine Frau ist Ihnen dankbar.

Ich bitte Sie um Verzeihung, sagte Marthe.

Ich sage doch, dass meine Frau Ihnen dankbar ist: An die zehn Jahre redet sie, dass ich aufhören soll. Du ruinierst dir deine Gesundheit. Wir werden unseren Ruhestand nicht mehr genießen können … Du hast mir doch ein Landhaus versprochen … Du hast alles erreicht, musst nichts mehr beweisen … Die Jungen haben dich längst überholt … Verkauf deine Firma. Wir haben noch ein paar schöne Jahre vor uns … Ich habe nie auf meine Frau gehört. Zehn Jahre. Als ich ihr letzten Freitag sagte, dass drei junge Frauen in zwei Stunden erreicht haben, was ich ihr seit zehn Jahren abgeschlagen habe, da hat sie sich gar nicht mehr eingekriegt. Bravo, hat sie gesagt. Das erste Mal in vierzig Jahren, dass ich von ihr ein Bravo gehört habe.

Haben Sie ihr die Summe genannt?

Sie kennt sich mit Zahlen nicht aus. Für sie ist es eine Summe. Hauptsache, dass sie die Kosten für das Landhaus deckt. Vergessen Sie nicht, auch Ihren Schwestern zu danken.

11

Die drei Schwestern erlebten die großartigste Zeit ihres gemeinsamen Lebens. Sogar Judith schien den Wohltaten der Arbeit nicht mehr abgeneigt. Noch lehnte sie eine Bezahlung ab, um die neugegründete Firma zu schonen und sich ihren Teil Freiheit zu erhalten. Es sollte ja nicht so aussehen, als hätte sie ihre fixen Ideen begraben. Gleichwohl überwachte sie die Arbeiten der Boulogner Agentur.

Für Marthe war es eine Zeit der persönlichen Erfüllung und für Sabine der Weg des Heils. Markus Schlegel war um die Höchststrafe herumgekommen, ein Bußgeld ersparte ihm eine längere Haft. Er musste die Leitung der Firma Schlegel & Schlegel aufgeben, einem anderen aber wollte Sabine nicht als Beraterin dienen. Dass sie sich in Frankreich nun um ihre eigenen Geschäfte kümmern musste, bot ihr die Gelegenheit, lange von Berlin fortzubleiben, ohne mit ihm zu brechen. Brechen, das hätte für sie bedeutet, ein zwanzig Jahre währendes Scheitern einzugestehen, was ihrem Charakter ebenso fernlag wie dem von Judith. Von einem Land ins andere zu reisen stärkte ihr Selbstgefühl, so dass sie Marthes beherrschende Rolle in der Agentur Cicéro-Brelan besser ertrug.

Sie hatten sich verschuldet, um Monsieur Cicéro seine Anteile abzukaufen, um zu investieren, zu vergrößern, zu modernisieren, zwei neue Architekten einzustellen. Ihr Haus war mit einer Hypothek belastet, es galt also, das Geld schnellstens hereinzuholen. Sozialwohnungen waren überall im Kommen, Marthe und Sabine wollten diesen neuen Markt nicht verpassen. Standardisierte Pläne, billige Materialien, und man konnte gute Preise erzielen, ohne Geld einzubüßen. Im Vergleich mit den letzten Jahren unter Monsieur Cicéro war der Erfolg spektakulär, alle hätten Grund zur Freude gehabt.

Judith war bemüht, sich an dem gemeinsamen Projekt der Schwestern zu beteiligen, sich mit ihnen zu freuen, dass sie eine gewisse Anerkennung erlangten, obwohl sie nicht selbst Architekten waren. Einer atypischen Agentur anzugehören schmeichelte ihrem Geschmack für das Ungewöhnliche. Aber diese niveaulosen, überall gleich aussehenden und für eine kurze Lebensdauer bestimmten Mietskasernen widerten sie an. Sie fand, dass sie mit dem Älterwerden der Welt der Zahlen und des Geldes genug Konzessionen gemacht habe. Sternenweit entfernt waren Le Corbusiers *Strahlende Städte* von diesen leblosen Bauten, sie blieb lieber am Rand der Agentur Cicéro-Brelan. Ihre Schwestern, die schon an ihre Wandlung geglaubt hatten, bedauerten es. Sie hatten ihre Entwicklung bereits dem positiven Einfluss von Martin Baléares zugeschrieben, der seiner Arbeit gewissenhaft, ohne jedes Versäumnis nachging. Warum nur zog sie sich zurück, verkroch sich wieder in Einsamkeit?

Ihr Verhältnis zu Martin Baléares ließ ihr keine Ruhe. Der große Garten hatte Gestalt angenommen und erforderte keine tägliche Zuwendung mehr. Martin langweilte sich, fühlte sich eingesperrt. Er drängte Judith, ihm Arbeit in anderen Gärten zu beschaffen, um seine Erfahrungen nutzen zu können. Was aber nicht einfach war, weil man den etablierten Firmen keine Konkurrenz machen durfte, und war es überhaupt erlaubt, in einer Bewährungszeit schwarzzuarbeiten? Zudem fürchteten sich die Leute der

Umgebung, einen Mann mit seiner Vergangenheit bei sich zu beschäftigen.

Oft fragte sich Judith, was an Martin sie noch immer anzog. Er hütete sich vor jeder Geste in ihre Richtung. Sie nahm es hin, aber sie litt darunter. Sie fühlte, wie ihr Leben verging, ein unerfülltes Leben, ohne jeden erkennbaren Sinn. Es fiel ihr immer schwerer, neben ihm herzuleben, als wäre er ein Fremder. Manchmal legte sie sich auf sein Bett, während er im Garten arbeitete. Einmal ging sie zu ihm, als er einen Baum ausästete. Sie ertrage es nicht mehr, wolle ihn lächeln sehen, ihn berühren, von ihm berührt werden. Er hielt in seinem Tun inne, gab keine Antwort. Sie drang in ihn: Was er wohl meine, warum sie nicht bei ihren Schwestern in Boulogne sei? Nicht aus Verachtung der Arbeit oder mangelndem künstlerischem Ehrgeiz, nein, nur um immer und immer bei ihm zu sein. War das verrückt? Aber warum sollte sie es nicht sein, wenn er dadurch anständig und in Freiheit leben könne. Das mache sie froh, nur warum berühre er sie nie?

Er schnitt einen letzten Zweig ab. Wir sind in einem Garten, ich arbeite.

Du arbeitest nicht die ganze Zeit. Und sogar in diesem Garten könntest du mich ungescheut berühren. Niemand kann es sehen. Ich habe ihn so vergrößern lassen, dass er durch die zwei Garagen begrenzt wird. Wir haben keine Nachbarn. Du könntest mit mir machen, was du willst, ich wäre glücklich, ich sehne mich danach. Seit langem kann ich nichts anderes mehr denken. Ich habe mich angestrengt, Abstand von dir zu halten, deiner bedingten Freiheit wegen. Aber es ist zu viel. Ich begreife nicht, was mit mir los ist. Ich verzehre mich nach dir.

Sie sah, dass Martin verwirrt war, dass er zauderte.

Ich weiß nicht, was ich dir sagen soll, wiederholte er. Von einer Frau begehrt zu werden, das könne er einfach nicht fassen.

Warum? Darf eine Frau einen Mann nicht begehren? Denkst du so spießig? Seit seinem Prozess habe sie eine ungewöhnliche Empfindsamkeit in ihm erkannt. Reichte es, ihn hierherzuholen, damit er wieder zum Primitiven wurde?

Das sei er immer gewesen. Sie habe sich in ihrer Phantasie einen Martin Baléares erschaffen, den es nicht gab. Ein intelligentes Tier, das sie idealisiert habe.

Sie könne nicht alles vergessen, was sie sich in all den Jahren erträumt habe. Küss mich. Das hast du noch nie getan. Wenigstens das.

Er warf Blicke über die Gartenmauern, spürte, wie Judith sich näherte, wurde panisch. Er hätte sich lächerlich gemacht, vor einer so kleinen Frau wegzulaufen. Er erstarrte, sie streckte sich an ihm hoch, legte ihren Mund an seinen Mund, fasste ihn, umschlang ihn. Sie fühle sich so gut bei ihm, sagte sie, wolle ihn keine Minute mehr verlassen, nicht am Tag, nicht in der Nacht, im Garten wie im Haus. Sie habe so lange gewartet. Er ließ es mit sich geschehen, dass sie ihn in das hintere Zimmer führte, blitzschnell zog sie sich aus und schlüpfte unter die Decke. Sie packte ihn am Arm, zog ihn zu sich. Er solle sie küssen, sich gehenlassen, sich auf sie legen. Er fand sich halb auf der Decke liegend, stand auf, wieder sagte er nein. Sie schlug ihn.

Er setzte sich vor das Bett. Er bat sie, es ihm nicht übelzunehmen. Es sei nicht so, dass sie ihm nicht gefalle. Er habe im Gefängnis sogar oft an sie gedacht, habe sich in seiner Zelle im Gedanken an sie befriedigt. Dann kam er heraus, und seitdem sei es nicht mehr dasselbe. Er fühle sich hier als ihr Angestellter, ihr Mieter.

Es sei nicht verboten, mit seinem Hauswirt oder Chef zu schlafen.

Ja, aber er ertrage es nicht, der Unterlegene zu sein. Im Besuchsraum, da waren sie gleich, jeder auf seiner Tischseite. Die Besucherin hatte über den Gefangenen keine Macht. Heute, in ihrem Haus, sei er zwar frei, aber er fühle sich desto mehr als ihr Gefangener. Und nun wolle sie ihn noch mehr an sich ketten.

Sie schlug ihm vor, nicht mehr im Garten zu arbeiten, ihm zu helfen, einen anderen Arbeitgeber zu finden, keine Miete für das Zimmer zu bezahlen. Dann wären sie endlich gleich. Sie hatte ihm zu dienen geglaubt, als sie ihm zu der bedingten Freilassung verhalf. Nie sei ihr der Gedanke gekommen, ihn damit in eine unterlegene Lage zu bringen. Sie entschuldigte sich, warf sich vor, taktlos gehandelt zu haben. Der Spießer von ihnen beiden sei sie, ohne Gespür für die Leiden eines Mannes. Sie schickte ihn aus dem Zimmer und zog sich an. Künftig, versprach sie ihm, würden sie beide gleich sein. Und dafür solle er ihr nicht danken, als ob eine Herrin ihren Sklaven freiließ.

Der neue Status von Martin Baléares bereitete Marthe und Sabine keine Sorgen. Sie suchten nicht nach dem Grund. Ihre Geschäfte nahmen sie zu stark in Anspruch, um sich deswegen Gedanken zu machen. Martin war in dem großen Haus kaum bemerkbar, aß selten mit ihnen gemeinsam, arbeitete, redete wenig, immer rücksichtsvoll.

Judith unternahm mehrere Schritte und erreichte

schließlich, dass Martin eine Stelle in einer Gartenbaufirma bekam, ohne seine strafrechtliche Situation zu verheimlichen. Als sie ihm die Neuigkeit mitteilte, sah sie dieses Lächeln bei ihm, das ihr immer in den Bauch fuhr. Da begriff sie, dass sein Lächeln niemals etwas anderes gewesen war als ein Zeichen der Verweigerung: Wenn ich diese Arbeit annehme, verdanke ich sie dir, wie ich dir meine bedingte Freiheit verdanke. Wenn ich eine Arbeit will, suche ich sie mir selber.

Er stand später auf, tat nichts, ging am Nachmittag aus, um sich bei Firmen zu bewerben. Er kam essen, zog wieder los, seine Runde zu drehen, und verschwand zum Schlafen. Mit Judith sprach er unbeschwert. Sie ließ Zeit vergehen, ohne ihn zu bedrängen, ohne die Ungeduld der früheren Chefin und Hauswirtin zu zeigen. Manchmal stellte sich wieder die einstige Verschworenheit zwischen ihnen ein, wenn sie vor Büchern saßen, neue utopische Städte entwarfen, die die Chefinnen der Agentur Cicéro-Brelan in die Flucht getrieben hätten. Auf dem Gebiet blieben sie unschlagbar, amüsierten sich über ihre Gebilde. Ihre Köpfe näherten sich, es gab leise Zärtlichkeiten, sogar von Martin. Endlich, dachte Judith, fühlten sie sich richtig gut miteinander. Noch ein ganz kleiner Schritt, und sie fänden sich wirklich.

Einmal sprachen sie im Korridor vor der Tür des ersten Zimmers, sie konnte sich nicht versagen, ihre Hand länger an seinem Hals zu lassen, ihn stärker zu drücken, nach seinen Lippen zu suchen. Er versteifte sich, dann lockerte er sich, und es geschah. Er legte seine Hände um sie, knetete sie von den Schultern bis zur Taille. Er grub seinen Kopf unter ihr Haar, fasste mit dem Mund ihr linkes Ohr, das

Ohrläppchen. Er biss hinein, grub seine Zunge in die Hörmuschel, kehrte zum Ohrläppchen zurück, biss stärker. Sie lehnten sich an die Tür, die aufging. Judith fühlte, wie ein Strom sie durchlief, eine Macht sie durchpulste, sie konnte kaum mehr atmen, voller Angst vor diesem Körper, der auf sie eindrang, dass es ihren Rücken quetschte, der ihr Ohr verschlang. Sie wusste nicht, was ihr geschah, unerwartetes Glück und gleichzeitig der Drang zu schreien, um Hilfe zu schreien. Der Schrei stieg auf, konnte aber nicht heraus. Sie unterschied nicht mehr, ob ihre Arme zuckten oder gelähmt waren. Und Martin schüttelte sie und biss.

Plötzlich hielt er inne. Er wich vor ihr zurück, sagte, es sei gut, weiter dürfe es nicht gehen. Keiner wisse, was geschehen könne. Er machte eine sichtbare Anstrengung, sich wieder in die Gewalt zu kriegen. Sein Blick überflog das Bett der Schwestern.

Ist es das Zimmer, das dich geniert?, fragte Judith.

Die Frage erleichterte Martin: Ein guter Grund, den sie ihm da lieferte. In diesem Zimmer fühle er sich wie ihr Bruder. Sie dürfe für ihn nichts anderes sein als seine Schwester, die allerliebste seiner Schwestern. Und seine Schwester rühre man nicht an, ihr tue man kein Leid.

Wenn du ein neutrales Zimmer brauchst, nicht deins, nicht meins, hast du die Wahl.

Ihn zur Wahl zu zwingen versetzte ihn zurück in die Position des Untergeordneten, sie begriff es, noch während sie ihren Satz vollendete. Sie spürte, wie er vor ihr floh, wieder Herr seiner selbst wurde. Wenn er sie wie seine Schwester behandle, sagte er wiederholt, besser könne er ihr seine Gefühle nicht beweisen.

Nie hätte sie gedacht, dass das Wort Schwester ihr eines

Tages Zorn einjagen könnte. Was das wohl solle, von Bruder und Schwester zu reden, wenn man Lust aufeinander habe nach jahrelanger Enthaltung? Verletzende Worte fielen: Bin ich dir nicht schön genug, bin ich zu alt für dich? Reizt dich überhaupt eine Frau?

Er senkte die Augen, hob sie wieder, lächelte: Du weißt nicht, was du sagst.

Er wollte draußen zur Ruhe kommen. Judith verzichtete darauf, ihn zurückzuhalten. Sie verübelte sich ihre Schroffheit, ihr Ungeschick. Dennoch hatte ihr Körper sich gelöst. Die Frustration schwand, ihr war, als hätte sie mit Martin Baléares die intimste Grenze erreicht. Vielleicht war es nicht wie bei allen anderen, aber Beziehungen wie alle anderen hatte sie von jeher geflohen, und dieser Mann würde nie wie alle anderen sein. Sie schlief auf Martins Bett ein.

Gegen zehn Uhr fanden sie ihre Schwestern. Die Tage der beiden Firmenchefinnen nahmen kein Ende mehr. Sie wunderten sich, das Haus offen und leer zu finden, klopften schließlich an der Tür ihres Mieters. Obwohl sie darüber nie gesprochen hatten, waren sie überzeugt, dass Judith schon lange mit Baléares schlief. Warum hätte sie sonst so viel für ihn tun sollen, wenn nicht deswegen? Sie hatte sich in der Frage immer ausgeschwiegen, hatte die Nächte nicht mit ihm verbracht, das war ihr anzurechnen. Sogar Sabine hatte mit Markus von Anfang an getrennte Schlafzimmer gehabt, und Marthe, die Charles Coutelle seit der Begegnung mit Baléares seltener sah, traf ihn dann und wann am Nachmittag, in jenem Dachzimmer im 15. Arrondissement. Das Erstaunliche war, Judith allein auf dem Bett zu finden.

12

Gegen Morgen kam Martin Baléares wieder, bevor er zu einem schon länger verabredeten Treffen mit dem Leiter einer Gartenbaufirma aufbrach. Den ganzen Tag sah man ihn nicht mehr. Die Abendnachrichten im Fernsehen meldeten ein Verbrechen, das am Vorabend in Saint-Germain-en-Laye geschehen war, das Opfer eine alleinstehende Frau in ihrer Wohnung, kein Einbruch, Gewaltsamkeiten, Mord.

Judith war auf den Besuch der Polizei gefasst, nicht auf deren Freundlichkeit. Die Herren blieben gelassen. Dass Martin Baléares nicht anzutreffen war, überraschte sie nicht, sie machten davon kein Aufhebens, baten nur, dass Judith Brelan ihnen seine Rückkehr melde, es handle sich um eine bloße Routineüberprüfung des Mannes, der sich seit seiner Freilassung stets mit größter Pünktlichkeit im Kommissariat eingestellt hatte. Bevor sie gingen, fragten sie, als wäre es Nebensache, wo Baléares die vorige Nacht verbracht habe.

Er ist unser Mieter, sagte Judith, wir überwachen ihn nicht Tag und Nacht. Ich glaube, er war in seinem Zimmer, garantieren kann ich es nicht.

Sie hielt es für schlau, Martin zu verteidigen und sich gleichzeitig für Zukünftiges abzusichern. Die Polizisten bedankten sich sehr für ihre Mitarbeit. Diese Freundlichkeit verunsicherte sie mehr, als wenn man sie verdächtigt hätte, einen Schuldigen zu decken.

Sabine und Marthe reagierten weniger freundlich als die Polizei. Der Besuch der zwei Beamten, Martins zweitägiges Ausbleiben, die Nachricht von dem Verbrechen in Saint-Germain-en-Laye, nein, sie brauchten keine weiteren Erklärungen. Niemals hätten sie Judith erlauben dürfen, sich mit einem Straftäter einzulassen. Wohltäterin der Menschheit – was darauf hinauslief, einen der gefährlichsten Kriminellen aus dem Knast in das eigene Haus zu holen. Wir können von Glück sagen, dass wir noch am Leben sind … Berechnend genug, um nicht die Hand zu beißen, die ihn nährte … Und wie du dich aufgespielt hast, du hättest einen Menschen gerettet … Solche Menschen bessern sich nie.

Judith wehrte sich, ihr Vertrauen habe Martin die Kraft gegeben, jahrelang ohne Rückfall durchzuhalten. Niemand könne bestreiten, dass er sich durchweg tadellos verhalten habe: Wer von ihnen beiden könne auch nur einen Verstoß, ein ungebührliches Wort von ihm anführen? Das müssten sie bestätigen, wenn sie ehrlich wären.

Nur dass ihr kleiner Heiliger jetzt gesucht werde und dass seine Abwesenheit selbst einem Geständnis gleichkomme. Judith widersprach, sein nächtliches Ausbleiben und das Verbrechen von Saint-Germain-en-Laye könnten nur ein unglückliches Zusammentreffen sein. Inzwischen habe er wie jedermann Zeitung gelesen und wisse, dass man an ihn denke, und er komme nicht zurück, um die Schwestern nicht in Schwierigkeiten zu bringen. Ihr habt sein Feingefühl nie wahrhaben wollen.

Hör sich das einer an … Verschone uns mit deinem Schwachsinn! Das geht nun so, seit du sprechen kannst. Nichts siehst du wie andere Menschen, alles weißt du besser. Unsere Eltern haben deine Neigungen gehätschelt, deine übermäßige Empfindsamkeit. Aber alles an dir ist verkehrt. Du hängst an unserem Leben wie Blei.

Ihre Firma war gerade in Gang gekommen, da musste sie ihnen mit ihrem Schützling in die Quere kommen. Und sie wollte sie von seiner Unschuld überzeugen. Es genüge nicht, immer das Gegenteil von allen anderen zu sagen, um recht zu haben.

Marthe und Sabine steigerten sich gegenseitig, ihr ganzes Leben zog in Vorwürfen vorüber. Sie klagten sich ihrer Schwäche gegenüber Judith an.

Alles, was für euch zählt, sagte Judith mit aller Seelenruhe, ist, dass diese Geschichte dem Ruf der neuen Agentur Cicéro-Brelan schaden kann. Keinen einzigen Gedanken habt ihr bisher an die arme Frau verschwendet, die in Saint-Germain von einem Mann vergewaltigt und ermordet wurde, der vielleicht nicht Martin ist.

Judith blieb Judith bis zum bitteren Ende. Sie scheue wohl vor nichts zurück. Ihnen fehlendes Mitgefühl mit dem Opfer vorzuhalten! Wie viele Jahre habe denn sie bei Opfern verbracht? Und wie viele bei Kriminellen? Es sei wahrlich Zeit, sich um Tote zu sorgen.

Na und?, fiel ihnen Judith ins Wort. Selbst wenn ihr recht habt, spielt das jetzt keine Rolle mehr. Ich werde Probleme kriegen, ihr auch, meinetwegen. Und dann? Lasst ihr mich dann fallen?

Wenn wir nur an die Agentur denken, denkst du jedenfalls nur an dich. Fang an, deinen Martin anzuzeigen. Sonst kennen wir dich nicht mehr.

Judith brauchte ihn nicht anzuzeigen. Sie erfuhr aus der Zeitung, dass man ihn am dritten Tag gefasst hatte, am Ende ihrer Straße. Das Haus der Schwestern war überwacht worden, Martin Baléares hatte keinen anderen Ausweg mehr gesehen, als zu seinen Vermieterinnen zurückzukehren. Er hatte sich widerstandslos abführen lassen.

Ein Beweis seiner Unschuld, sagte Judith, und dass er nichts zu verbergen hat. Sie empfand es wie eine Ehrung, dass er zuletzt zu ihr hatte zurückkommen wollen.

Die drei Schwestern wurden nacheinander vorgeladen. Judith bemühte sich, Martin nicht zu belasten und trotzdem kein falsches Zeugnis abzulegen. Sie wiederholte, dass sie gesehen zu haben glaubte, wie er in sein Zimmer ging, garantiere aber nicht, dass er die Nacht dort verbracht habe. Marthe und Sabine hätten gerne die schwersten Geschütze gegen ihn aufgefahren, sosehr sie aber suchten, sie konnten nichts Schlechtes über ihn sagen. Ihre späte Rückkehr am Abend des Verbrechens machte ihre Aussage überflüssig. Dass sie ihre Schwester auf dem Bett des Angeklagten gefunden hatten, wagten sie nicht zu erwähnen.

Martin Baléares blieb bei seiner gewohnten Methode, alles zu leugnen. Er bestätigte Judiths Angabe, er sei tatsächlich in sein Zimmer gegangen. Was er dazu ausführlich erklärte, beschwor eine Kette von Ärgernissen herauf: Er war in sein Zimmer gegangen nach einem Streit mit seiner Wirtin, Mademoiselle Brelan. Damit ging Judiths Name zum ersten Mal durch die Presse. Die unverheiratete Wirtin wurde flugs zur Geliebten. Dass sie ehemals Gefängnisse besucht hatte, ihre Nähe zu Kriminellen im Allgemeinen, zu diesem im Besonderen, reizte die Phantasie der Zeitungsschreiber.

Über ihren Streit mit Baléares befragt, verlor Judith ihre Sicherheit. Sie sehe in einer Diskussion keinen Streit.

Um was ging es, wenn Sie nicht gestritten haben?

Sie geriet in Widersprüche: Es drehte sich um seine gärtnerische Arbeit … Nein, Martin arbeitete seit Wochen nicht mehr im Garten … Ihr verschlug es die Sprache, als die Vernehmer ihr vorhielten, sie habe Baléares lauthals Worte gesagt, die im Mund einer Frau anstößig waren. Einen zu schockieren, der Jahre im Gefängnis verbracht hatte, dazu gehöre schon was. Sogar Gesten habe sie gemacht. War das Martins Verteidigung? Sich als Opfer einer Frau aufzuspielen, damit man übersah, dass eine Frau sein Opfer war?

Wenigstens, sagte Marthe, scheinst du ihn nicht mehr für unschuldig zu halten.

Es wird ja immer bunter, sagte Sabine. Die Presse interessierte sich angelegentlich für die Rolle dieser Gefangenenbesucherin, die Wohltätigkeit und Privatleben vermengt hatte. Man fahndete nach einer früheren Berufstätigkeit, einem Studium, einem Ehemann, nichts zu finden. Man entdeckte, dass sie mit ihren beiden Schwestern zusammenlebte, noch eine Seltsamkeit. Das Haus war zu groß für sie, also verdächtig. Dass eine der drei verheiratet war, beruhigend. Aber dass sie kurz nach dem Einzug von Baléares nach Frankreich zurückgekehrt war, warf Fragen auf. Die kurze Inhaftierung des deutschen Ehemanns sowie seine Verurteilung weckten die Vermutung, die drei Frauen könnten einem zweifelhaften Lebenswandel gefrönt haben. Baléares war darüber vergessen. Man spekulierte, ob Judith und vielleicht auch die beiden anderen nicht labile Seelen zu Verbrechen angefeuert hätten. Es wurde verlangt, die Dossiers von unaufgeklärten Vergewaltigungen und Morden der letzten Jahre erneut zu öffnen. In einer Zeitung tauchte der Name der Schwestern Papin auf, jener zwei kriminellen Bediensteten, die im Jahr 1930 in Mans ihre Herrin und deren Tochter ermordet hatten. Gewiss, die Brelan-Schwestern waren keine Bediensteten, sie waren nicht zwei, sondern drei und hatten niemanden eigenhändig umgebracht, es genügte allein, dass sie Schwestern waren. Und schon ging es durch sämtliche Artikel: die neuen Schwestern Papin.

Die Aussage eines anonymen Familienmitglieds enthüllte, dass sie bereits clanhaft und feindselig gegen ihre Verwandten aufgetreten waren, als sie, noch ein unmündiges Trio, sich nach dem verdächtigen Tod ihres Vaters gegen den Rest der Welt verschworen. Ohne sie verleumden zu wollen, setzte dieser Zeuge hinzu, könne man in ihrem Lebenslauf ausschweifende Episoden nachweisen. Durch den Erfolg ihrer Enthüllungen getrieben, äußerte sich Rosie Ledru nun auch offen in der Presse. Sie verlangte, von der Justiz gehört zu werden, unterstellte, dass die drei Schwestern wahrscheinlich und willentlich den Tod ihrer Großmutter und vielleicht noch anderer Personen beschleunigt hätten. Sie beteuerte, von diversen finanziellen Machenschaften zu wissen, und dass sie sich solcher Nichten schäme. Tante Rosie übte Rache, hatte sie doch vor dreißig Jahren prophezeit, das werde ein böses Ende nehmen.

Die Ermittler gingen nicht so weit wie die Zeitungen, traten aber Mutmaßungen nicht entgegen. Das Wesentliche für sie blieb, Martin Baléares zu überführen. Die materiellen Beweise häuften sich, fehlte nur noch das Geständnis. Judiths Rolle erschien unklar. Sie waren überzeugt, wenn sie Druck auf sie ausübten, würde Baléares schließlich mit der Wahrheit herausrücken. Die erste Maßnahme dazu war, Judith Brelan der unterlassenen Anzeige des Verbrechens wie des Verbrechers zu beschuldigen. Was ihre aktive oder passive Komplizenschaft betraf, wäre später zu klären, auch wenn für die Zeitungen kein Zweifel daran bestand. Psychiatrische Gutachter, vom Anwalt Martin Baléares' sogleich bestärkt, schlossen nicht aus, dass die Tat durch die Gegenwart einer, ja dreier Frauen in der unmittelbaren Umgebung des Verdächtigen ausgelöst worden sei. Zu entscheiden, ob die kriminellen Triebe durch Judith und ihre Schwestern, mit oder ohne Absicht, angestachelt wurden, um die Verantwortung des Schuldigen zu verringern oder zu erhöhen, war Sache des Gerichts.

Sprachlos lasen Marthe und Sabine diese Analysen in den Zeitungen. Mochten sie, was sie persönlich betraf, auch noch so unsinnig sein, erschienen die über Judith schlagend. Ohne sie befragt oder untersucht zu haben, fertigten die Sachverständigen von ihr das Porträt einer Provokateurin, die über Worte und Geister gebot. Sosehr sie gegen diese Deutungen ankämpften, konnten sie sich doch nicht enthalten, mit jedem Tag mehr an ihrer Schwester zu zweifeln. Bitter stießen ihnen die Artikel auf, worin ihr gegenwärtiges und vergangenes Leben entblättert wurde. Erschrocken sahen sie, wie das Wahre verfälscht war. Sie hatten sich nicht vorstellen können, welche Lügen man auf unstreitige Tatsachen bauen konnte.

Die Wirkungen ließen nicht auf sich warten: Die Kommunen und das Departement setzten laufende Bauprojekte aus. Von der Jury eines Architektenwettbewerbs, des ersten, zu dem die neue Agentur Pläne eingereicht hatte, wurden sie vorläufig ausgeschlossen. Das Geld ging zur Neige. Wenn diese Lage andauerte, hielt die Firma nicht mehr lange stand. Da musste ein Schlusspunkt her, entweder musste man sein Unrecht bekennen oder so überzeugend auftreten, dass die Verdächtigungen zum Schweigen gebracht wurden.

Ihr verlangt, dass ich mich opfere, sagte Judith. Ich sehe schon die Artikel: Das schwarze Schaf der Familie Brelan hat gestanden. Ohne Wissen der großen Schwestern hat sie ein perverses Netz gesponnen, um die Phantasmen ihres Geliebten, eines schon verurteilten Vergewaltigers und Mörders, zu nähren. Aus einer übermenschlichen Leidenschaft, die ihr ganzes Leben erklärt, hat sie zu ihrem persönlichen Vergnügen einen Mann zum Rückfall verleitet, der ihr willenlos unterworfen war. Als Titel schlage ich vor: Die Satanin des Pariser Westens. Ich werde bitten hinzuzufügen: Meine Schwestern können nichts dafür. Vertrauen Sie ihnen Ihre städtischen Bauprojekte an. Die Agentur Cicéro-Brelan steht Ihnen zu Diensten.

Sie hatte die Frechheit, sich auch noch lustig zu machen. Marthe und Sabine neigten zu dem Glauben, dass sie sich dazu zwang. Sie schämten sich, einander zu gestehen, dass ihr Selbstmord sie erleichtern würde.

13

Judith Brelan bat ihre Schwestern, nichts mehr für sie zu tun. Wie wollten sie den Anwalt bezahlen, den zu nehmen sie sie gezwungen hatten? Gelder, die einlaufen sollten, wurden storniert. Die Kosten wuchsen, die Schwestern mussten daran denken, ihr Geschäft an die jungen Architekten, die sie eingestellt hatten, zu verkaufen. Wenn die Situation sich weiter zuspitzte, ging ihnen das hypothekenbelastete Haus verloren. Judith ermaß das Unglück, wollte es Marthe und Sabine ersparen: Lasst mich fallen, das hättet ihr gleich tun sollen. Ich habe mich ganz allein in diese Geschichte begeben, ich muss auch ganz allein herausfinden. Ihr dürft euch meinetwegen nicht länger schämen müssen.

Noch gaben sie ihr nicht nach, wenn die Versuchung sie zuzeiten auch streifte. Sabine, die nach Frankreich zurückgekommen war, um sich den Ärgernissen Markus Schlegels zu entziehen, blieb immer länger in Berlin, um nichts mehr von Judith hören zu müssen. Marthe schrieb Schecks aus, verkaufte die Anteile der Familie, um nicht zu viel zu verlieren.

Martin Baléares versteifte sich darauf, nichts zuzugeben, obwohl seine Fingerabdrücke in der Wohnung des Opfers gefunden worden waren. Er brachte seine Anwälte zur Verzweiflung. Judith gelang es, ihm durch ihren Anwalt einen Brief zukommen zu lassen. Ganze Tage hatte sie darüber gegrübelt. Je nachdem, wie ihr zumute war, erschien ihr der Inhalt als Gipfel des Wahnsinns oder nur zu richtig.

Nachdem Baléares den Brief gelesen hatte, ließ er sich zum Untersuchungsrichter führen. Zum ersten Mal in seinem Leben legte er ein Geständnis ab, er lieferte die präzisesten Angaben über die Nacht des Verbrechens, mit welchen Zügen zu welchen Zeiten er nach Paris gefahren war, über mehrere Stationen der westlichen Banlieue, dann nach Saint-Germain-en-Laye, wo sein Opfer ausstieg. Er war der Frau bis in ihr Haus gefolgt, hatte ihr den neuen Nachbarn ohne Schlüssel vorgespielt. Seine List war so glaubhaft, dass sie die Frau in Sicherheit wiegte. Dem erzwungenen Eintritt in ihre Wohnung folgte die sofortige Gewalttat, damit sie nicht die Nachbarn zu Hilfe rufen konnte; der Vernichtungsdrang, fügte er hinzu, sei nach seinem Abend mit Judith übermächtig gewesen. Sie habe sich ihm erneut verweigert und erklärt, dass sie ihn nur als

Kriminellen liebe. Sie habe ihn zu der Tat getrieben. Er habe sich Judiths Wunsch gefügt, sich verpflichtet gefühlt zu tun, was sie von ihm verlangte.

Das unterzeichnete Geständnis zog Judiths Anklage als Anstifterin des Verbrechens nach sich. In wenigen Tagen wurde ihr Leben aufgerollt. Von ihrer Zeit als Gefangenenbesucherin kam man durch die Erzieher und Sozialhelfer zurück auf ihre gauchistischen Auftritte im Renaissance. Der Sanitäter Charles und einige andere berichteten von ihren damaligen verbalen Exzessen. Im Verhör verteidigte Judith sich nicht, sie leugnete nichts. Marthe und Sabine waren fassungslos.

Ihr seht, sagte Judith, dass ihr keinen Grund mehr habt, mir zu helfen, noch meinetwegen euer Geld zu verlieren. Bald bin ich verschwunden, behaltet das Haus, behaltet eure Agentur. Wenn das hier zu Ende ist, bin ich vergessen, und man wird vergessen, dass ihr meine Schwestern seid.

Judith kam in provisorische Untersuchungshaft, sie nannte sich glücklich. Besuche waren den Schwestern untersagt. Sabine kam aus Berlin zum Vertragsabschluss mit den jungen Architekten. Die Agentur Cicéro-Brelan hörte auf zu existieren. Zur Deckung der Schulden stand die Übergabe des Hauses für die nächsten Wochen bevor.

Marthe und Sabine redeten eine ganze Nacht. Sie fragten sich, ob es richtig war, so lange zusammenzubleiben. Ob das nicht der Natur widersprach. Das Schicksal von Brüdern und Schwestern war es, sich zu trennen. Warum hatten sie das nicht geschafft, wenigstens Marthe und Judith? War es Judith, die Marthe gehindert hatte?

An einem normalen Leben, ja, das schon. Konnte man

das Zusammenleben mit einer Schwester jemandem verübeln. Sicherlich, die Zeitungen, die Richter, die Kunden, alle sagten es. Judith hatte sich durch ihren Charakter, ihre Ideen, ihre Art zu leben an den Rand des sozialen Lebens gestellt und sie gezwungen, es ihr gleichzutun. Sie hatten geglaubt, ihr durch Markus Schlegel, dann durch die Agentur Cicéro-Brelan zu entrinnen. Was dabei herausgekommen war, lag auf der Hand. In ihrer Zelle nun erkannte Judith ihre Fehler, zu spät. Wenn es ihr ein Bedürfnis war, sich elend zu machen, hatte sie ihr Lebensziel dort im Frauengefängnis erreicht. Aber sie, die beiden Älteren, liebten das Leben, die Freude, die Männer, sie liebten Beziehungen und Macht. Noch blieb ihnen Zeit, sich dem hinzugeben, ohne Judith. Sie würden ihr die Anwaltskosten bezahlen, und weiter hätten sie nichts mehr mit ihr zu schaffen.

Bist du dir klar, was wir da sagen?

Vollkommen. Ich glaube sogar, dass Judith das will.

Dann geben wir ihr wieder nach?

Ich weiß nicht mehr.

Ihrer alten Gewohnheit gemäß schliefen sie im selben Bett bis zwei Uhr mittags. Sie erwachten, sahen sich an. Immer noch einverstanden? Was bleibt uns anderes übrig, als Judith gehen zu lassen, wohin sie will?

Bist du dir klar, was wir da sagen?

Ich schäme mich, genauso wie du.

Sind wir nicht mehr die drei Brelan-Schwestern?

Sabine diktierte eine Brief an den Untersuchungsrichter, Marthe tippte ihn auf der Maschine, beide unterschrieben. Sie verlangten, vorgelassen zu werden zu einer Gegenüberstellung mit Martin Baléares und mit ihrer Schwester, sie hätten höchst wichtige Aussagen zu machen. Als keine

Vorladung kam, bestanden sie darauf: Sie klagten sich an, sie hätten Martin Baléares in gleicher Weise wie Judith zu seinem Verbrechen getrieben, denn ebenso wie sie hatten sie mit diesem Mann unter einem Dach gelebt.

In Kürze empfing sie der Richter, um ihnen zu drohen: Er glaube ihrem Zeugnis in letzter Minute nicht, dies sei ein vergeblicher Versuch, Mademoiselle Brelans Verantwortung abzuschwächen. Wenn sie die Justiz irrezuführen versuchten, zögen sie sich eine Strafe zu, ohne die ihrer Schwester zu mildern. Ob sie ihr Schreiben noch immer aufrechterhielten? Sie erhielten es aufrecht, ohne es aufrechtzuerhalten. Damit sei der Justiz kein Genüge getan. Die verlange Klarheit. Sie baten erneut, mit Baléares und Judith konfrontiert zu werden. Das Erste lehnte der Richter ab, genehmigte aber das Zweite.

Judith hatte sich verändert, nicht etwa mitgenommen durch die Haft, im Gegenteil, sie war schöner, koketter geworden, geschminkt und friedlich. Verlegen saßen Marthe und Sabine ihr gegenüber. Der Richter legte die These der Älteren dar, indem er im Voraus hervorhob, wie unglaubhaft sie war und welche Gefahr sie damit liefen.

Am besten, ich bestätige alles, was sie erzählen, sagte Judith.

Damit würden Sie den Sie belastenden Anklagen eine Falschaussage hinzufügen.

Sie schwiegen, der Richter wartete, stellte seine Frage erneut, traf wiederum auf Schweigen bei allen Schwestern, wurde ungeduldig.

Ihre Haltung ist klar, Ihre Falschaussagen entbehren jeder Grundlage. Wenn Sie sie augenblicklich zurückziehen, vergessen wir sie.

Judith beugte den Kopf ihren Schwestern zu, Marthe und Sabine hoben den Blick. Der Richter merkte, dass sie sich auch ohne ihn viel sagten. Er sah kein Mittel, diese kryptischen Botschaften zu unterbrechen, glaubte sich erfahren genug, sie zu entschlüsseln: Sie geben zu, dass Sie die Justiz zu täuschen versuchen, um Ihrer Schwester zu helfen?

Sie geben es zu, ja, sagte Judith.

Ich erwarte, dass sie es selbst sagen.

Wir geben es zu, sagte Sabine.

Jede muss für sich sprechen.

Wir geben es alle drei zu, sagte Marthe.

Ich erwarte es nur von Ihnen beiden. Und jede hat sich in der ersten Person auszudrücken.

Aber wir sind drei, sagte Sabine.

Die Justiz urteilt über Einzelpersonen.

Vor Freude, nach der Trennung wieder beisammen zu sein, redeten alle drei los. Und das ging schneller und schneller: Judith voller Staunen, dass die beiden zu ihr standen. Sie hatte doch alles getan, sie von sich abzustoßen, vor ihr zu schützen, und nun kamen sie wieder? Und die Agentur? Liquidiert. Und das Haus? Bald leergeräumt. All das, was Judith hatte verhindern wollen, hatten sie gemacht und empfanden darüber sogar große Erleichterung.

Erst heute begriffen sie, was Großmama Madeleine mit dem letzten Satz vor ihrem Tod gemeint hatte: Alle drei glücklich sein, das heißt nicht glücklich um jeden Preis, es heißt, glücklich zu sein, dass sie zu dritt waren, sollte die eine oder andere auch unglücklich sein müssen. Der Richter verstand nichts von dem Gespräch. Was hatte diese Großmama Madeleine in seinem Büro zu suchen? Und wieso redeten die da von Glück, wo zumindest einer von ihnen eine Verurteilung bevorstand? Sonderbare Frauen und dermaßen lebhaft, dass sie seine Anwesenheit vergaßen.

Er rief sie zur Ordnung, es störte sie nicht. Judith warf sich vor, dass sie sich der wirklichen Welt, dem wirklichen Leben verweigert hatte. Marthe und Sabine protestierten: Judith habe ihnen den Weg des wahren Lebens gezeigt, eines innerlicheren, intensiveren Lebens. Bei ihnen lag das Unrecht, sie hatten in den letzten Jahren an ihr herumgekrittelt. Sie nahmen alles zurück. Lieber den Abstieg mit ihr als den Aufstieg ohne sie. An ihre Mittäterschaft im Fall Baléares glaubten sie genauso wenig wie an ihre eigene. Es war nicht verdammenswert, wenn einer log, um anderen zu helfen. Endlich wandten sie sich wieder an den Richter, gaben zu, dass sie sich hatten anzeigen wollen, um ihrer jüngsten Schwester zu helfen, so wie sie selbst versucht hatte, einen Mann, Martin Baléares, zu entlasten, aus Treue, aus Liebe wahrscheinlich oder schlicht aus menschlicher Solidarität. Sie gerieten ins Lyrische. Der Richter, den es Mühe kostete, bei all dem Gerede den Überblick zu behalten, versicherte, dass große Worte ihn nicht beeindruckten. Unschuldsbeteuerungen von Schuldigen sei er in seinem Amt gewohnt.

Er nutzte das Schweigen der drei Schwestern: Jedoch bekenne ich, in meinem Büro selten Frauen wie Sie erlebt zu haben. Und er sagte das mit einem kindlichen Lächeln. Die Schwestern lächelten ebenfalls. Dann trat ein Moment der Stille im Büro des Richters ein.

Bevor er die Gegenüberstellung beendete, machte er sie mit einer veränderten Sachlage bekannt: Martin Baléares hatte sein Geständnis widerrufen und leugnete von neuem jede Beteiligung an dem ihm vorgeworfenen Verbrechen, womit er zu der alten Verteidigungstaktik gewöhnlicher

Strolche zurückfand. Seine Kehrtwendung hatte er vollzogen, als er begriff, dass ihn mit oder ohne Judiths Mittäterschaft dasselbe Strafmaß erwartete. Da die Todesstrafe abgeschafft war, würde er als rückfälliger, für seine Taten verantwortlicher Sexualverbrecher der Haft auf Lebenszeit nicht entkommen. Zunächst hatte der Richter nicht verstanden, warum Baléares zu einer so selbstmörderischen Verteidigung zurückkehrte. Nachdem er jetzt die drei Schwestern gehört hatte, begriff er die Strategie des Angeklagten anders.

Ich frage mich, ob nicht auch er sich entschlossen hat, nun seinerseits Ihnen zu helfen. Wenn er die Tatsachen insgesamt bestreitet, kann er Sie nicht mehr einbeziehen. Er kann Sie nicht zur Anstifterin dessen erklären, was er nicht getan haben will. Ich bin der Einzige, der darüber zu befinden hat. Sie werden meine Entscheidung zu gegebener Zeit erfahren.

Ein letztes Verhör bestätigte, dass Martin Baléares, entgegen seinem Anwalt, dem vierten, den er nun ablehnte, in dem Fall jegliche Verantwortung endgültig bestritt. Er behauptete, sein Geständnis unter Zwang abgelegt zu haben. Mademoiselle Judith Brelan sei in einem Brief, den er vernichtet habe, in ihn gedrungen, sie einzuschließen, um seine Schuld zu teilen und sein Strafmaß zu mildern. Sie sei eine komplizierte kleine Frau, setzte Baléares hinzu, aber gut und schuldlos.

Der Richter lud Judith vor. Im Grunde überzeugten ihn die Argumente von Baléares nicht restlos, der vernichtete Brief bleibe hypothetisch, er sehe aber keine materielle Handhabe gegen sie. Nach seiner Begegnung mit den drei

Schwestern nun fühle er sich verpflichtet, seine Entscheidung bekanntzugeben: ein Nicht-Schuldig für Judith und somit ihre sofortige Freilassung.

Sie verbrachten ihre letzte Nacht in dem von Louis Brelan erbauten Haus. Sie wollten alles verkaufen, alle Erinnerungen abwerfen, utopistische Architekturbücher einer Bibliothek geben, die Presseausschnitte verbrennen, die Stadt verlassen. Sie nahmen sich ein Zimmer in Paris, im Hôtel des Grands Hommes nahe dem Panthéon, keinerlei Luxus, billig. Die Geschäftsführerin fragte sich, wie sie es zu dritt im selben Bett aushielten. Ein Beistellbett hatten sie abgelehnt. Sollte sie nun ein Paar mit Begleitperson oder drei Einzelpersonen berechnen? Die drei Frauen vereinfachten ihr die Sache nicht.

Die Schwestern nahmen am Prozess Baléares als Zeugen teil: Ohne Judith anzusehen, ohne ihr auch nur das leiseste Lächeln zu senden, hörte er zu, wie sie ihn lobte als einen ruhigen, zurückhaltenden, sorgsamen, fleißigen Mann, der seinen Wirtinnen mit Respekt begegnete, zu ergeben vielleicht. Martin betonte, dass Judiths Zeugenaussage wertlos sei: Niemand werde ihn in einem solchen Porträt erkennen wollen. Das Gericht habe vor dem Prozess über sein Los entschieden, die Presse habe ihn verurteilt, bevor er angehört wurde, er forderte seinen Pflichtverteidiger auf, seinetwegen keine Zeit zu verlieren. In sich gekehrt, wiederholte er, dass er nichts weiter suche als eine endgültige Bleibe, wo er niemandem zur Last falle. Judith war überzeugt, dass er ein letztes Mal zu ihr sprach und sie aufforderte, sich von ihm zu befreien. Sie teilte seine Erleichterung, als das Gericht, dem er dafür dankte, ihm lebenslänglich gab.

Sabine besuchte manchmal ihren Mann, von dem sie sich nicht offiziell getrennt hatte. Er war nicht mehr Chef des Hauses Schlegel & Schlegel und begegnete ihr unbeschwerter und zuvorkommender. Er blieb ein Spieler: Als er sah, dass es aus war mit der Berliner Mauer, drängte er die drei Brelan-Schwestern, zu kommen und ihren Abbau mitzuerleben, wie sie vor achtundzwanzig Jahren ihrem Bau zugesehen hatten.

Sein Unternehmersinn regte sich wieder. Die Mauer wurde in Einzelteile zerlegt, er lieh bei alten Bekannten aus dem Baugewerbe Lastwagen, um ein paar Betonbahnen aufzuladen. Wenn sie die in Portionsstücken verkauften, könnten sie ein kleines Vermögen machen. Zu aller Erstaunen war Judith begeistert von der Idee. Die Schwestern suchten eine neue Existenz, sie könnten den französischen Markt übernehmen. Sie brauchten nur eine Ladung echter Berliner Mauer nach Paris zu schaffen.

Markus Schlegel, jetzt fünfundsechzig Jahre alt, der Judith seine Zuneigung bewahrt hatte, entsann sich ihrer großen Sprüche und erkannte die aufsässige Jüngste von einst nicht mehr. Aber sie verleugnete sich nicht. War sie denn nicht gekommen, weil sie mithelfen wollte, die Mauer niederzureißen? Und genauso sollten alle von den Männern errichteten Mauern von den Frauen eingerissen werden. Könne man diese nun verkaufen, wäre es möglich, auch alle anderen abzutragen. Damit hätten sie, die drei Schwestern, keine geringe Aufgabe. Das Wichtigste war, dass sie zusammenarbeiteten und wussten, sie blieben für immer die drei Schwestern, Töchter des Louis Brelan. Sie würden sich nicht mehr trennen, nur noch leben.